KB262160

무적문주

눈매 新무협 판타지 소설

FANTASTIC ORIENTAL HEROES

무적문주 7

눈매 新무협 판타지 소설

초판 1쇄 찍은 날 § 2011년 5월 24일
초판 1쇄 펴낸 날 § 2011년 5월 31일

지은이 § 눈매
펴낸이 § 서경석

총괄팀장 § 유경화
편집책임 § 주소영
편집 § 박우진 · 어정원

펴낸곳 § 도서출판 청어람
등록번호 § 제1081-1-89호
등록일자 § 1999. 5. 31
어람번호 § 제2-2097호

주소 § 경기도 부천시 원미구 심곡2동 163-2 서경B/D 3F (우) 420-822
전화 § 032-656-4452팩스 § 032-656-4453
http://www.chungeoram.com
E-mail § chungeoram@chungeoram.com

ISBN 978-89-251-2522-0 04810
ISBN 978-89-251-2406-3 (세트)

無籍刀主
무적문주
눈매 新무협 판타지 소설
FANTASTIC ORIENTAL HEROES
7
[완결]
도서출판 청어람

目次

第一章

개방

콰당!

적발귀가 커다란 대문을 발로 차면서 장원 안으로 불쑥 들어섰다.

그 순간 장원 곳곳에 흩어져 있던 개방의 거지들이 깜짝 놀라 대문으로 몰려들었다.

그중 머리카락이 치렁치렁한 텁석부리 노사내가 버럭 고함을 지르며 달려들었다.

"어디서 굴러먹다 온 개뼈다귀냐!"

그가 다짜고짜 일장을 내지르며 덤벼들자, 적발귀는 운성을 등에 업은 채 성큼 물러서며 발을 뻗었다.

파방!

한차례 손과 발을 섞은 두 사람이 적당한 거리를 두고 물러났다.

노사내는 뜻밖에도 적발귀의 실력이 자신보다도 한 수 위인지라 적지 않게 놀랐다.

반면 적발귀는 주위를 한번 훑어보더니 안도의 한숨을 내쉬었다.

제대로 찾아온 것이다.

이곳은 본래 장가계의 마교 분타였다.

하지만 개방의 습격을 받은 마인들이 싸움에 패하면서 모조리 물러가고 이제는 개방의 임시 분타로 활용되고 있었다.

한편, 개방 측의 노사내는 적발귀가 다짜고짜 대문을 박차고 들어오자 마인이 보복을 하기 위해 나타난 것으로 여겼다.

요 근래 마인들은 때때로 불쑥불쑥 나타나서 개방의 임시 분타를 혼란에 빠뜨리곤 했던 것이다.

한데 이제 손을 섞어보니 상대의 무공 수위가 범상치 않은데다가, 마기를 전혀 느낄 수 없었기에 그는 잠시 당황했다.

그사이 적발귀가 오해를 풀기 위해서 목청껏 소리쳤다.

"나, 적발귀 탁진걸이요! 모두 경계를 거두어주시오!"

기왓장이 다르르 떨릴 정도로 공력이 잔뜩 깃든 목소리에 개방의 거지들이 깜짝 놀랐다.

하지만 누구 하나 경계를 풀지 않았다.

사실 그들 모두 적발귀를 한 번쯤 들어보기는 했다.

이번 신룡대전에서 최후 십 인에 해당하는 자인만큼 그 명성을 익히 들어 알고는 있었다.

하지만 직접 본 적은 단 한 번도 없었다.

노사내가 콧방귀를 꼈다.

"흥! 당신이 정말 적발귀 탁 대협인지 아닌지 어떻게 알겠소?"

"내가 적발귀가 아니라면 누가 적발귀란 말이오?"

"거야 알 수 없지! 우리가 직접 본 적이 없으니!"

노사내는 강경한 태도로 맞섰다.

요 근래에 마인들의 교묘한 수법에 진절머리가 난 그다.

물론 지금 적발귀라고 자처한 사내에게서는 마기가 전혀 느껴지지 않았다.

하지만 마도천하의 시대가 된 후로 마교에 예속된 정도 무인이 어디 한둘이던가? 그리고 그들 중에는 아직도 상당수가 마교의 앞잡이 노릇을 그만두지 않았다.

사정이 이러니 어떤 바보 거지가 저 한마디만 철석같이 믿고 경계를 풀 것인가?

적발귀는 난감한 표정으로 노사내를 보았다.

"귀하는 누구요?"

"철모신개(鐵毛神丐) 진삼랑(陳森郎)이오!"

적발귀는 묵묵히 진삼랑을 훑어보았다.

매듭이 여섯 번 묶인 것으로 보아서는 개방의 육결제자가 분명했다.

육결제자라면 장로 급의 바로 아래가 아닌가.

적발귀는 흥분을 가라앉히고 차분하게 사정을 설명했다.

"나는 적발귀가 분명하오. 그리고 내 등에 업힌 자는 무적문주 표운성이라고 하오. 지금 표 문주가 위독하니 어서 우릴 좀 도와주시구려. 그리고 지금 표 문주의 문도들이 여기서 오 리 정도 떨어진 숲에서 싸우고 있으니 여러 개방의 문도들께서 가서 도와주셨으면 하오."

"지, 지금 무적문주라고 했소?"

진삼랑이 눈을 휘둥그레 뜨고 되물었다.

적발귀를 포위한 거지들이 저마다 수군거리기 시작했다.

적발귀가 고개를 끄덕였다.

"그렇소. 이 사람이 무적문주요."

"하하하! 지금 그 말을 우리보고 믿으라고? 이 간악한 마교 놈들이 하다하다 안 되니까 이젠 별 수작을 다 부리는구나!"

이때쯤 운성은 거의 인사불성이 된 상황이었다.

마룡결의 부작용이 시간이 갈수록 심해졌던 탓이다.

그가 가까스로 의식을 차리며 희미한 목소리로 말했다.

"탁 선배님, 제 품에 방주님이 주신 작은 포대 자루가 있습니다. 그걸 이들에게 보여주시지요."

"알겠네."

적발귀가 얼른 운성을 내려놓고 품을 뒤적였다.

그가 갑자기 움직이자, 포위하고 있던 거지들이 움찔 놀라며 우르르 몰려들었다.

하지만 이내 운성의 품을 뒤지는 것을 보고 그저 멀뚱멀뚱

서서 지켜만 보고 있었다.

진삼랑 역시 적발귀가 하는 양을 지켜보기만 했지만, 내심 긴장을 늦추지 않았다. 마인 놈들이 하는 짓이 워낙 해괴하니 잠시라도 방심할 수가 없었다.

적발귀가 운성의 품을 뒤져 보니 과연 그가 말한 대로 포대 자루가 하나 들어 있었다.

그가 그걸 꺼내고 나서 곧장 진삼랑에게 휙 집어 던졌다.

"받으시오! 그걸 보면 내 말을 믿을 거요!"

하지만 진삼랑은 포대 자루를 낚아채는 대신 얼른 기다란 봉으로 포대 자루를 휙 내려쳤다. 그러고는 멀찍이 물러서서 포대 자루를 장봉으로 짚은 채 가만히 보기만 했다.

혹시라도 저 포대 자루 안에 독극물이라도 들어 있을까 봐 주의를 기울이는 것이었다.

적발귀와 운성이 보기에는 그저 실소만 나올 상황이었다.

하지만 연일 마인들에게 시달림을 받았던 진삼랑으로선 당연한 행동이었다.

"흥! 여기 독물이 있을지 어찌 알고?"

"독물이 있다면 내가 이렇게 가까이에 있겠소! 거참, 답답한 양반일세!"

"그럼 당신이 직접 풀어보시지!"

이쯤 되자 적발귀는 노기가 치밀어 올라 미칠 것만 같았다.

결국 그가 버럭 소리치며 포대 자루로 성큼 걸어갔다.

"좋다! 내가 이걸 풀 테니까 지켜보기나 하거라, 이 겁쟁이 녀석들!"

그러고는 그가 포대 자루를 다시 주워 안에 들어 있는 서신을 활짝 펼쳤다.

거기에는 개방 방주가 손수 쓴 글귀가 적혀 있었고, 가장 아래에는 의미를 알 수 없는 그림이 그려져 있었다.

마치 새를 그린 것도 같고, 비수를 그려놓은 것도 같은 것이 영 정체 모를 그림이었다.

하지만 그 그림을 본 진삼랑은 두 눈이 잔뜩 커졌다.

"이, 이건 방주님이 손수 쓰신……."

그가 당황하는 기색을 보이자, 적발귀가 냉랭하게 코웃음을 쳤다.

"홍! 이래도 내 말을 믿지 않을 것이냐!"

그제야 진삼랑이 공손히 허리를 숙였다.

"여러모로 큰 결례를 저질렀습니다. 탁 대협께서는 너그러이 용서해 주시지요. 최근 마교 놈들의 행패가 워낙 심했던지라 경계가 지나쳤던 것 같습니다."

그가 정중히 나서자 다른 거지들도 저마다 병기를 거두고는 공손히 손을 모으고 머리를 조아렸다.

뒤늦게나마 오해가 풀리자 적발귀는 다소 마음이 누그러졌다.

그도 더 이상은 무례하게 굴지 않았다.

"이제라도 알았다니 다행이오. 한데 표 문주가 많이 다쳤소이다. 그를 어서 안으로 좀 옮겨야겠소. 그리고 북서쪽으로 오리 정도 떨어진 숲에서 지금 한참 격전이 벌어지고 있소이다. 가서 좀 도와주시오. 나 역시 표 문주가 안정을 취하는 대로 쫓아가겠소."

"물론이지요!"

진삼랑이 마당을 둘러보며 소리쳤다.

"다들 들었느냐? 어서 북서쪽으로 형제들을 보내 그들을 돕도록 하라! 단, 이곳이 비면 위험해질 수 있으니 절반은 분타에 남아서 파수를 서도록 하라!"

"예에!"

거지들이 우렁차게 대답하고는 서둘러 움직이기 시작했다.

비록 꼬질꼬질한 용모지만 하나같이 탄탄한 몸인데다 기개가 넘쳤다.

적발귀는 그들의 신속한 움직임을 보자 비로소 마음이 조금이나마 놓였다.

적발귀는 얼른 운성을 다시 등에 업었다.

진삼랑이 안내했다.

"이쪽 안채로 오시지요. 가장 안전한 곳으로 모시겠소이다."

"고맙소."

두 사람은 재빠르게 걸음을 놀려 안채로 들어갔다.

방으로 들어선 적발귀는 운성을 침상에 눕혔다.

"이보게, 괜찮은가?"

하지만 운성은 이를 악물고 고통과 싸우는 중이었다. 조금이라도 숨을 크게 쉬면 내기가 요동을 쳤기에 제대로 대답도 할 수 없었다.

"이제 걱정 말고 몸을 다스리도록 하게. 나와 진 대협이 가서 그 주사 녀석들을 모조리 쓸어버리겠네."

"가지… 될 겁……."

"응? 뭐라고?"

하지만 운성은 더 이상 말을 뱉을 수가 없었다.

지금은 오로지 호흡을 가늘고 길게 가져가는 데 주력해야 했다.

자칫 정신을 놓게 되면 주화입마의 단계로 들어갈 수 있었다.

결국 적발귀는 더 이상 대답을 듣지 않고 몸을 돌렸다.

"걱정 말고 기다리고 있게나."

그가 기세 좋게 소리치고는 진삼랑과 방을 빠져나왔다.

두 사람은 곧장 분타를 나와 북서쪽으로 치달렸다.

그들이 숲길로 들어서서 한참 달려가는데, 마침 저만치 앞에서 개방의 거지들이 우글우글 모여 있는 것이 보였다.

한데 이상한 것이, 다들 우왕좌왕거리기만 할 뿐 전혀 싸우는 기색이 아니었다.

적발귀와 진삼랑이 도착하자 거지들이 우르르 달려와서 물었다.

"탁 대협, 이곳이 맞습니까? 근방을 아무리 찾아보아도 싸우는 자들이 보이지 않습니다."

그러고 보니 숲 속에는 온통 거지들만 바글거릴 뿐, 다른 사람은 한 명도 보이지 않았다.

이쯤 되자 몇몇 거지들이 적발귀를 의심했다.

"혹시 우리를 속인 게 아니오? 그자가 정말 무적문주가 맞소? 어쩌면 그자가 지금쯤 분타를 휘젓고 있는 걸지도 모르잖소!"

하지만 눈썰미가 좋은 진삼랑이 엄한 소리로 호통을 쳤다.

"말조심하게!"

그가 주변을 둘러보며 말했다.

나뭇가지가 꺾여 나간 모양, 기둥에 할퀴어진 상처들, 막 자라난 풀잎이 꺾인 모양이나 나뭇잎이 뭉친 모습 등, 어느 것 하나 허투루 보이지 않았다.

"이곳에서 한차례 싸움이 있었던 것은 분명한 사실이다! 그리고 분타에서 나는 방주님의 암호를 두 눈으로 똑똑히 확인했다!"

그러더니 그가 적발귀를 돌아보고 정중하게 물었다.

"아무래도 여기서 싸우던 자들은 모두 흩어진 모양입니다. 흔적이 계속 이어지지 않는 것으로 보아서는 각자 물러난 듯하군요. 이제 어떻게 하는 것이 좋겠습니까?"

"흐음, 일이 이렇게 된 이상 분타로 돌아갑시다. 여기서 더 시간을 끌어봐야 사라진 자들이 다시 나타나진 않을 듯싶소."

"제 생각도 같습니다. 그럼 돌아가도록 하지요."

결국 적발귀 일행은 손 한번 써보지도 못하고 다시 분타로 돌아와야만 했다.

사실 그가 운성의 말을 알아들었더라면 굳이 이런 헛걸음은 하지 않아도 됐을 것이다.

천궁의 주사들은 운성만을 노린 것이고, 이제 운성이 개방의 소굴로 들어간 이상 주사들도 몸을 물릴 수밖에 없었던 것이다.

흑영대 역시 주사들이 물러간 이상 무리해 가면서까지 싸울 이유가 없었다.

때문에 이들은 저마다 흩어져서 모습을 감춘 것이다.

한편 적발귀는 분타로 돌아가는 내내 심각한 얼굴로 입을 꾹 다물고 있었다.

지금 와서 생각해 보니 흑영대가 조금 이상했던 것이다.

그들 모두 강시처럼 새하얀 피부에 방갓을 깊이 눌러쓰지 않았던가.

물론 그것만 가지고 이상하게 여길 건 없다.

하지만 가장 신경 쓰이는 부분은 그들 모두 사이한 기운을 풍기고 있었다는 점이다.

혹시 무적문이 정도가 아닌 것은 아닐까?

만약 그들이 사마외도의 무리라면 과연 자신이 무적문주를 도와주는 것이 옳은 일인가?

적발귀는 고개를 설레설레 저었다.

아니다. 아직 단정할 수 있는 것은 아무것도 없다. 자세한 것은 나중에 운성이 깨어난 후에 따져 보아도 될 일이다.

분타로 돌아온 적발귀는 먼저 운성이 기거하는 방을 찾아갔다.

운성은 여전히 식은땀을 줄줄 흘리면서 이따금씩 신음 소리를 내기도 했다.

적발귀는 당장 궁금한 것이 한둘이 아니었지만, 아픈 사람을 붙잡고 추궁할 수도 없는 노릇이어서 그만 발길을 돌리고 말았다.

장가계 분타는 하루도 조용할 날이 없었다.

아직도 장가계 어딘가에 숨어 있는 마인들이 세를 이루고 쳐들어오는가 하면, 마교의 앞잡이 역할을 하는 정사(正邪)의 무인들이 거의 한 시진 간격으로 찾아와 도전장을 던지곤 했다.

하지만 진삼랑은 원래 조심성이 많고 부하들을 통솔하는 능력이 매우 뛰어난 자였다.

그는 위기가 발생할 때마다 적절한 방법으로 대처하면서 장가계 분타를 무사히 지켜냈다.

그렇게 대략 닷새가 지났을 때다.

초승달이 휘영청 떠오른 밤.

사방이 조용한 가운데 풀벌레 소리만이 찌르륵찌르륵 울리고 있을 때였다.

　장가계 분타의 대문 앞은 여느 때와 마찬가지로 개방의 거지 두 명이 낫을 한 자루씩 들고 경계를 서고 있었다.
　한데 길모퉁이에서 문득 두 사람이 나타나더니 대문을 향해 뚜벅뚜벅 걸어오는 것이 아닌가.
　거지들은 지난 며칠 동안 습격자들에게 시시때때로 시달려 온 터라 한껏 예민한 상태였다.
　두 명의 거지가 얼른 낫을 들어 올리며 날카롭게 소리쳤다.
　"게 섯거라! 웬 녀석들이냐?"
　보나마나 시비를 걸러 오는 자들일 것이라 여긴 두 거지는 눈알을 무섭게 희번덕였다.
　두 거지가 찬찬히 살펴보니, 한 명은 검은 방갓을 눌러썼고 키가 땅딸막하며 허리가 구부정한 것으로 보아 노인인 듯했고, 다른 한 명은 팔 하나가 없는 중년인인데 봇짐을 어깨 한쪽에 걸쳐 등을 가로질러 메고 있었다.
　하지만 이 두 사람은 거지들의 충고를 무시한 채 대문 코앞까지 걸어왔다.
　어이가 없는 두 거지가 낫을 위협적으로 휙 젓고는 물었다.
　"웬 녀석들이냐?"
　그러자 외팔이무인이 눈살을 찌푸리고 답했다.
　"명색이 정도문파의 솔선수범이 된 개방의 문도라면 언행을 함부로 하지 않는 것이 바람직한 일 아니겠소? 한데 아까부터 초면에 자꾸 무례하게 대하는구려!"
　하지만 거지들은 전혀 동요하는 기색이 없었다.

마인들이야말로 온갖 수단과 방법을 가리지 않고 지금껏 들이닥치지 않았던가?

거지 하나가 다시 눈썹을 추켜올리며 날카롭게 물었다.

"웬 녀석들이냐고 물었다!"

"흥! 끝까지 무례하군! 좋소, 내 우선 대답은 하리다! 나는 장사에서 온 엽상섭이라고 하오! 비검문에서 잡일을 떠맡아하는 보잘것없는 몸이오."

거지들이 서로를 바라보았다.

엽상섭이라…….

두 거지 모두 들어본 적이 없는 이름이었다.

그들의 시선이 이번에는 땅딸막한 키의 노사내에게 향했다.

노사내는 아까부터 묵묵히 서 있기만 했다.

엽상섭이 얼른 그를 대신해서 나섰다.

"이분은 무적문의 장로요! 여기 표 문주님이 계신다는 이야기를 듣고 서둘러 온 것이오! 자, 이제 오해가 풀렸으면 어서 우리를 안내나 하시오!"

두 거지가 깜짝 놀라서 서로를 번갈아 보았다.

둘은 무언의 대화를 눈빛으로 교환했다.

이내 두 거지가 차갑게 비웃었다.

"흥! 네놈들이 어떻게 알고 찾아온 거지?"

"무슨 소리요? 우리는 무적문주가 위독하다는 소식을 듣고……."

"닥쳐라! 그 사실을 너희가 어찌 알 수가 있냔 말이다!"

사실 두 거지의 의심은 당연한 것이었다.

적발귀나 표운성으로부터 누군가 찾아올 것이란 이야기는 들은 적이 없다.

운성은 현재 인사불성이 된 상태이니 백풍이 찾아온다는 말을 할 수 없었고, 적발귀는 그러한 사실을 처음부터 모르고 있었으니 당연한 일이었다.

한데 지금 다짜고짜 무적문의 장로라고 하는 자가 찾아오니 의심부터 하는 것이 당연하리라.

거지 한 명이 백풍의 방갓을 낫으로 슬쩍 들어 올렸다.

"어이, 노인장. 아까부터 조용하던데 낯짝이나……".

"쯧! 무례한지고!"

기분이 상한 백풍이 낫을 손가락으로 딱 퉁겼다.

그러자 시퍼런 날이 '깡!' 소리를 내며 휙 날아가서 대문에 깊이 박히는 것이 아닌가.

그제야 거지들은 이 방갓의 노인이 한낱 어중이떠중이와는 다른 고수라는 것을 알고 깜짝 놀랐다.

옆에서 지켜보던 거지가 재빨리 품에서 뭔가를 꺼내 하늘로 집어 던졌다.

삐익! 팡!

허공에서 폭죽이 터지자 담장 너머에서 시끌시끌한 소리가 울리기 시작했다.

엽상섭이 난감한 표정을 짓는데, 참다못한 백풍이 버럭 소리쳤다.

"썩 비켜서지 못하겠느냐? 정 의심스러우면 나와 표 문주가 만나면 모든 것이 밝혀질 것 아니겠나!"

"흥! 그렇게는 못하지! 그랬다가 암수를 써서 표 문주를 죽일 생각인지 어찌 알겠는가!"

"쯧쯧, 표 문주를 위하는 그 갸륵한 마음은 고맙네만, 이렇게 답답해서야. 썩 물러나라!"

"우리에게 얌전히 잡히면 표 문주를 만나게 해주마!"

거지 둘이 노인을 향해 몸을 던져 갔다.

화들짝 놀란 엽상섭이 얼른 몸을 날려 두 사람을 팔과 다리로 밀쳐 냈다.

퍽! 팍!

지금까지 우물쭈물한 기색으로 가만히 서 있기만 하던 엽상섭이 느닷없이 움직일 것이라곤 두 거지 모두 예상하지 못했다.

게다가 엽상섭은 한때 무공을 꽤 높은 경지까지 이룬 무인이 아니었던가.

그가 내력을 써서 두 사람을 매섭게 밀어붙이자, 두 거지는 뒤로 서너 걸음 물러나고 말았다.

뒤미처 백풍이 번쩍 몸을 날리며 두 거지의 가슴을 발바닥으로 후려쳤다.

"고얀 것들!"

퍼펑!

"크억!"

거지 둘이 붕 날아가더니 대문짝을 부수며 안마당에 나뒹굴었다.

백풍과 엽상섭이 저벅저벅 걸음을 옮겨 문지방을 넘어서 들어섰다.

그러자 안마당에는 이미 횃불이 훤하게 밝혀져 있었고, 어느새 병기를 들고 모인 거지들이 바글거렸다.

조금 전 폭죽 신호를 보고 모여든 것이었다.

그들이 안마당에 도착하자마자 문지기 두 명이 문짝마저 부수며 들어와 나뒹구니, 당연히 분노의 화살은 백풍과 엽상섭에게 향했다.

엽상섭이 얼른 외팔을 흔들며 해명했다.

"여러분, 오해이십니다! 이분은 무적문……."

"네놈들도 무적문주를 해하려고 왔구나!"

버럭 고함친 거지는 머리가 벼락 맞은 것처럼 사방으로 삐죽삐죽 솟은 자였다.

허리춤에 매인 매듭이 다섯 개인 것을 보면 거지 중에서도 상당히 신분이 높은 것이 틀림없었다.

백풍이 혀를 차고는 차갑게 대꾸했다.

"표 문주 그 녀석을 치료해 주러 왔네!"

"행여나 그러시겠지!"

벼락 맞은 머리의 오결제자가 더 들어볼 것도 없다는 듯이 몸을 번뜩 날려왔다.

그는 손에 들린 판관필(判官筆)을 휘둘러 백풍의 가슴 위쪽

결분혈을 찍어나갔다.

하지만 백풍이 누군가.

지난 수백 년의 세월 동안 인체만을 연구해 온 의선이 아니던가.

그는 개방의 오결제자가 판관필을 쥐고 내찌르는 동작을 취할 때부터 어디의 급소를 노리는지 훤히 꿰뚫어 보고 있었다.

백풍은 전혀 당황하지 않았다.

대신 기다렸다는 듯이 한 걸음 성큼 내디디며 오른손을 한 차례 휘저었다. 그 순간 상대의 판관필이 그의 팔뚝을 따라 휘감기더니 어느새 백풍의 손아귀에 들렸다.

졸지에 무기를 빼앗긴 오결제자가 당황한 표정으로 돌아섰다.

아무리 적이지만 백풍의 신묘한 수법에 찬탄하지 않을 수가 없었다. 더구나 저렇게 깔끔하게 판관필을 빼앗을 정도면 마음만 먹었다면 얼마든지 자신의 목숨까지 앗아갈 수도 있었다.

여기까지 생각이 미치자 오결제자는 등골이 서늘해졌다.

오결제자가 자못 정중해진 어투로 다시 물었다.

"노선배의 신묘한 수법에 감탄했소이다! 어디서 온 누구신지 여쭤봐도 되겠소이까?"

"쯧, 방금 말하지 않았던가! 무적문의 백 장로라고 하네!"

"흐음, 그럼 잠시 기다려 주시지요. 제가 가서 선배의 신분을 확인할 만한 사람을 모셔 오겠소이다! 그사이 선배께서 참고 기다려 주신다면 저희 개방 제자들은 어떤 무례한 행위도 하지 않을 것을 약속드리지요!"

"좋네, 좋아! 진작 그럴 것이지. 그럼 어서 다녀오게."

백풍은 운성을 데려온다는 소린 줄 알고 선뜻 승낙했다.

그리고 운성이 직접 나올 정도라면 크게 다친 것이 아닌 것 같아 한편 안심이 됐다.

오결제자는 그대로 몸을 돌려 어딘가로 사라졌다.

그러는 동안 거지들은 백풍을 포위한 채 어떤 행동도 하지 않았다.

그렇다고 경계심을 푸는 것도 아니었다.

이들의 이런 철두철미함이 지금껏 장가계의 분타를 지켜오는 힘이었던 것이다.

잠시 후 오결제자가 다시 돌아왔다.

그의 뒤로 적발귀와 진삼랑이 따라왔다.

오결제자가 적발귀를 향해 소곤거리며 뭐라고 묻자, 적발귀는 가만히 백풍을 응시하더니 고개를 절레절레 저었다. 그리고 엽상섭을 보고도 고개를 흔들고는 다시 오결제자에게 뭐라고 말했다.

그러자 진삼랑이 낭랑한 목소리로 외쳤다.

"노선배께서는 뉘시오?"

"거, 몇 번을 묻는 건가! 무적문의 장로라고 하지 않았느냐!"

백풍이 버럭 신경질을 내자, 진삼랑이 싸느랗게 말했다.

“여기 계신 탁 대협께선 표 문주께 그런 소리를 들은 적이 없다는군요! 게다가 탁 대협께서도 노선배를 초면이라고 했소이다! 그 곁에 선 외팔무인도 마찬가지요! 그러니 우리는 함부로 표 문주와 대면시켜 드릴 수가 없소이다! 정말 표 문주와 친분이 있거든 우리가 확인할 수 있는 사람과 함께 다시 오시오!”

백풍은 이 말을 듣고 기가 찼다.

도대체 저 붉은 머리털이 누구기에 자신의 신분을 보장한단 말인가?

백풍이 화가 잔뜩 나서 소리쳤다.

“야이 멍청한 거지새끼들아! 도대체 누굴 데려와야 네놈들이 인정할꼬?”

백풍의 입에서 험악한 소리가 나가자, 거지들의 표정이 자연 굳어졌다.

그러자 다혈질인 적발귀가 얼른 소리쳤다.

“흥! 당신이 정말 무적문의 장로라면 누구보다도 더 잘 알게 아닌가!”

“뭣이? 그럼 내가 하나 물어보자! 탁가라고 했느냐? 탁가 놈아! 그럼 네놈은 무적문의 문도나 장로를 본 적이 있기나 하느냐? 네놈이 뭔데 내 신분을 보장하니 마니 하느냐!”

“보, 본 적은 없지만… 아무튼 비검문의 차 문주가 함께 온다면 내가 확실히 보장해 주지!”

“뭣이? 이런 니미럴! 네놈들이 비키지 않는다면 내가 직접 표 문주를 만나러 가겠다!"

그러자 지금껏 정중하게 대했던 진삼랑이 날카롭게 소리치며 길을 막아섰다.

"어딜!"

"비켜!"

백풍이 번쩍 몸을 날리자, 순간 거지 네댓 명이 그 앞을 가로막아 섰다.

백풍은 얼른 권각을 뻗어 가로막은 거지들을 하나씩 쳐냈다.

파박! 파팡!

일순간 길을 막았던 거지들이 속수무책으로 나가떨어졌다.

눈 깜짝할 사이에 개방의 문도 네댓 명을 쓰러뜨리자, 진삼랑이 움찔 놀라서 소리쳤다.

"놈은 고수다! 모두 타구진(打狗陣)을 펼쳐라!"

그러자 거지들이 우르르 몰려서 백풍과 엽상섭을 포위하더니 저마다 비틀 비틀거리기 시작했다.

이윽고 어떤 이는 구걸하는 소리를 내고, 어떤 이는 미치광이처럼 시시덕거리고, 또 어떤 이는 곡소리를 내기도 했다.

대략 삼백에 달하는 거지들이 저마다 아우성을 지르며 포위하고 있으니 살기마저 느껴질 정도였다.

원래 타구진은 팔백여 명에 달하는 거지들이 이루는 대진이었지만, 지금은 분타에 있는 삼백여 명만이 이루고 있었다. 그럼에도 타구진에 갇힌 백풍과 엽상섭은 혼이 쏙 빠질 정도로 정신이 없었다.

그 순간 거지 중 하나가 번뜩이며 봉을 휘둘러 들어왔다. 백풍이 얼른 몸을 피하며 거지의 엉덩이를 발로 걷어찼다. 뒤미처 또 다른 거지가 낫을 후리며 달려들었다. 이번에는 엽상섭이 얼른 달려가 일장을 뻗어 놈의 아랫배를 후려쳤다.

하지만 거지들의 공격은 끝이 없었다.

낫이 지나가면 창이 찔러오고, 창이 지나가면 검이, 검이 지나가면 다시 봉이 이어졌다.

"니미럴! 더러운 거지새끼들!"

백풍이 연신 공격을 피하고 받아치면서 욕지기를 뱉었다. 그러는 중에도 그는 운성의 안위가 염려돼서 조바심이 났다.

그런데 그때,

돌연 하늘 위에서 검은 피풍의를 두른 방갓사내들이 후두두 떨어지는 것이 아닌가.

그들이 백풍과 엽상섭을 포위하면서 일제히 검을 뽑아 들었다.

타구진을 펼치고 있던 거지들은 이 느닷없는 등장에 깜짝 놀라서 울부짖던 소리마저 뚝 멈추고 말았다.

진삼랑도 화들짝 놀라서 꿀 먹은 벙어리처럼 눈만 끔뻑일 뿐이었다.

'도대체 이자들이 어떻게 나타난 것인가?

진삼랑이 고개를 들어보니 나타날 수 있는 곳이라곤 바로 옆 건물의 지붕밖에 없었다.

그렇다면 이 흑의무인들은 처음부터 개방 분타 내에 잠복해 있었다는 말이 아닌가.

그런데도 개방은 지금껏 감쪽같이 모르고 지냈다니.

도대체 왜 그랬을까?

대략 스무 명에 달하는 저들이 개방의 분타에 숨어서 그동안 뭘 노렸던 것인가?

진삼랑의 머릿속에 의문이 꼬리를 물고 이어졌다.

그때 적발귀가 그들을 가리키며 버럭 소리쳤다.

“아앗! 저자들은! 저자들은!”

“아시는 분이오?”

“무, 무적문도요!”

“뭐라고?”

진삼랑이 깜짝 놀라서 방갓사내들을 바라보았다.

어딘지 모르게 사이한 기운을 풍기는 그들.

방갓을 워낙 깊이 눌러쓰고 있는지라 단 한 사람의 얼굴도 확인하기는 힘들었다.

방갓사내 중 한 명이 중저음의 목소리로 말했다.

“이분은 본 문의 장로가 분명하오. 모두 물러나 주기 바라오.”

그는 바로 극신이었다.

그의 말이 삼백여 명의 거지들 귀에 윙윙 울렸다.

그것만 보더라도 그의 내공이 얼마나 심후하고 두터운지 잘 알 수 있었다.

이제 모든 거지의 눈이 적발귀에게 향했다.

적발귀가 얼른 고개를 끄덕끄덕했다.

"마, 맞소! 저들은 분명히 무적문도요."

그가 인정하자 진삼랑도 뒤늦게 포권을 취했다.

"불초 진 아무개가 노선배께 여러 가지로 실수가 많았습니다! 용서하십시오."

그러자 타구진을 펼치고 있던 거지들도 일제히 두어 걸음 물러나며 포권을 취한 채 정중히 고개를 숙였다.

백풍이 싸늘한 시선으로 그들을 둘러보다가 진삼랑을 향해 눈을 흘겼다.

"쯧! 그러게 처음부터 좀 믿었으면 이런 일이 없잖은가!"

"표 문주는 현재 혼수상태입니다. 탁 대협도 따로 들은 말이 없다고 하여 혹 마교 놈들의 꼼수가 아닐까……."

"변명은 됐네! 어서 그 아이가 있는 곳으로 안내하게!"

"예!"

진삼랑이 두말없이 몸을 돌려 앞장섰다.

백풍이 그의 뒤를 따라 저벅저벅 걸음을 옮겨갔다.

그가 적발귀 앞을 지나칠 때쯤, 적발귀도 고개를 숙여 사죄했다.

"공연히 수고를 끼쳐 드려 죄송합니다."

하지만 백풍은 일언반구도 하지 않은 채 휭하니 지나칠 뿐이었다.

머쓱해진 적발귀가 어깨를 움츠리고는 고개를 돌렸다.

“엇?”

그가 눈을 휘둥그레 뜨고 두리번거렸다.

그제야 다른 거지들도 지금껏 백풍과 엽상섭을 호위하던 방 갓의 사내들이 감쪽같이 사라졌다는 것을 깨달았다.

그들이 포권을 취하고 고개를 숙이고 있는 동안, 이미 몸을 날려 은신한 것이다.

적발귀가 고개를 설레설레 저었다.

“은신술 하나는 기가 막힌 자들이군.”

그가 터덜터덜 걸음을 옮겨 운성이 기거하는 방으로 향했다.

第二章

의형제

백풍은 운성의 몸 상태를 확인한 후 주위의 모든 사람들을
물리쳤다.

그러고는 엽상섭만이 그의 시중을 들게 하고 아무도 방 안
에 발을 들이지 못하도록 했다.

적발귀 역시 방 안으로 들어가지 못하고 바깥에서 기웃거리
기만 할 뿐이었다.

이따금씩 운성은 비명을 내지르기도 하고 고통에 찬 신음을
흘리기도 했다.

치료 과정에서 급하게 필요한 게 생기면 진삼랑이 무엇이든
구해주었다.

무적문주에게 절대적으로 협조하라는 방장의 서신이 있었

기 때문이다.

그렇게 열흘이 흘렀다.

운성은 이제 앉아서 운기조식을 할 수 있을 만큼 기력을 회복한 상태였다.

가끔씩 정원으로 나와 햇볕을 쬐기도 했다.

운성은 항상 정해진 시간에 운기조식을 취했는데, 점차 그 시간을 늘려가고 있었다.

모든 것은 백풍의 지시대로 행하는 것이었다.

그날도 여느 때와 다름없이 운기조식을 취한 후 백풍이 가져온 약을 먹으려고 할 때였다.

약사발을 입에 가져가던 운성이 문득 고개를 들고 백풍을 보았다.

"왜 그러느냐?"

"미안해서."

"별 소릴 다 들어보는구나. 네놈이 많이 아프긴 아픈 모양이다."

"아냐. 정말이야."

"미안한 줄 알면 어서 그 약 먹고 기운이나 차리시게."

백풍이 부드러운 어조로 말했다.

지난 며칠 동안 운성이 고통에 허덕이는 것을 볼 때마다 그의 마음이 몹시 아팠던 것이다.

그는 누구보다도 운성이 구룡문도를 위한다는 것을 잘 알고 있었다.

운성이 희미하게 웃고는 약사발을 들이켰다.

백풍이 빈 약사발을 넘겨받으며 혼잣말처럼 중얼거렸다.

"힘들지 않느냐?"

"별로."

"그놈의 허세는… 그만하지 그러냐? 위 군사, 아니, 천궁의 궁주를 이기긴 힘들 게다. 우리야 하루 이틀 어둠 속에서 살았더냐? 너무 애쓰지 말란 말이다."

"어째서 궁주를 이기기 힘들다는 거야?"

"말이라고 하느냐? 그 녀석은 지난 수백 년 동안 내공을 쌓았을 게다. 그 깊이가 어마어마할 터. 우리와 같다고 생각하면 안 돼."

"하지만 마룡결이라면 이길 수 있을지도 몰라."

운성이 무심한 표정으로 중얼거렸다.

백풍이 인상을 팍 구기며 소리쳤다.

"너!"

"그 방법밖에 없어."

"에혀, 하나밖에 없는 문주 녀석이 왜 이렇게 말을 안 듣나 몰라!"

"뭐가 잘못된 것 아냐? 문도가 문주 말을 들어야지."

"내가 말을 말지, 말을 말아."

운성이 피식 웃고는 창가로 걸어갔다.

백풍은 빈 약사발만 바라보며 입술만 달싹였다.

두 사람 모두 서로에게 할 말이 있는 듯하면서도 쉽게 말을 꺼내지 못하는 분위기였다.

'저놈이 내 말을 들을 리가 없지.'

백풍은 생각 끝에 길게 한숨을 내쉬었다.

그 순간 운성이 입을 열었다.

"아저씨."

"왜?"

"마룡결을 완전히 익힐 방법 좀 찾아줘."

백풍의 표정이 묘하게 일그러졌다.

결국 그가 가장 듣기 꺼리던 말이 운성의 입에서 나온 것이다.

백풍이 다시 한 번 한숨을 내쉬고는 말했다.

"그걸 꼭 익혀야겠냐?"

"그 방법밖에 없잖아."

"누가 너더러 애쓰라고 했더냐? 우리는 이대로 살아도 족하다."

"내가 만족하지 않아, 아저씨가 그러고 사는 거. 이제 쉬게 해주고 싶어."

"너 정말 날 죽이지 못해 안달이구나."

"응."

백풍이 어이없다는 표정으로 툴툴 웃었다.

하지만 그는 운성의 저 갸륵한 마음을 잘 알고 있었다.

이별은 늘 아쉽고 무서운 법이다.

특히나 수백 년을 함께해 온 자들이라면 더욱 그렇다.

하지만 구룡문의 사군자는 모두 그 이별을 갈망하고 있다.

어둠 속에서 죽은 듯이 살아야 하는 삶.

그 삶에 종지부를 찍고 싶은 것이다.

사군자 저마다 죽음을 갈망하고 있는 것이다.

운성은 그 소원을 이뤄주기 위해서 모든 것을 내걸고 있었다.

백풍은 그것이 못내 안쓰럽고 미안할 뿐이었다.

백풍이 또 한 번 길게 한숨을 내쉬었다.

운성이 이맛살을 구기며 짜증을 냈다.

"벌써 세 번째야. 왜 그렇게 한숨을 많이 쉬어?"

"내가 세 번밖에 안 쉬었나? 마음속에서는 수천 번 새어 나온 한숨인데……."

"왜 그렇게 반대하는 건데?"

"거야 네 몸이 상하니까 그렇지!"

"나, 잘 버틸 수 있어."

백풍은 또 한숨을 내쉬었다.

이제 그는 습관처럼 한숨이 흘러나오고 있었다.

그가 메마른 소리로 말했다.

"역대 문주들이 주로 단명했던 이유를 잘 알지 않느냐?"

"그래서?"

"그래서라니? 그들 대부분이 마룡결을 익히려고 덤비다가 목숨을 잃었다. 나더러 또 그 꼴을 보라고? 절대 못한다!"

"난 할 수 있다니까!"

“할 수 없다는 생각을 가지고 덤빈 문주는 단 한 명도 없다! 하지만 모두 실패하고 아까운 목숨을 잃었지!”

“아니! 한 명 있잖아!”

그 말에 백풍의 눈동자가 흔들렸다.

그러나 이내 다시 서글픈 표정에 잠겨들었다.

“한 명… 있긴 했구나.”

“그래, 우리 아버지. 마룡결을 팔성까지 무난히 익히셨잖아.”

백풍은 한참 동안 말이 없었다.

하지만 이내 고개를 절레절레 젓고 말았다.

“안 돼. 그래도 너무 위험해.”

“왜? 난 아버지의 핏줄을 이어받았어! 아버지가 그랬어! 자손은 선조보다 위대하다!”

“아무리 그래도 너는 팔성을 넘어 대성해야 한다. 네 아버지가 환생하더라도 마룡결을 완전히 익힐 수 있을지는 알 수 없다.”

“내가 해볼게!”

“거참!”

“아저씨!”

“일없다!”

백풍이 결국 자리를 박차고 일어났다.

“아저씨! 어디 가!”

하지만 백풍은 운성의 부름에 아랑곳하지 않고 방을 나가 버렸다.

그 뒤로 그는 운성의 방에 들어오지 않았다.

약도 엽상섭이 대신 가지고 들어왔다.

운성은 그의 생각을 꿰뚫어 볼 수 있었다.

일부러 만남을 피해서 그 이야기를 꺼내지 않으려는 것이 분명했다.

'그렇게 나온다면 나도 방법이 있지.'

운성은 그날부터 엽상섭이 가져온 약을 입에도 대지 않았다.

엽상섭이 안절부절못하며 억지로라도 약을 먹이려고 하면 운성은 단번에 약사발을 내려쳐 깨부수곤 했다.

그렇게 사흘이 지나가자 결국 백풍이 직접 약사발을 들고 찾아왔다.

"너, 미쳤나!"

백풍이 머리끝까지 벌겋게 달아올라서 역정을 부렸다.

하지만 운성은 헤실헤실 웃으면서 물었다.

"도와줄 거지?"

백풍이 붉으락푸르락해진 얼굴로 한참 동안 운성을 쏘아보더니 땅이 꺼져라 한숨을 내리쉬었다.

"우선 이것부터 마셔라."

운성은 이번만큼은 사양하지 않고 마셨다.

그러고 나자 백풍이 운성을 물끄러미 바라보고 물었다.

"꼭 그래야만 하겠느냐?"

“응. 알잖아, 내 고집.”

“빌어먹을 놈.”

백풍이 창가로 저벅저벅 걸어갔다.

그가 한참이 지나서야 무거운 입을 열었다.

“익히다가… 죽으면… 죽여 버린다.”

“후후, 이미 죽었는데 어떻게 또 죽인다는 거야?”

“흥! 무덤을 파서라도 그 시체를 다시 토막 내주지!”

듣기만 해도 소름 끼치는 소리가 백풍의 입에서 거침없이 튀어나왔다.

운성이 짐짓 어깨를 움츠리며 말했다.

“어이쿠, 무서워라. 꼭 성공해야겠네.”

“니미럴. 염병할. 육시럴…….”

백풍은 연신 욕을 중얼거리며 운성을 한차례 쏘아보더니 이내 또 한숨을 내쉬고는 방을 나가 버렸다.

홀로 남은 운성이 나직이 중얼거렸다.

“걱정 마. 반드시 성공할 테니까.”

다음날부터 운성은 백풍이 가져오는 약을 하루도 거르지 않고 꼬박꼬박 챙겨 먹었다. 그러는 동안 그는 바깥세상이 어떻게 돌아가는지 일절 관심도 가지지 않았다.

오로지 날마다 정해진 시간에 내공을 운기하면서 내상을 치료하는 데만 집중했다.

마룡결의 부작용이 가볍지 않았기 때문에 치료 기간은 제법 오래 걸렸다.

그러던 어느 날, 백풍이 운성의 방에 불쑥 찾아들어 왔다.
그는 운성의 손목을 들어 맥을 짚어보더니 천천히 고개를 끄덕였다.

"흐음, 이만하면 구 할은 치료됐다고 볼 수 있겠군."

"그럼 이제 시작할 수 있는 거야?"

운성이 기대에 찬 표정으로 물었다.

백풍은 시종일관 담담한 태도로 대꾸했다.

"아니지. 완벽하게 치료하고 나서 익혀도 성공할까 말까
다."

"에이, 그럼 또 더 기다려야 해?"

"내일 움직이도록 하자."

"내일? 어디로?"

운성이 눈을 동그랗게 뜨고 물었다.

"호북(湖北) 의도(宜都)."

"의도? 거긴 왜?"

"이놈아, 왜긴 왜야? 마룡결을 완전히 익히고 싶다면서!"

백풍이 버럭 신경질을 부리자, 운성이 입술을 비죽 내밀었
다.

"성질은……. 마룡결을 익히려면 거기로 가야 하는 거야?"

"나 혼자선 널 도와줄 수 없다."

"그럼?"

"내가 할 수 있는 것은 마룡결을 익히는 동안 네가 정신을

잃지 않도록 도와주는 단환을 제조해 주는 것밖에 없어. 그 외에는… 연 장로에게 맡겨야지.”

“연 장로님에게?”

“그녀가 네게 연공실을 만들어줄 게다. 마룡결을 익히기 위해서 갖춰진 연공실을. 그런데 지금 그녀가 비검문을 돕느라 의도에 가 있다. 그러니 내일 의도로 가잔 말이다.”

운성이 손바닥을 짝 마주쳤다.

“아! 그래서 의도로 가는 거군! 그럼 의도로 가는 동안 몸을 완전히 회복시키면 되겠군!”

백풍이 자리에서 일어났다.

“덤벙대지 말고 잘해야 한다.”

“물론이지!”

운성이 자신만만하게 대답했지만, 백풍은 영 못마땅한 표정으로 방을 빠져나갔다.

다음날 운성은 적발귀와 함께 호북 지역의 의도를 향해 출발했다.

물론 백풍도 함께였다.

개방의 거지들은 이 세 사람을 배웅해 주면서 커다란 마차 한 대를 구해주었다. 덕분에 운성은 이동 중에도 운기행공을 하면서 내상을 치료할 수 있게 됐다.

마차를 타고 가면서 운성은 적발귀로부터 강호 돌아가는 사정을 조목조목 전해 들었다.

먼저 가장 주목할 만한 소식은 비검문이 호남 지역을 완전히 평정하고 강서(江西) 지역마저 장악하면서 마교의 세력을 상당수 몰아냈다는 것이다.

그리고 개방은 북쪽에서부터 내려오면서 마교의 세력을 몰아쳐 이제 호북 지역을 동서로 갈라 대치 중이라고 했다./

뿐만 아니라 무당파도 서서히 움직이기 시작하는 징조가 보이고, 그 외에 문을 닫아걸었던 정도문파가 서서히 꿈틀거리기 시작한다는 소식이 있었다.

여기까지 이야기를 들은 다음, 백풍이 말을 보탰다.

"아마 이번에 다시 움직이기 시작한 정도문파가 의도로 모여들 것이다. 지금 마교는 의창(宜昌)에 집결되어 있다는 정보야. 이번에 마교가 이렇게 빨리 무너질 수밖에 없었던 것은 개방의 정보력이 한몫을 했지."

"어떻게?"

"천궁의 궁도들이 마교 수뇌부에 상당수 배치되어 있었다. 개방은 이들의 정체를 파악하고 그 부분을 집중 공략한 거야. 사실 천궁의 궁도들은 이제 마교에 남아 있을 이유가 사라진 셈이지. 그들은 처음부터 우리 구룡문을 끌어내기 위해서 마교에 잠입한 것이니까. 한데 우리가 나타났으니 더 이상 마교를 위해 일할 필요가 없는 게다. 형세가 조금이라도 불리해지면 몸을 빼내고 천궁으로 돌아가는 거지. 그러다 보니 마교는 모래성처럼 빨리 무너진 게야."

"그렇군. 확실히 개방의 정보력은 인정할 수밖에 없겠어."

"그래서 홍 군사가 애들을 풀어 비검문과 개방을 돕게 했다. 네 소식을 듣고 나서 천궁의 행방을 다시 찾아내기 위해서는 개방과 손을 잡는 것이 가장 빠른 방법이라고 했거든."

"아아, 그래서 연 장로님이 의도에 계신 거구나."

"그래. 내가 미리 연통을 넣어두었으니 네가 도착할 때쯤이면 소소가 연공실을 만들어놓았을 게야."

"그렇게 된 거군."

운성이 고개를 끄덕이며 창밖을 바라보았다.

창밖의 풍경은 마치 살벌한 현실과 동떨어진 세계처럼 아름답게만 펼쳐져 있었다.

한편 이 두 사람의 대화를 묵묵히 듣던 적발귀는 입이 근질거려 참을 수 없는 지경이었다.

그는 결국 궁금증을 모조리 토해내기 시작했다.

"표 문주, 내 하나 물어보세. 도대체 무적문은 어떻게 구성되어 있는 건가? 왜 강호에 떳떳하게 나오지 않고 언제나 그렇게 숨어만 있는 건가? 그리고 무적문, 아니, 구룡문이라고 했던가? 구룡문은 정도문파인가, 사도문파인가? 아니면 밀교인가? 나는 도대체 무적문의 정체를 모르겠군. 그동안은 자네를 도와주기로 한 약속 때문에 입을 다물고 있었네만, 정말 이젠 답답해서 못살겠네. 문도들이 풍기는 기운 역시 묘하더란 말일세. 밤엔 잘 모르겠지만, 낮에 보았을 땐 정말 이질감이 느껴지더군. 도대체 무적문의 정체가 뭔가?"

적발귀는 숨도 쉬지 않고 말을 뱉고 나서는 두 눈을 부릅뜬 채 운성을 바라보았다.

돌아오는 대답에 따라서 그는 운성을 더 도와줄지 말지를 결정하려는 것이다.

운성과 백풍은 서로 잠시 눈길을 교환하다가 고개를 끄덕였다.

어쨌거나 적발귀는 목숨을 걸고 자신을 도와준 자가 아니던가.

만약 적발귀가 자신을 업고 개방의 분타로 찾아가지 않았던들 여기서 이렇게 마차를 타고 이야기를 나눌 수나 있었겠나.

운성이 희미하게 웃음 지으며 말했다.

"좋습니다. 탁 선배님은 제 생명의 은인이니 모든 것을 말씀드리지요. 하지만 이 사실을 다른 사람들에겐 알리지 않으셨으면 좋겠습니다."

"좋네, 자네가 날 믿고 말해준다니 나도 함구하도록 하지."

적발귀가 시원하게 대답하자 운성이 빙그레 웃고는 설명하기 시작했다.

그는 구룡문이 어떤 문파이며, 어떻게 생겨났는지부터 이야기했다. 그리고 사군자들이 죽지 않게 된 배경부터, 천궁의 궁주가 누구인지도 모두 털어놓았다. 또한 자신은 사군자를 위해 지금 목숨을 걸고 마룡결을 익히려고 한다는 사실까지 이야기했다.

긴 이야기를 다 듣고 보니 적발귀는 이런 기구한 사연도 처음이라 금세 눈물이 글썽글썽했다.

세상에 문도를 죽여야만 하는 문주라니.

그리고 그들의 소원을 이뤄주기 위해서 목숨을 거는 문주라니.

이런 가슴 아픈 사연이 또 어디 있으랴.

이윽고 적발귀는 감동의 눈물을 줄줄 흘리며 말했다.

"그런 거였군. 청의군장이 말한 그 석판에 바로 그런 사연이 있었어. 표 문주, 나는 정말 그대에게 오늘 몹시 감동 받았다네. 내 무슨 일이 있어도 자네를 끝까지 도와주겠네. 아니, 그럴 것이 아니라 자네, 나와 함께 의형제를 맺지 않겠는가?"

운성은 뜬금없는 제안에 눈을 동그랗게 떴다.

언제까지 속일 수만은 없겠다 싶어 오늘 모든 것을 이야기해 준 것인데, 적발귀가 이렇게까지 감동할 줄이야 누가 알았으랴.

"하하, 불초한 제가 어떻게 탁 대협님과 형제를 맺을 수 있겠습니까? 그저 탁 대협님의 깊은 의협심을 존경하고 흠모할 따름인데요."

"무슨 그런 섭섭한 소리를 다 하는가. 자네가 괜찮다면 나는 오늘 자네와 생사고락을 함께할 의형제를 맺고 싶네."

그러자 이야기를 가만 듣고 있던 백풍이 미세하게 고개를 끄덕였다.

'만에 하나 표 문주가 마룡결을 대성해서 우리 사군자가 모두 죽을 수만 있다면… 세상 천지에 표 문주 홀로 남게 되는 것이 아니겠나. 그렇다면 이 둘이 형제지간을 맺는 것도 좋으리

라. 게다가 이 적발귀라는 자는 비록 지나치게 감성이 풍부해서 뜬금없는 점도 있지만, 무공이 절정에 달했고 의협심도 깊으니 표 문주에게 해가 되진 않을 것이다.’

생각을 마친 백풍이 입을 열었다.

“과연 좋은 생각이오.”

백풍이 찬동하고 나서자 적발귀가 신바람이 나서 소리쳤다.

“그렇지요, 백 장로님? 자, 표 문주, 어떤가? 내 비록 나이가 많지만 사문인 검산파는 마교 놈들에게 망한 지 오래이니 구태여 항렬을 따질 필요도 없네. 자네는 내가 싫은가? 나는 자네가 아주 마음에 든다네.”

“싫을 리가 있겠습니까?”

운성은 그렇게 대답했지만 내심은 별로 반갑지 않았다.

비록 그에게 목숨을 빚졌다곤 하지만, 앞으로 그를 형님으로 대했다간 왠지 영 피곤해질 것만 같았다.

운성은 천성이 자유분방하고 누군가 간섭하는 것을 싫어했다. 게다가 아버지가 사악한 자에게 속아서 돌아가신 후로는 남을 잘 믿지 않았다.

거의 모든 것을 제 혼자의 힘으로 해결하려고만 했던 것이다.

한데 지금 백풍마저 나서서 적발귀와 자신을 엮으려고 하니 여간 난감한 게 아니었다.

그러나 적발귀는 막무가내였다.

그가 운성의 두 손을 덥석 잡으며 히죽 웃었다.

"좋아. 그럼 표 아우, 오늘부터 나는 자네의 형으로서 성심성의를 다해 자네를 돕도록 하겠네. 내가 형님 소리를 듣기에는 좀 나이가 들었지만, 자네가 너그러이 이해하게나. 핫핫핫!"

결국 운성도 어쩔 수 없이 고개를 끄덕였다.

"알겠습니다, 형님."

운성이 대답하자 백풍이 호탕하게 웃었다.

"하하하! 이거 집안에 경사가 생겼으니 고유제(告由祭)라도 지내야 하는 것 아닌지 모르겠소."

적발귀가 얼른 대답했다.

"백 장로님도 별말씀을 다 하십니다. 마음과 뜻이 통했으니 고유제 따위가 무슨 대수겠습니까? 이제 앞으로 이 적발귀 탁진걸은 세상천지에 무슨 일이 있어도 아우 표운성을 내 몸처럼 여기고 보살펴 사랑해 줄 것입니다!"

운성은 적발귀의 말을 들으면서 왠지 몸에 두드러기가 나는 것 같았지만 꾹 참고 미소 지을 뿐이었다.

적발귀는 다시 백풍을 향해 머리를 조아리며 말했다.

"백 장로님은 저보다 연배가 매우 높으시니 말씀을 편하게 해주십시오. 그렇지 않으면 제가 불편합니다. 더욱이 표 아우와 이제 한 형제가 된 몸이니 그저 '진걸아' 하고 불러주시면 감사하겠습니다."

적발귀가 이렇게까지 나오니 백풍도 사양하진 않았다.

"알겠네. 하나 내가 말을 놓게 되면 좀 투박해지는 면이 있으니 그럴 땐 자네가 이해하게나.”

“하하! 별 걱정을 다 하시는군요.”

두 사람의 호탕한 웃음이 마차 안에 가득 찼다.

마차는 그렇게 타박타박 의도를 향해서 나아갔다.

마차가 부지런히 달려서 의도까지 하루 정도 거리를 남겨두고 있을 때였다.

마차를 몰던 엽상섭은 고개를 갸웃거리며 주위를 둘러보았다.

저 멀리 서산으로는 어느덧 해가 뉘엿뉘엿 저물고 있었고, 하늘은 온통 붉은 노을로 젖어든 상태였다. 황량한 길에는 그저 엽상섭이 모는 마차의 수레바퀴 소리와 말발굽 소리만이 타닥타닥 울릴 뿐이었다.

‘거참 이상하군. 분명 오늘 아침 지나친 마을에서 이때쯤 마을 하나가 더 나타날 것이라고 말했는데 말이야.’

이제 해가 저물면 마차를 세우고 휴식을 취해야만 했다. 본래 사군자를 생각하면 밤낮을 거꾸로 달리는 것이 유리했지만, 아직 운성이 몸을 완전히 회복하기 전이었기 때문에 낮에 달리고 밤에 쉬게 된 것이다.

그리고 운성이 매일 저녁 약을 달여 먹어야 했기 때문에 노숙을 하기보단 주로 마을 객잔에서 숙박을 했다.

한데 지금쯤 나타나야 할 마을이 흔적조차 보이지 않는 게 아닌가.

아직 마을이 다다르지 않았더라도 너르게 펼쳐진 논밭 어딘가에 농사꾼의 모습이 보일 만도 하건만, 인기척이라곤 전혀 느껴지지 않았던 것이다.

마차 안에 타고 가던 적발귀 역시 뭔가 이상한 것을 느꼈는지 문을 열고 훌쩍 몸을 날려 나왔다.

그는 잽싸게 마차 지붕을 밟고 올라서서 주위를 두리번거렸다.

"이보게, 엽 씨 성을 가진 아우. 이쯤 되면 마을이 나타날 거라고 하지 않았던가?"

"그랬습지요. 그렇잖아도 저도 이상하게 생각하는 중이었습니다. 좀처럼 마을이 나타날 기미가 보이지 않는군요."

"흐음, 거참 이상한 노릇이군. 그 마을 사람들이 일부러 거짓말을 했을 리는 없을 테고. 좀 더 가보세. 그래도 농경지가 있는 걸 보면 사람 사는 마을이 근방에 있을 걸세."

"알겠습니다. 이럇!"

엽상섭이 말채찍을 휘둘러 길을 재촉했다.

아니나 다를까, 대략 오 리 정도를 더 나아가 고갯마루를 넘어섰더니 적발귀의 말대로 멀찌감치 민가가 내려다보였다.

"하핫! 내가 뭐랬나? 마을이 있을 거랬지?"

"허허, 정말이군요. 그것참, 다행입니다."

"서두르도록 하세나. 아무래도 저 작은 마을에는 객잔이 없는 듯하이. 민가에서 신세를 져야겠네. 저녁을 먹고 표 아우가 약까지 달여 먹으려면 서둘러야지."

"알겠습니다."

마차는 빠른 속도로 민가를 향해 달려갔다.

그런데 민가가 가까워질수록 적발귀와 엽상섭의 표정은 눈에 띄게 어두워졌다.

이윽고 허름한 가옥 한 채를 지나칠 때, 적발귀가 입을 척 벌리고는 중얼거렸다.

"도대체… 이게 무슨 일인가? 왜 이 집들이 전부……."

"그러게 말입니다. 모두 전쟁통에 피난이라도 간 것 같군요."

"이건 뭐 피난이 아니라 전쟁통에 휩쓸린 것 같은데?"

아닌 게 아니라, 가까이에서 본 마을은 처참하기 짝이 없었다. 민가는 전부 부서지고 무너져서 불에 타다 말았고, 마당에는 집 지키는 개 한 마리조차 보이지 않았다.

여기저기 피가 튀어 있는 것으로 보아서는 끔찍한 살육전이 벌어진 것이 분명했다.

돼지나 닭을 잡았다면 저렇게 문짝까지 피가 튀진 않았을 테니까.

"아무래도 이렇게 된 것이 얼마 되지 않은 모양입니다."

"그런 것 같군."

이때쯤 서녘에 겨우 걸쳐 있던 해가 완전히 저물면서 주위는 칠흑같이 어두워졌다.

그제야 백풍이 창밖으로 고개를 내밀고 물었다.

"무슨 일인가?"

"민가가 온통 쑥대밭이 됐습니다."

백풍이 훌쩍 몸을 날려 마차 지붕 위로 올라섰다.

그가 주위를 두리번거리고는 착잡한 표정으로 말했다.

"이거 참 난감한 노릇이군. 그나저나 표 문주가 오늘 마지막으로 약을 먹어야 하니 이왕 이렇게 된 것 그나마 깨끗한 집을 찾아보세."

그때였다.

엽상섭이 전방을 가리키며 소리쳤다.

"앗! 저기 불빛이 보입니다!"

"음?"

백풍과 적발귀가 고개를 돌려보니, 과연 민가 한 채에서 불빛이 보였다. 게다가 굴뚝으로는 밥 짓는 연기가 솔솔 피어오르고 있었다.

적발귀가 반가운 마음에 얼른 소리쳤다.

"저쪽으로 가보세나!"

"예!"

엽상섭이 채찍을 휘둘렀다.

마차가 가까이 다가가서 보니 평범한 민가라고 보기에는 제법 너른 저택이었다.

엽상섭과 적발귀가 마차에서 내려 대문으로 다가갔다.

대문이 활짝 열려 있는지라 두 사람은 조심스럽게 마당으로 발을 들이밀며 주인을 불렀다.

“누구 계신지요?”

엽상섭이 부르자, 부엌에서 한 노파가 콜록콜록 기침을 쏟아내며 나왔다.

“뉘시우?”

하얗게 센 머리카락에 쭈글쭈글한 얼굴에는 검버섯이 가득 핀 노파였다.

엽상섭이 얼른 고개를 숙이고는 정중히 말을 꺼냈다.

“지나던 여행객입니다. 마침 마을에 들러서 쉴 곳을 찾는 중에 이곳에서 불빛이 보여 찾아왔습니다. 죄송하지만 이곳에서 하룻밤 묵어도 되는지요? 사례는 두둑하게 드리겠습니다.”

노파는 눈썹을 찌푸리고는 엽상섭과 적발귀를 요목조목 뜯어보았다.

그러더니 이내 기침을 내뱉고는 고개를 끄덕였다.

“알겠수다. 일행이 몇이나 되우?”

“네 명입니다.”

“저쪽 방 하나를 내드릴 테니 묵었다 가시구려.”

“정말 감사합니다, 어르신.”

엽상섭이 고개를 숙이고는 다가가서 노파의 손에 은자 석 냥을 쥐어주었다.

하지만 노파가 손사래를 쳤다.

“사례는 됐수다. 대신 조용히 머물다 가주시구려.”

“이를 말이겠습니까? 정말 감사합니다.”

노파는 홀연히 자리를 떠서 방으로 들어가 버렸다. 방 안에서는 노인의 목소리가 들려왔다. 누가 온 것이냐고 묻는 소리였다.

노인과 노파는 부부지간인지 두런두런 이야기를 나누었다.

엽상섭과 적발귀는 마차를 적당한 곳에 옮겨놓고는 백풍과 운성을 데리고 저택 내의 별채로 들어갔다.

그들이 머무는 방 옆에도 따로 부엌이 마련되어 있었기에 밥을 짓거나 약을 달이는 데 별문제는 없었다.

다만 쌀이 없어서 엽상섭이 다시 그 노파를 찾아가야만 했다.

노파는 흔쾌히 쌀까지 내주었다.

엽상섭은 고마움을 느끼며 인사 차 몇 마디 건네며 물었다.

"감사합니다. 그런데 이 마을에 들어서면서 느낀 것인데, 좀 이상하더군요. 마을에 무슨 변고라도 생긴 겁니까?"

그 말에 노파가 잠깐 움찔거렸지만, 매우 짧은 순간이었기에 엽상섭은 아무것도 눈치챌 수 없었다.

노파가 주절주절 말을 이어갔다.

"쯧, 말도 마시우. 때려죽일 마교 놈들이 정파 무인들에게 쫓기다가 이 마을을 지나쳤다우. 그런데 이놈들이 화풀이를 우리 마을 사람들에게 한 게야. 그 바람에 마을이 풍비박산 났지 뭐유."

"저런! 그런데 노파께서는 다행히 겁화를 피하셨군요."

"그때 우린 여행을 갔었으니까. 그런데 돌아와 보니 이 모양이 되어버려서… 쯧."

“아아, 그래서 저택에 아무도 없었군요.”

엽상섭이 고개를 끄덕였다.

이만한 저택이면 하인이나 하녀가 있을 법도 한데, 아무도 보이지 않고 노파가 직접 잡일을 하고 있는 것이 이상했던 것이다.

노파는 쌀과 반찬 몇 가지를 얹어주며 사람 좋은 미소를 지어 보였다.

“이제 그 썩을 마교 놈들은 모두 가고 없으니까 걱정일랑 하지 마시구랴. 잘 쉬다 가시오.”

“번번이 신세를 져서 죄송합니다. 이건 저희의 성의니까 받아주십시오.”

엽상섭이 다시 은자 석 냥을 내밀었다.

노파도 더 이상 거절하기는 무안했던지 군말없이 받아들였다.

엽상섭은 곧장 돌아와서 밥을 지었다.

그리고 석반(夕飯)을 들면서 백풍과 운성, 적발귀에게 자신이 들었던 이야기를 전해주었다.

적발귀는 제 허벅다리를 짝 내려치며 고개를 끄덕였다.

“과연 그렇게 된 거로군! 이런 때려죽일 마교 새끼들! 그놈들 하는 짓이라는 것이 다 그렇지!”

적발귀는 당장에라도 마교 총타를 쳐들어갈 것처럼 흥분해서 떠들어댔다. 지금의 그라면 마교 교주가 나타나도 겁날 것이 없는 듯했다.

하지만 백풍과 운성은 묵묵히 식사만 할 뿐이었다.

오히려 그들은 엽상섭의 이야기를 듣고 나서 더욱 심각해진 표정이었다.

식사를 마치고 나서 백풍은 직접 부엌으로 가서 약을 달였다.

운성은 그 약을 마시고 나서 곧장 운기조식에 들어갔다.

다른 사람들은 그동안의 여행길로 피곤했던지라 일찌감치 잠자리에 들었다.

특히 적발귀는 베개에 머리가 닿자마자 코를 드르렁드르렁 골며 꿈나라에 빠져들었다.

그렇게 모두가 잠들고 운성이 운기를 시작한 지 얼마나 지났을까?

적발귀는 문득 무언가가 풀잎 위를 스치는 기척에 눈을 번쩍 떴다.

분명 바람결에 풀잎이 흔들리는 소리와는 달랐다.

그가 누운 채로 눈알만 뒤룩뒤룩 굴리며 주의를 기울이고 있는데, 아니나 다를까, 또 한 번 날렵한 기척이 느껴졌다.

하나가 아니다.

'둘? 셋? 아니, 그 이상이다.'

상황이 심상찮은 것을 눈치챈 적발귀는 벌떡 몸을 일으켰다.

그는 우선 잠들어 있을 백풍부터 깨우려고 손을 뻗었다.

그런데 마침 손길 하나가 그의 어깨를 턱 짚는 것이 아닌가.

적발귀가 놀라서 홱 돌아보니, 다행히 먼저 일어나 있었던 백풍이 검지를 입에 대고 주의를 주고 있었다.

적발귀는 고개를 끄덕이고는 다시 방 안을 둘러보았다.

가장 감각이 둔한 엽상섭이 아직까지 방 안에서 자고 있었고, 운성은 여전히 침상에 앉은 채 조용히 운기조식에 몰두하고 있었다.

적발귀는 바깥에서 들릴 듯 말 듯 이어지는 기척에 신경을 곤두세우며 백풍에게 전음을 흘렸다.

[어떤 놈들일까요?]

[글쎄… 마교 녀석들이 아니면 천궁의 주사들이겠지.]

[그놈들이 언제 우리를 쫓아왔던 것일까요?]

[쫓아온 것인지 기다리고 있었던 건지는 알 수 없지.]

적발귀가 이건 무슨 소린가 싶어서 백풍을 돌아보았지만, 백풍은 이미 소리도 나지 않게 움직이고 있었다.

그가 문턱으로 다가가며 전음을 보냈다.

[진걸, 자네는 창가 곁에서 숨을 죽이고 있게. 이놈들이 들어오려면 문이랑 창문을 통할 테니 때를 봐서 기습을 가하게나.]

[알겠습니다!]

적발귀는 얼른 창가로 다가갔다.

그가 창가 아래에 몸을 숨기면서 내심 감탄을 금치 못했다.

'놈들의 은신술이 정말 기가 막히는구나! 내가 잠결에 기척

을 느낀 것은 어쩌면 그야말로 천운이라고 할 수 있겠다.'

물론 그가 기척을 느끼지 않았다면 백풍이 깨웠을 것이다. 백풍은 앞서 생각이 많아져서 쉽게 잠을 이루지 못하고 있었다.

그 바람에 적발귀보다 일찌감치 적의 기척을 눈치챈 것이다.

만약 그조차 잠이 들었더라면 아마 이곳 어딘가에 은신하고 있을 극신이 깨웠을지도 모른다.

어쨌거나 그만큼 적들의 은신술은 감쪽같았다.

적발귀의 생각대로 그가 기척을 느끼고 눈을 뜬 것은 어쩌면 순전히 운이라고 볼 수도 있을 만큼이었다.

그렇게 숨 막히는 시간이 지나고 있을 때다.

콰장!

쫘당!

창문과 방문이 부서지면서 검은 그림자들이 들이닥쳤다.

이를 방비하고 있던 백풍은 얼른 권각을 뻗어 적들을 치고 나갔고, 적발귀는 곧장 검을 꺼내 들어 후려쳤다.

퍽! 카창!

"컥!"

갑자기 벌어진 일에 방 안은 순식간에 아수라장이 됐다.

쿨쿨 자고 있던 엽상섭도 돌연 벌어진 소동에 눈을 번쩍 뜨고 허리춤에서 검을 뽑아 들었다.

"하앗!"

어디선가 낭랑한 여인의 기합성이 터지더니 '좌르르륵!' 하는 소리가 이어졌다.

구옥청이 절편을 휘둘러 엽상섭을 치는 소리였다.

엽상섭은 얼결에 검을 부려 절편을 막아냈다.

사실 엽상섭의 실력은 구옥청보다는 한참 아래였지만, 얼결에 방어한 초식이 소 뒷걸음질로 쥐 잡은 격으로 통했던 것이다.

따당!

경쾌한 소리를 내고 절편이 물러간 틈에, 엽상섭은 얼른 표운성을 막아섰다.

하지만 그가 어디 천궁의 주사들을 상대로 삼초지적이나 되겠는가?

순간 공부득의 선장이 '붕!' 소리를 내며 휘둘러 오니, 엽상섭은 깜깜한 공간의 어디서 뭐가 날아오는지 감도 잡을 수 없었다.

그래도 그는 자신이 피해 버리면 그 선장이 그대로 운성에게 향할 것이라는 것을 알고 눈을 질끈 감은 채 꼼짝도 하지 않았다.

순간,

쩡!

요란한 굉음이 터져 나오면서 귀에 익은 목소리가 불쑥 들렸다.

"물러나시오!"

어느새 극신이 공부득과 엽상섭의 사이를 막아서며 나타난 것이다.

엽상섭은 겨우 정신을 차리고는 훌쩍 물러났다.

그는 얼른 주위를 더듬어 촛대를 찾았다.

그리고 잡히는 대로 재료를 찾아 촛대에 불을 밝혔다.

순간 방 안이 환해지자 아수라장이 된 실내가 훤히 드러났다.

백풍이 상대를 확인하고는 혀를 찼다.

"쯧! 역시 천궁 주사 놈들이었군!"

그가 노려보는 곳에는 오늘 저녁까지만 해도 엽상섭에게 곰살궂게 대하던 노파가 서 있었다.

노파가 히죽 웃더니 목 부위의 살점을 잡아뜯어 냈다.

그러자 그 안에 전혀 다른 얼굴이 또 나타나는 것이 아닌가.

적발귀도 그제야 상대를 알아보고 소리쳤다.

"앗! 당신! 칠지파파!"

"흘흘, 그렇게 눈썰미가 어두워서야……."

"흥! 자고로 사내대장부라면 남의 호의를 의심하는 법이 아니지! 그래서 믿었건만 이렇게 뒤통수를 칠 줄이야!"

"흘흘흘, 속은 자만 바보 되는 세상이라는 걸 모르는가?"

칠지파파가 헤실헤실 웃음을 흘렸다.

이런 외중에도 운성은 침상에 앉아 운기조식에만 열중하고 있었다.

지금 그는 마지막 치료 과정에 있었다.

　가장 중요한 순간이기도 했기에 당장 싸움에 엮여들 수가 없었던 것이다.

　그래도 적발귀는 내심 다행이라고 여겼다.

　지금은 낮이 아니라 밤인만큼 사군자의 실력을 십분 발휘할 수 있지 않겠는가. 게다가 머릿수로 따져도 이쪽이 우위니까 훨씬 유리한 싸움이라고 할 수 있었다.

　하지만 상대도 바보는 아니었다.

　문득 밖에서 ‘딱’ 하고 손가락 튕기는 소리가 들리자, 안으로 쏟아져 들어왔던 주사들이 뒤로 훌쩍 물러났다.

　밖을 보니 여불위가 도도한 자세로 서 있었다.

　적발귀는 놈들이 포기하고 도망가는 것인가 싶어서 얼른 바깥으로 쫓아 나왔다.

　한데 다음 순간, 그는 두 발이 바닥에 얼어붙고 말았다.

　별채를 낯선 무인들이 빽빽하게 포위하고 있는 것이 아닌가.

　그것도 저마다 이글거리며 타오르는 불화살을 시위에 메긴 채로 정조준하고 있었다.

　적발귀가 놀라서 돌아보니, 별채의 지붕 위에서는 기름이 뚝뚝 흘러내렸다.

　앞서 주사들이 방 안으로 들어와 잠시 잠깐 격전을 벌이는 사이, 밖에 있던 자들은 별채 지붕 위에 기름을 온통 뿌려놓은 것이다.

　‘아차! 이들의 간계에 꼼짝없이 걸려들었구나!’

그가 경악한 표정을 짓는데, 여불위가 여유롭게 웃으며 말
했다.

"천궁에 주사만 있다고 착각해선 안 되지."

그 말이 신호라도 된 듯 포위한 궁수들에게서 불화살이 일
제히 날아올랐다.

쒜엑! 쒜엑! 쒜에엑!

후웅! 화르르륵!

별채가 순식간에 불에 타올랐다.

이제 운성 일행은 좁은 방 안에서 공방전을 벌이기가 어렵
게 됐다.

결국 극신이 운성을 업어서 튀어나왔고, 다른 사람들도 하
나둘 마당으로 도망쳐 나올 수밖에 없었다.

절대 다수를 상대로 훤하게 너른 마당에서 싸우는 것은 무
모한 짓이다.

하지만 별채가 통째로 화마(火魔)에 집어삼켜졌으니 이제는
꼼짝없이 적들 틈바구니 속에서 시달려야만 했다.

여불위가 매섭게 소리쳤다.

"지금이다! 쏴라!"

운성 일행을 포위한 수백 대의 화살이 일시에 퍼부어졌다.

극신을 비롯한 사군자들이 사면팔방에서 날아드는 화살을
쳐냈다.

적발귀와 백풍, 엽상섭도 마찬가지였다.

이어서 여불위를 비롯한 주사들이 일제히 달려들기 시작

했다.

팟! 파팟!

그들의 목표는 오로지 표운성.

적발귀가 얼른 나서서 담천린의 공격을 막아내며 소리쳤다.

"이런 제미랄! 백 장로님, 표 아우는 언제쯤 치료가 끝나는 겁니까?"

"앞으로 반 시진은 버텨야 하네!"

반 시진 동안 운성은 꼼짝없이 운기조식에만 집중해야 한다는 뜻.

하지만 이 많은 자들을 상대로 어떻게 반 시진이라는 긴 시간을 버텨낸단 말인가.

적발귀는 이를 악물고 무아지경이 된 상태에서 검을 휘둘러 갔다.

한 식경이 흘렀다.

마당에는 궁도들의 시체가 즐비했다.

쓰러진 자들 중에는 흑영대원도 몇 포함되어 있었다.

사군자의 실력은 출중했지만, 천궁의 세력은 끝이 없었다.

마치 이글이글 타오르는 별채에 몸을 던져대는 불나방처럼, 그들은 맹목적으로 운성 일행에게 덤벼드는 꼴이었다.

적발귀와 사군자가 이들을 하나씩 상대하는 사이 천궁의 주사들이 핵심을 찔러드니, 시간이 지날수록 싸움은 운성 일행에게 불리해져 갔다.

적발귀는 정신없이 검을 부리면서 속셈을 해보았다.

'이대로 가다간 틀림없이 저들의 손에 운성이 당하고 말 게다. 그렇다면 내가 지난번처럼 운성을 업고 도망을 가는 것이 어떨까? 그동안 사군자들이 방어를 해준다면 난관을 벗어날 가능성이 조금이라도 있으리라.'

생각을 마친 적발귀가 백풍에게 얼른 전음을 보냈다.

[백 장로님, 제가 운성을 업고 몸을 빼내도록 하겠습니다!]

[저들의 목표는 운성이야. 자네가 감당해 낼 수 있겠는가?]

[장로님과 흑영대가 호위한다면 그래도 시간을 끌어볼 만하지 않겠습니까?]

백풍은 부지런히 권각을 놀리면서 잠시 생각에 잠겼다.

사실 운성은 어떤 자세에서도 운기 조식을 취할 수 있는 경지였기에 적발귀가 업고 다니는 동안에도 치료에는 이상이 없을 것이다.

그렇다면 가만히 있는 것보다야 나을 것이다.

[알았네. 내가 위 대주와 상의한 후에 신호를 보내겠네.]

[알겠습니다!]

백풍은 그러고 나서도 끝없이 날아드는 적들의 예봉을 이리저리 피해가며 쉴 새 없이 권각을 놀렸다.

그 와중에도 그의 입술은 부지런히 달싹였다.

극신과 전음을 주고받는 중인 것이다.

과연 극신을 비롯한 흑영대의 움직임이 미묘하게 변하고 있었다.

전방을 향해 부챗살 모양으로 넓게 퍼지는 반면, 후면을 조금씩 비워두기 시작한 것이다.

물론 배후에는 활활 타오르는 불길 때문에 적들이 쉽게 다가서지 못한다는 이유도 있었지만, 더 큰 이유는 적발귀가 운성을 데리고 탈출할 길을 마련하기 위한 것이었다.

적발귀 역시 그 변화를 바로 눈치채고 있었다.

그때 백풍의 전음이 흘러들어 왔다.

[신호를 보내면 흑영대 애들 둘이 뒤로 빠질 걸세. 그럼 자네는 운성을 업고 곧장 그 애들의 도움을 받아 별채를 뛰어넘어 가게나. 나와 극신을 비롯한 절반이 뒤를 쫓을 것이고 절반은 여기서 엄호를 할 것이네.]

[알겠습니다!]

적발귀가 곧바로 대답했다.

그러면서도 한편으론 어떻게 저 불길을 타넘어 가라는 소린지 선뜻 이해가 되지 않았다.

하지만 이 아수라장 속에서 그런 것 하나하나 캐물을 여유는 없었다.

기회가 주어지면 본능으로 판단하고 달려야 할 것이다.

백풍은 운성을 향해 거침없이 파고드는 학산을 쌍장으로 밀어붙이며 막아냈다.

파방!

"치잇!"

학산이 혀를 차고는 훌쩍 물러났을 때, 그가 문득 소매에서 검은 단환을 꺼냈다.

그리고 바닥에 힘껏 내던졌다.

펴엉!

엄청난 폭음에 우르르 달려들던 천궁의 궁도들이 주춤거렸다.

주사들도 마찬가지였다.

순식간에 검은 연기가 자욱하게 피어오르니 사람들은 이제 한 치 앞도 구분하기가 힘들었다.

하지만 이것이야말로 허허실실(虛虛實實).

연소소가 만들어준 이 화약은 폭발 소리만 클 뿐 어떠한 파괴력도 가지고 있지 않은 것이었다. 대신 자욱한 연기로 사위를 분간할 수 없게 만드니, 오로지 연막탄의 기능만 갖춘 것이라 볼 수 있었다.

[지금일세!]

백풍의 전음이 날카롭게 뇌리를 파고들었다.

적발귀는 곧장 몸을 돌리고 달렸다.

연막탄의 효과는 아주 좋았다.

별채에서 타오르는 불길과 뜨거운 열기 때문에 운성 일행이 있는 쪽의 연기는 허공으로 빠르게 올라갔다.

때문에 적발귀는 주위를 분간하기가 훨씬 쉬웠다.

그가 곧장 운성을 들쳐 업고 달려가는데, 마침 별채 앞에서 대기하고 있던 흑영대원 둘이 보였다.

그들은 나란히 서서 내력을 끌어올리고 있었다.

·적발귀는 단박에 그들의 의도를 알아차렸다.

적발귀가 생각해 볼 것도 없이 얼른 날아올랐다.

그러자 예상했던 대로 사군자 둘이 적발귀의 발을 떠받치며 한껏 공력을 불어넣어 주었다. 그 공력에 힘입어 적발귀는 더욱 허공으로 도약했다.

흑영대원 둘의 공력이 더해지니 적발귀는 그야말로 순간적으로 하늘을 나는 듯이 치솟았다.

그가 몇 차례 허공답보를 펼치자 별채의 불길은 어렵지 않게 뛰어넘을 수 있었다.

그 뒤를 백풍과 극신을 비롯한 여덟·명의 사군자가 뒤따랐다.

이들은 혈혈단신이었기에 굳이 두 흑영대원의 공력을 받을 필요가 없었다. 대신 완력으로 밀어 올려주는 것만으로도 불길을 아슬아슬하게 타넘을 수 있었다.

처음부터 정해진 인원이 별채의 불길을 타넘었을 때, 비로소 연막탄의 연기는 서서히 걷히고 있었다.

"쥐새끼 같은 놈들! 저기다!"

학산이 날카롭게 소리치자, 주사들을 비롯한 궁도들이 별채를 돌아 우르르 달리기 시작했다.

이때 남은 흑영대원들이 그 길을 막아서며 칼을 부렸다.

"이익! 비켜라!"

칠지파파가 노호성을 내지르며 골무 낀 손가락을 뻗어냈다.

팍! 파박!

매섭게 뻗어나간 그녀의 손길이 흑영대원들의 급소를 내질 렀다.

범인이었다면 그녀의 필살지공(必殺指功)에 속절없이 목숨을 잃었으리라.

하지만 흑영대는 죽음을 잊은 사군자들이 아닌가.

급소를 맞은 흑영대원 둘은 그 자리에서 뻣뻣하게 굳으며 쓰러져 나갔지만 목숨만은 잃지 않았다.

하나 불과 열 명도 채 되지 않는 흑영대원이 주사들과 궁도들을 모두 막아내는 것은 애당초 불가능한 일이었다.

흑영대원들은 주사들만을 노리고 달려들었지만, 밀물처럼 밀어닥치는 궁도들에게 휩쓸려 정신없이 칼부림을 당하다가 쓰러져 갔다.

第三章
합류

쒜에엑!

적발귀는 등 뒤에서 날아오는 매서운 기세를 느끼고 잽싸게 몸을 날렸다.

팍!

그가 있던 자리에 화살 한 대가 날아와 나뭇가지를 관통했다.

쒜엑! 쒜에엑!

다시 파공음이 이어졌다.

적발귀는 운성을 등에 업은 채 이리저리 움직여 날아드는 화살을 피했다.

이나마도 화살을 피할 수 있었던 것은, 앞서 백풍을 비롯한 사군자들이 엄호를 해주고 있었기 때문이다.

만약 그들이 화살을 쳐내지 않았더라면 지금쯤 적발귀와 운성은 고슴도치가 되었으리라.

하지만 시간이 지날수록 적발귀는 적과의 거리가 가까워지고 있다는 것을 느꼈다.

그것은 그만큼 사군자들이 쓰러져 갔다는 반증이기도 했다.

정신없이 숲 속을 달리던 적발귀는 문득 전방에서 쏘아지는 살기에 화들짝 놀라서 몸을 옆으로 날렸다.

쉬이익! 팟! 파파팟!

앞에서 날아든 암기들이 나뭇가지에 가지런히 박혔다.

"제미랄! 이건 또 뭐……!"

역정을 내던 적발귀는 그 자리에 얼어붙고 말았다..

어느새 그의 앞에는 수십 명에 달하는 궁도가 도검을 뽑아들고 길을 가로막고 선 것이다.

적발귀가 날아드는 화살을 피해 갈지자로 달리는 동안, 저들은 유유히 돌아가서 퇴로를 차단한 것이다.

워낙 추격자가 많으니 이만큼 도망친 것도 요행이라고 할 수 있었다.

"제미랄! 죽어보자, 죽어봐."

결국 적발귀가 운성을 내려놓고 뚜벅뚜벅 걸어나갔다.

그러는 사이 백풍과 극신을 비롯한 사군자들이 속속 도착했다.

촤촤촤악!

어느새 주사들과 궁도들은 운성 일행을 사면팔방에서 포위했다.

백풍이 혀를 끌끌 찼다.

"아무래도 이번엔 힘들겠어."

극신은 그저 말없이 검을 움켜쥐었다.

이미 저들의 손에 당한 흑영대가 절반 이상이었다.

"으하하하! 으하하하하!"

돌연 숲 속에 웃음소리가 쩌렁쩌렁 울렸다.

앙천광소를 터뜨리고 있는 사람은 다름 아닌 적발귀였다.

여불위가 그 모습을 보고 눈썹을 찌푸렸다.

"탁 형께선 뭐가 그리 우습소?"

"이렇게 머릿수만 믿고 밀어붙이는 네놈들이 가소로워서 그렇다!"

"후후! 죽기 전에 실컷 웃는 것도 나쁘진 않겠지."

"흥! 네놈도 사내대장부라면 정정당당하게 승부하는 것이 어떠냐! 보아하니 네놈이 여기서 우두머리 같은데, 네놈이 나와 일대일로 겨뤄서 이긴다면 내가 군말없이 여기 내 아우를 넘겨주마!"

여불위가 코웃음을 쳤다.

"탁 형께선 내 적수가 못 되오. 그리고 설사 된다고 해도 누가 그따위 바보 같은 제안을 들어줄까? 우리는 구룡문주의 목숨을 거두면 그것으로 족하오. 우리가 이번만큼은 그자의 목을 취하기 위해 일부러 번거로운 짓까지 했거든."

순간 적발귀는 뇌리에 스치는 생각이 있어 버럭 소리쳐 물었다.

"설마! 네놈들이 마을 사람들을 전부……?"

"하하하! 눈치가 없으시구면. 그걸 이제 알았단 말이오?"

"이런 미친놈들! 도대체 마을 사람들이 무슨 죄가 있단 말이냐!"

"마을이 비어야 우리가 유인하는 곳으로 올 게 아니겠소?"

"겨우 그거 때문에?"

"그렇소."

적발귀는 이제 울분이 끓어올라 참지 못할 지경이었다.

통할지 안 통할지도 모를 그따위 계략 때문에 마을 사람들을 아무렇지도 않게 죽였다니.

도대체 이놈들은 사람의 목숨을 뭐라고 생각한단 말인가?

"이놈! 내 오늘 네놈 목숨부터 끊어야겠다!"

적발귀가 버럭 소리치며 번개처럼 날아올랐다.

여불위가 차갑게 웃으며 부딪쳐 갔다.

동시에 그가 소리쳤다.

"사정 볼 것 없이 쳐라!"

주사들과 궁도들이 대답도 하지 않고 몸을 날렸다.

주사들과 궁도들을 합치면 일백하고도 수십에 달하는 수였다.

이 많은 사람을 지칠 대로 지친 사군자 십여 명이 어떻게 감당할 수 있으랴.

그것도 제 한 몸만 지키면 되는 것이 아니라, 운성을 보호해야 하는 것이니 더욱 힘들 수밖에.

숲 속에 살풍(殺風)이 휘몰아쳤다.

목숨을 잃어가는 자는 궁도들이었지만, 사군자 역시 서서히 틈을 보이고 있었다.

십여 명이었던 사군자는 하나둘 쓰러지면서 결국 다섯 명까지 줄어들었다.

백풍과 극신, 그리고 세 명의 흑영대원이 다섯 방위를 각각 맡아서 버티고 섰다.

적발귀는 그걸 보면서 잔뜩 조바심이 일었다.

이내 그는 검을 쥔 손이 어지러워지기 시작했다.

평정심을 유지하고 싸워도 그는 여불위보다 한 수 아래의 무공 실력이었다.

한데 이제 조바심으로 인해 마음까지 심란하니, 여불위의 상대가 될 수 없었다.

일순간 여불위는 다급하게 밀어치는 적발귀의 일장을 손바닥으로 받아냈다.

그 순간, 여불위는 적발귀의 기력을 그대로 빨아들인 후 자신의 진기를 보태 밀어 쳤다.

퍼억!

"컥!"

적발귀는 자신이 뿜어낸 공력이 오히려 적의 공력과 더해 후려쳐 오자 버터낼 재간이 없었다.

그가 피를 울컥 토하며 물러나자, 여불위는 그 틈을 타서 쏜 살같이 치달려 나갔다.

이때쯤 운성을 호위하던 다섯 사람은 적발귀와 싸우는 여불위를 전혀 신경도 쓰지 않고 있었다.

한데 난데없이 여불위가 바람처럼 날아오는 것이 아닌가.

"아앗! 안 돼!"

적발귀가 피를 토하며 소리쳤다.

여불위는 흑영대원 사이를 비집어 칼을 내찔렀다. 그 순간 그의 입가에 회심의 미소가 떠올랐다.

이제 끝난 것이다.

이 지긋지긋한 싸움도 끝이다.

무적문주가 죽고 나면 무적문을 휩쓰는 것은 식은 죽 먹기보다 쉬우리라.

그런데 그때,

삐이익! 꽝!

남쪽 숲 속에서 섬광이 하늘로 솟구치더니 이내 환한 빛을 뿜으며 터졌다.

어둠 속에서 갑자기 대낮처럼 밝은 빛이 터지자, 여불위는 눈을 질끈 감으며 물러났다.

뒤이어 앙칼진 여인의 목소리가 또랑또랑하게 들려왔다.

"운성! 어디야?"

설화의 목소리였다.

그녀의 목소리를 알아챈 적발귀가 반색하며 목청껏 소리

첬다.

"오, 차 문주! 여길세! 이쪽으로 오게!"

여불위는 갑자기 터진 빛 때문에 주춤거렸지만 내심 안도했다.

다행히 설화는 아직 이곳을 찾지 못한 것이다.

촌각의 여유만 있더라도 운성을 죽일 시간으로는 충분했다.

그가 다시 운성의 호법들을 향해 달려들었다.

"막아라!"

극신의 외침과 함께 흑영대원 둘이 검을 내찔러 왔다.

하지만 지친 이들이 마교의 부교주라는 감투까지 쓰고 있는 여불위를 상대하기에는 역부족이었다.

까강!

그가 검강을 일으켜 곧장 날아드는 검날을 쳐냈다.

그리고 그대로 운성의 목을 향해 내찔렀다.

놀란 백풍이 몸을 훌떡 돌리고는 여불위의 앞을 막았다.

푸욱!

"커헉!"

여불위의 검강이 그대로 백풍의 복부를 뚫고 들어갔다.

"안 돼! 으아아아!"

적발귀가 괴성을 지르며 달려들었다.

하지만 학산의 암기가 날아들고, 담천린의 검이 그의 앞을 가로막았다.

적발귀는 학산의 암기를 고스란히 맞으며 담천린의 검을 올려쳤다.

까앙!

하지만 이어진 공부득의 선장을 막아내진 못했다.

퍼억!

"컥!"

적발귀가 다시 피를 한 사발 토해내며 고꾸라졌다.

그러는 사이 여불위는 백풍의 복부를 내찌른 검을 뽑아내고 다시 운성의 목을 향해 내찔렀다.

찰나,

지금까지 물속에 깊이 가라앉은 바윗덩이처럼 꼼짝도 하지 않던 운성이 두 눈을 번쩍 떴다.

쉬이잇! 탁!

뒤미처 운성이 번개처럼 내뻗은 손아귀가 여불위의 손목을 낚아챘다.

"헉!"

깜짝 놀란 여불위가 힘을 거두며 팔을 빼내려고 하자, 운성은 자신의 공력을 실어 그대로 여불위의 팔을 밀어 쳤다.

빡!

"크악!"

자신이 빼내려던 힘과 운성의 공력이 더해지면서 어깨뼈가 부서져 나갔다.

여불위가 바닥을 구르며 쓰러지자, 주사들도 당황하기 시작했다.

"이런! 우라질!"

학산이 신경질을 부리며 몸을 홱 돌렸다.

어느새 운성이 천천히 몸을 일으키고 있었던 것이다.

그 모습을 본 적발귀가 숨을 할딱할딱 토하며 오만상을 썼다.

"제미랄! 꼭 그렇게 사람 애간장을 태우고 일어나야겠냐?"

운성은 대답 대신 복부를 관통당해 피를 철철 흘리는 백풍을 똑바로 뉘여주었다.

"수고했어, 아저씨. 이제 좀 쉬어."

"클클, 문주 하나 잘못 둬서 이게 무슨 개고생인지 모르겠다."

운성은 씨익 웃고는 고개를 들었다.

주사들을 비롯한 궁도들이 그의 표정을 본 순간 온몸이 굳어버렸다.

마치 지옥에서 올라온 사자의 모습이랄까.

어떤 분노나 슬픔도 드러나지 않는 완벽한 무표정이 오히려 공포스러울 수 있다는 것을 그들은 처음으로 깨달았다.

팟!

운성이 사라졌다.

다음 순간 그들은 여불위의 멱살을 쥐고 하늘로 솟구치는 운성을 볼 수 있었다.

슈우우욱! 꽈당!

하늘로 솟구쳤던 그가 여불위를 그대로 바닥에 메다꽂았다.

바닥이 움푹 파이면서 여불위가 드러누운 채 피를 울컥 토
했다.

"이런 젠장! 뭣들 하냐! 저놈을 잡아 죽여!"

학산이 고함을 내지르며 땅을 박차고 나갔다.

그때,

쒜에엑!

학산의 등을 노리고 화살 한 대가 빛살처럼 날아들었다.

등 뒤에서 섬뜩한 예기를 느낀 학산이 몸을 훌떡 뒤채면서
바닥을 굴렀다.

파악!

빈자리에 화살 한 대가 깊이 박혔다.

주사들이 놀라서 돌아보니, 설화가 무인들을 이끌고 도착해
있었다.

적발귀가 반가움에 소리쳤다.

"오오! 차 문주! 때맞춰 잘 왔네!"

사세가 불리하게 돌아가자, 주사들과 궁도들은 일제히 한쪽
으로 물러나서 경계할 수밖에 없었다.

그들로서는 다 잡은 호랑이를 놓친 격이나 다름없었다.

한편 여불위는 운성에게 사로잡혀 혈도까지 제압당해 꼼짝
을 할 수가 없었다.

운성은 이제 막 완치가 되면서 공력이 왕성해졌으니, 지금
껏 싸움을 해오던 여불위가 감당하기는 어려웠던 것이다.

거기에 기습까지 당해서 부상을 입은 후로는 일방적인 수세

에 몰릴 수밖에 없었다.

결국 천궁의 입장에서는 우환을 제거하려다가 오히려 우환 하나가 늘어난 셈이었다.

이제 여불위가 꼼짝없이 운성의 수중에 잡혔으니, 천궁의 주사들은 물러나지도 덤벼들지도 못했다.

그러는 사이 설화를 비롯한 비검문의 무인들이 속속 내려서면서 부상당한 사군자들을 보살폈다.

적발귀가 입가에 피를 주룩주룩 흘리면서도 좋아라 하며 웃어댔다.

"크하하! 어찌 이렇게 때맞춰 잘 와줬는고? 차 문주는 외모만 예쁜 것이 아니라 하는 행동도 예쁘구먼그래."

한 문파의 수장이 된 입장에서는 다소 무례하게 들릴 수도 있는 말이었지만, 설화는 그저 빙그레 미소 짓고는 대답했다.

"도착할 때쯤 됐을 것 같아서 혹시 몰라 나와보았지요."

"카하하! 거참, 잘했네. 차 문주가 도착하지 않았더라면 정말 고생할 뻔했어."

설화는 빙그레 웃기만 할 뿐이었다.

시기가 시기인만큼 설화는 운성 일행이 걱정됐던 것이다. 그래서 구룡문의 홍화연과 상의한 끝에 자신이 직접 마중을 나가기로 결정한 것이다.

그때쯤 의도에는 변견, 아니, 장봉룡을 비롯한 무림고수들이 모여 있었고, 개방을 비롯한 여러 정도문파가 운집해 있었다.

　게다가 장형준이 이끄는 천룡대도 암암리에 지원을 해주고 있었기에 설화는 직접 수하들을 이끌고 나왔다. 그리고 마침 앞서 보냈던 전령이 아수라장이 된 마을을 보고 설화에게 보고했고, 그녀는 서둘러 여기까지 달려온 것이다.

　어찌 됐든 그녀의 등장으로 천궁의 입장은 난처하기 짝이 없었다.

　이대로 물러가도 땅을 치며 아쉬워할 판국에 여불위까지 적의 수중에 잡혔으니 이 노릇을 어찌하랴. 학산이 눈알을 뒤룩뒤룩 굴리다가 천천히 입을 열었다.

　"후후! 이거 아무래도 오늘은 서로의 운이 다한 듯싶소."

　학산의 말이 떨어지기가 무섭게 적발귀가 고래고래 소리쳤다.

　"다하기는 개뿔! 네놈들의 운이 다하고 이제 우리는 팔자가 피려는 순간이지! 쿨럭! 쿨럭!"

　갑자기 역정을 내서 그런지 적발귀가 심하게 기침을 토해냈다.

　학산은 눈살을 찌푸리고는 잠자코 있다가 어렵사리 다시 말을 꺼냈다.

　"좋소, 우리 운이 다했으니 싸움은 이만하도록 합시다. 어차피 우리가 여기서 죽자 사자 덤벼들자면 그쪽이나 이쪽이나 피해가 막상막하일 거요."

　그의 말투가 제법 정중해졌지만 적발귀는 그저 코웃음을 쳤다.

“흥! 네놈들이 죽기로 덤벼든다고 한들 이제 와서 상대가 될 것 같으냐! 저 간악한 마교의 소마두부터 죽이고 보면 네놈들 기세도 한풀 꺾일 터!”

적발귀가 가리킨 자는 다름 아닌 여불위였다.

그 말에 학산을 비롯한 주사들의 표정이 눈에 띄게 일그러졌다.

“만약 그랬다간 우리도 가만있지 않을 거요!”

“알 게 뭐냐!”

적발귀가 막무가내로 소리쳤다.

천궁 주사들의 표정에 낭패한 기색이 잔뜩 서렸다.

학산이 다시 정중한 말투로 청했다.

“이주사를 놔주시오. 그럼 우리는 곱게 물러가리다.”

그러자 느닷없는 웃음소리가 터져 나왔다.

“하하하하!”

주사들은 물론 적발귀도 움찔 떨고는 고개를 돌려보니 운성이 앙천대소를 터뜨리고 있었다.

그가 여불위의 머리 위에 손바닥을 올려놓은 채로 차갑게 말했다.

“뭔가 착각하나 본데…….”

“무슨 말이오?”

“곱게 물러가라. 그럼 여불위의 목숨만은 당장 죽이지 않겠다.”

“그 무슨!”

주사들이 발끈하며 병기를 움켜잡았다.

하지만 그들은 더 이상 어떤 행동도 취할 수 없었다.

그저 마른침만 꿀꺽 삼키고 눈을 찢어질 듯 부릅뜨고만 있었다.

운성의 손바닥이 하늘로 치켜 올라가 있었던 것이다.

만약 그가 그대로 일장을 내려친다면 여불위는 꼼짝없이 죽을 운명이다.

천하의 마교 부교주가 이렇게 허망하게 적의 손에 잡힐 줄이야 뉘 알았으랴.

공부득이 다급한 표정으로 나섰다.

"아미타불! 표 문주께서는 손속에 자비를 베푸시오."

"후후, 땡추는 그동안 얼마나 많은 자비를 베푸셨는가?"

운성의 싸늘한 대꾸에 칠지파파가 더 이상은 참지 못하고 표독스럽게 외쳤다.

"오냐! 네놈이 어디 한번 이주사를 죽여보거라! 그럼 내가 네놈 모가지를 따주마!"

"정말이지?"

"물론!"

"좋아, 그럼 어디!"

운성이 말을 마치자마자 무서운 속도로 일장을 내려쳤다.

그 순간 주사들은 깜짝 놀랐다.

칠지파파가 홧김에 소리치긴 했지만 운성이 정말 여불위를 일장에 때려죽일 거라곤 상상도 못했던 것이다.

학산이 다시 소리쳤다.

"잠깐! 잠까안!"

운성의 손이 여불위의 정수리에 떨어지기 직전에 가까스로 멈췄다.

죽음의 문턱을 넘었다가 돌아온 여불위는 삼혼칠백(三魂七魄)이 뒤죽박죽 헝클어질 지경이었다.

운성이 싸늘하게 물었다.

"뭐야?"

"알겠소! 우리가 당신 말을 우선 듣겠소! 원하는 게 뭐요?"

"꺼져."

"뭐요?"

"꺼지라고. 얌전히 꺼져 주면 여불위 목숨은 일단 살려주지."

"그 후엔?"

"글쎄. 차차 생각해 보도록 하지."

"우리가 그 말을 어찌 믿소?"

"못 믿겠으면 모험 한번 해보든지."

운성이 다시 손을 들어 올리자 학산이 손사래를 쳤다.

"아니오! 알겠소! 우리가 여기서 물러나리다! 하나, 그 약속은 반드시 지켜야 할 거요! 그리고 오늘 우리가 진 빚은 분명히 훗날 갚을 거외다!"

"후후, 재주껏 해보시든지."

학산은 콧잔등을 실룩이며 뭐라고 더 말을 꺼내려다가 다물었다.

어차피 여불위가 적의 수중에 들어 있는 이상 이곳에서 그
들이 할 수 있는 것은 아무것도 없었다.

그의 입에서 착잡한 목소리가 떨어졌다.

“…물러갑시다.”

동료 주사들에게 던진 말이었다.

다른 주사들 역시 운성을 뚫어지게만 쏘아볼 뿐, 어떤 행동
도 취할 수 없었다. 그저 뒷걸음질로 사박사박 물러갈 뿐이었
다.

만약 여기서 여불위를 잃고 서로 상잔하게 된다면 천궁으로
서는 너무 피해가 컸다.

이미 운성이 공력을 되찾은 이상, 그들로서는 모험할 이유
가 없었다.

너무나 신중했다.

일부러 가장 방심하기 쉬운 때를 골라서 위장까지 해가며
기습한 것이었는데 일이 이렇게 틀어질 줄이야.

아니다.

사실 거의 다 된 밥이나 마찬가지였다.

실제로 여불위의 검이 한 치만 더 나아갔어도 운성은 죽은
목숨이었다.

한데 차설화의 등장이 이 모든 것을 물거품으로 만든 것이
다.

그야말로 촌각의 차이로 실패한 셈이다.

억울하고 분하지만 어쩌랴.

천궁의 주사와 궁도들은 결국 그대로 몸을 돌리고 멀어져
갔다.

적발귀는 그들을 뒤쫓아 모조리 죽이자고 고래고래 소리쳤
지만, 설화가 부드럽게 그를 달랬다.

"탁 선배님, 어차피 저들이 퇴각하는 이상 일부러 피해를 감
수하면서까지 무리할 필요야 없지 않겠어요. 게다가 선배님과
백 장로님도 부상이 심하니 우선 부상자들부터 보살펴야겠어
요."

그제야 적발귀도 분을 누그러뜨리고는 털썩 몸을 눕혔다.

설화를 비롯한 비검문 무인들이 부지런히 움직이기 시작했
다.

운성 일행은 비검문의 호위를 받으며 곧바로 의도로 향했
다.

설화는 의도에 있는 비검문의 무인들을 더 끌어들여 인원을
충원했다.

부상자들은 모두 마차에 나눠 싣고 사로잡은 여불위는 운성
과 같은 마차에 태웠다. 그런 다음 비검문의 무인들이 사면팔
방을 둘러싸서 철통같이 방비하니, 천궁의 주사들은 멀찌감치
떨어져서 그 모습을 보면서도 차마 기습할 엄두를 내지 못했
다.

의도에 도착해서 일행이 찾아간 곳은 객잔이 줄지어 늘어선 골목이었다.

한데 이 골목으로 들어서고 보니, 길거리에 돌아다니는 사람은 전부 무인이요, 거지뿐이었다.

바로 개방의 방주 장봉룡과 언사기, 그리고 설화가 거금을 주고 이곳 객잔을 통째로 사들인 것이다. 그들은 신룡대전에서 막대한 포상금을 받았기에 자금 사정이 넉넉했던 것이다.

어쨌거나 평범한 객잔 거리였을 이곳이 이제는 무인들의 마을처럼 변해 버리니, 그야말로 보기 드문 장관을 이루고 있었다.

현재 의도에 모인 문파의 규모로만 따지자면 첫째가 개방이고, 둘째가 비검문이었다. 때문에 비검문이 머무는 객잔은 모두 세 군데나 됐다.

운성 일행은 비검문이 인수한 마지막 세 번째 객잔으로 들어갔다.

가장 먼저 운성을 반긴 사람은 연소소였다.

"문주님, 괜찮으세요? 어쩜 얼굴이 반쪽이 되셨어요! 어쩜 좋아? 어디 편찮은 데는 없으세요? 소소가 얼마나 걱정했는지 모른답니다. 매일 낮마다 문주님 생각에 얼마나 잠을 설쳤는지 몰라요!"

그녀가 숨도 쉬지 않고 내뱉는 말을 들으면서 운성은 그저 웃어넘겼다.

"걱정시켜서 미안해."

"그런 말씀 마세요! 우린 서로 걱정시키고 걱정해 주는 사이잖아요."

"그, 그런가."

"호호, 우선 더운 물을 준비해 놨으니까 목욕부터 하면서 피로를 푸세요."

"고마워."

운성은 연소소의 말대로 먼저 목욕부터 했다. 그러는 동안 앞으로 해야 할 일들에 대해서 머릿속으로 정리했다.

그가 일층으로 내려왔을 때는 이미 설화, 적발귀, 장봉룡, 언사기가 커다란 탁자에 모여 앉아 있었다. 장봉룡은 예전의 지팡이 대신 개방의 신물인 타구봉(打狗棒)을 쥐고 있었다.

장봉룡과 언사기가 일어나며 운성을 맞이했다.

"어서 오게, 표 문주."

"어서 오시오."

운성도 마주 인사하며 자리에 앉았다.

"그간 안녕하셨는지요?"

"하하, 덕분에 아주 좋소이다."

언사기가 모처럼 웃으며 대답했다.

그는 현재 세 개의 중소 문파를 대표해서 수장 노릇을 하고 있었다.

운성은 우선 장봉룡으로부터 돌아가는 사정에 대해서 이야기를 들었다.

현재 마교는 의창에 운집해 있는 상태였다.

의창과 의도 사이의 거리가 멀지 않은 만큼 그간 소소한 분쟁이 몇 차례 있었다고 한다.

하지만 전쟁이라고 할 만큼 큰 싸움은 아직까지 없었다는 것.

"그리고 마침 마교 교주가 지금 의창에 와 있지."

대략의 설명을 끝낸 장봉룡이 지도를 펼쳐 한곳을 짚었다.

"지금 마교 교주가 이곳에서 결판을 짓자고 제의해 왔네. 흘흘."

운성이 보니 의창과 의도 중간 지점에 위치한 형문산(荊門山)이었다.

"이곳에 형문사(荊門寺)라는 절이 있네. 삼사 년 전에 지어진 제법 큰 절이지. 여기서 담판을 짓자고 하더군."

운성이 지도를 가만히 내려다보다가 물었다.

"방주님 생각은 어떻습니까?"

장봉룡은 술병을 한번 들이켜고는 대답했다.

"글쎄… 애매하네. 사실 중원 각지에서 지금 본 방과 비검문의 여파로 많은 정도문파가 일어서고 있네. 이 추세라면 언젠간 마도의 하늘을 무너뜨릴 수 있을 게야. 흘흘. 물론 여기에는 무적문이 함께한다는 상징도 큰 힘으로 작용했지. 하지만 역시 각지에 분타를 두고 있는 마교를 차례차례 몰아치기에는 꽤 오랜 세월이 걸릴 걸세."

"그럼 형문사에서 담판을 짓는 게 좋겠단 뜻이군요?"

"흘흘, 그것도 섣불리 결정 내리기가 힘들어. 자네도 알겠지만 현 마교 교주는 역대 최강일세. 누가 감히 그와 맞서 이길 수 있겠는가?"

장봉룡이 넌지시 운성을 보며 의미심장한 웃음을 지어 보였다.

그는 지금 은근히 운성을 부추기고 있는 것이다.

마도천하의 시대에 혜성처럼 등장한 무적문주.

그가 이번 형문사 담판에서 당당히 나서준다면야 이보다 좋은 일이 어디 있겠는가. 물론 교주를 상대해서 이겨야 한다는 전제하에서지만.

그러나 운성은 단호하게 고개를 저었다.

"저는 지금 천궁과 해결해야 할 일이 남아 있습니다. 그전에 마교 교주와 대결한다는 것은 너무 위험하군요."

그러자 언사기가 불쑥 나섰다.

좀처럼 말이 없는 그로서는 이례적인 경우였다.

"도대체 그 천궁이라는 곳과 무적문은 무슨 원한이 그리 깊은 거요?"

여기 모인 사람들 중에서 언사기만이 무적문의 정체에 대해서 모르고 있었다.

물론 장봉룡 역시 완벽한 내막은 모르고 있었지만, 그동안 개방이 수집한 막대한 정보를 바탕으로 대략의 실정은 파악하고 있었다.

운성이 빙그레 웃고는 대답했다.

"문파 간의 사정입니다. 언 선배께서 이해해 주십시오."

결국 말하고 싶지 않다는 뜻.

당사자가 이렇게 나오니 언사기도 입을 다물고 말았다.

좌중이 껄끄러운 침묵에 잠기자 적발귀가 대뜸 나섰다.

"제미랄, 그 교주인지 나발인지 내가 상대하면 될 것 아니오! 이 적발귀가 아우를 대신해서 상대하리다!"

"흘흘, 자네는 그자의 상대가 못 되네."

"이런! 그럼 방주님이 직접 상대하시면 되지 않겠소?"

적발귀가 발끈해서 받아쳤다.

장봉룡 역시 고개를 설레설레 저었다.

"나는 늙어서 안 되네. 나 역시 그자를 상대하려면 기력이 모자라서 힘들 걸세."

"그럼 언 선배는?"

언사기 역시 묵묵히 고개를 가로저었다.

그들 모두 냉정하게 자신의 실력과 마교 교주의 실력을 가늠하고 있었던 것이다.

결국 적발귀가 버럭 성을 냈다.

"이런 제미랄! 다들 겁쟁이요? 그러니까 내가 나서겠다니까!"

그가 바득바득 우기는데도 장봉룡은 술병만 들이켤 뿐 대꾸를 하지 않았다.

그때 운성이 빙그레 웃으며 말을 꺼냈다.

"한 가지 방법이 있긴 있습니다."

그 말에 언사기가 눈에 힘을 주며 돌아보았고, 장봉룡은 트림을 시원하게 내뱉고는 물었다.

"그게 뭔가?"

"옛말에 가장 좋은 건 싸우지 않고 이기는 것이라 하지 않았습니까?"

"흐음. 그래서?"

"마교의 부교주… 여불위를 사로잡았습니다."

그 순간, 장봉룡과 언사기가 자리에서 벌떡 일어났다.

마침 적발귀도 잊은 게 생각난 듯 손바닥을 짝 마주쳤다.

"맞아! 그랬지! 크하하하! 왜 그 생각을 못했지? 그 소마두를 이용하면 대마두도 어떻게 물리칠 방법이 있지 않겠소? 크하하하!"

적발귀가 크게 웃음을 터뜨리자, 장봉룡이 운성을 믿지 못하겠다는 듯 모로 쳐다보면서 물었다.

"그게… 정말인가?"

"예. 지하 창고에 가둬놨습니다."

그럼에도 장봉룡과 언사기는 서로를 바라볼 뿐 여전히 믿기 힘들다는 눈치였다.

결국 운성이 자리에서 일어났다.

"직접 보시지요."

장봉룡과 언사기는 그를 따라 지하 계단으로 내려갔다.

과연 지하 창고에는 비검문 무인이 지키는 가운데 마교 부교주인 여불위가 혈도가 짚인 채로 포박되어 있었다.

장봉룡과 언사기의 눈빛에 희열이 감돌았다.

"과연. 이러면 담판 제안을 받아들일 준비가 끝났군."

장봉룡이 고개를 끄덕끄덕했다.

대략의 이야기가 마무리되자 언사기가 먼저 숙소로 돌아갔다.

운성은 장봉룡에게 용건을 꺼냈다.

"천궁의 소재지는 파악됐습니까?"

"흘흘. 그걸 왜 나한테 묻는고?"

장봉룡이 능청을 떨자 운성이 피식 웃었다.

"구룡문을 상대로 신의를 저버려서 좋을 건 없을 겁니다."

"호오, 이제는 협박도 능숙해졌군."

"많이 부드러워진 거죠."

"흘흘, 그런가? 천궁의 위치라……."

운성이 가만히 대답을 기다렸다.

장봉룡은 픽 웃고는 말했다.

"이거 말하지 않으면 잡아먹을 기세로구먼. 흘흘. 알아뒀으니 걱정 말게나."

"정말입니까?"

"정말이지, 그럼. 대신 자네가 이번 형문사의 거사를 잘 이끌어줘야 하네."

"그건 이미 약속한 부분이니까요."

"흘흘, 나 역시 자네가 마도의 하늘을 뒤집는 걸 도와주면 약속대로 천궁에 대한 모든 정보를 건네주겠네."

"만약 형문사의 일이 성공적으로 끝나고 나서도 정보를 내주지 않으면 후회하게 되실 겁니다."

운성이 진지하게 말하자, 장봉룡이 헤실헤실 웃음을 흘리며 손사래를 쳤다.

"에이, 그럴 리가 있겠는가? 걱정 말래도."

"그럼 선배님을 믿지요."

장봉룡이 사람 좋은 미소를 지었다.

"그럼, 서로 믿고 살아야 좋은 것 아니겠나? 흘흘."

이윽고 그가 탁자에 놓인 술병을 들고 일어섰다.

그는 기분이 좋은 듯 콧노래까지 흥얼거리며 비척비척 걸어나갔다.

第四章
형문사 대회(荊門寺大會)

보름 뒤 형문산 중턱에 위치한 형문사는 발 디딜 틈도 없이 많은 사람들로 우글거렸다.

사실 여태까지 형문사는 무림의 일에 관여하는 법이 잘 없었다.

하지만 이번엔 무림의 막중한 대사가 걸린 만큼 일혜 선사(一惠禪師)가 형문사의 터를 이용할 수 있도록 수락했다.

때문에 형문사의 스님들은 마교와 정도문파가 방문할 것을 대비해서 일찌감치 대웅전 뒷마당을 넓혀 너른 광장으로 만들어놓은 터였다.

주변을 벌초까지 하고 천막을 세우는 등 형문사에서도 많은 준비를 했지만, 양측의 무인 수는 이런 수고를 무색하게 만들만큼 많았다.

광장을 중심으로 남쪽에 대웅전이 자리 잡았고, 동쪽에는 정도문파가, 서쪽에는 마교가 자리를 잡았다.

양측 모두 수백에 달하는 무인들이 동원되었기 때문에 그들 모두 차양이 드리워진 목책 안으로 들어설 수는 없었다.

때문에 절반 이상은 그저 땡볕에서 엄숙한 표정으로 시립해 있어야 했다.

동서로 갈라선 이 두 무리는 서로를 노려보며 노골적으로 살기를 드러냈다.

그러다 보니 엄숙한 형문사 경내에 때 아닌 살풍이 불어 피부마저 따가울 지경이었다.

여러 지객승(知客僧)들의 안내에 따라 대략의 정비가 끝나자, 주지인 일혜 선사가 합장을 하며 나섰다.

"아미타불. 오늘 저희 사찰에 여러 무림 영웅들을 초빙할 수 있게 되어 다시없는 영광입니다. 저는 오늘 양측의 대표로부터 이 자리가 전쟁을 위한 자리가 아님을 들었습니다. 먼저 담화를 나눌 것이며, 무공을 견줄 일이 생기거든 정당한 방식으로 치를 것이라 하셨습니다. 이곳에 오신 분들은 모두 강호에서 이름을 드날리는 협사들이시니 그 약속을 철저히 지켜주실 것이라 믿습니다. 또한 저희 사찰은 장소만을 제공해 드릴 뿐입니다. 혹 생길 수 있는 두 세력 간의 문제에는 일체 개입하지 않을 것이니, 양측 영웅들께서는 부디 서로 좋은 대화 나누시어 양측 모두 이로운 결과를 거두시기 바랍니다."

비록 뛰어난 무공 실력을 소유하지는 않았으나, 일혜 선사
는 수양이 깊은 스님이었다.

그는 조곤조곤 이야기했지만, 그 한마디 한마디가 뭇 사람
들의 귀에 또렷이 새겨졌다.

일혜 선사는 인사말을 마치자마자 그대로 대웅전을 돌아 홀
연히 모습을 감췄다.

이어서 지객승들 역시 모두 물러갔다.

이제 정도연맹과 마교만이 광장에 남았다.

그렇잖아도 살벌하던 분위기는 더욱 싸늘하게 식어갔다.

양쪽 모두 섣불리 입을 열어 나서지 않았다.

한차례 서늘한 바람만이 광장 복판에 먼지를 일으키며 지나
갔다.

정도연맹의 진영에서는 설화와 적발귀, 장봉룡, 언사기, 운
성이 나란히 대표 자리에 앉아 있었다. 그리고 그 뒤에는 원평
과 금소화도 자리했다.

한편 운성은 맞은편을 가만히 보았다.

몇몇 눈에 익은 자들이 보였다.

적충과 혈마대주가 보였고, 그 곁에는 접첩선을 펼치고 얼
굴을 반쯤 가린 사내가 보였다.

바로 마교의 추혼단주이자 좌군사인 격이준이었다.

그리고 그 옆에는 풍채가 좋은 노년 사내가 앉아 있었는데,
그의 전신에서 풍겨지는 범상치 않은 기운이 맞은편까지 여실
히 느껴졌다.

그의 외모는 희끗희끗 센 눈썹 끝자락이 양쪽 아래로 길게 늘어졌고, 주름이 제법 깊어 고희(古稀)는 되어 보였다.

하지만 당당한 풍채와 번뜩이는 안광만큼은 여느 중년 무인 못지않았다.

그가 바로 천마신교의 교주 사불패(史不敗)였다.

그리고 그 곁에는 사불패와 비슷한 연배로 보이는 키 작은 노사내가 구부정한 자세로 앉아 있었는데, 바로 마령대주이자 우군사인 서일목이었다.

양측에서 꽤 오랫동안 침묵만 지키고 있자, 결국 정도연맹에서 언사기가 광장으로 걸어나왔다.

그가 예의상 포권의 예를 차렸다.

"소생은 언사기라고 하오. 이렇게 사 교주를 만나게 되어 실로 영광이올시다! 근데 사 교주께서는 이 자리에서 정마 간의 묵은 은원을 해결하자고 하셨는데, 그 방법이 무엇이오?"

그러자 격이준이 부채를 살랑이며 자리에서 일어났다.

"저희 교주님께서는 양측에서 세 명의 대표를 내세워 대결을 펼치고, 그 결과로 담판을 짓자고 하셨습니다."

그러자 정도연맹 진영에서 적발귀가 벌떡 일어나 고함쳤다.

"흥! 이쪽에서 사 교주에게 질문을 던졌는데 어찌 새파랗게 어린놈이 끼어든단 말이냐!"

그러자 적충이 버럭 소리쳤다.

"말조심하시오! 이분은 본 교의 좌군사로서, 교주님의 뜻을 대신 전해 드린 것뿐이오!"

“흥! 그쪽 교주는 꿀이라도 한 바가지 드셨나 보지? 벙어리가 되신 걸 보면 말이야.”

그러자 정도연맹 쪽의 무인들이 소리 죽여 키들거리며 웃었다.

이내 마교의 진영에서 숨 막힐 듯한 살기가 쏘아졌다.

하지만 격이준은 희미한 미소를 머금은 채 여유있게 물었다.

“어떻습니까? 제안을 받아들이겠습니까?”

그러자 잠자코 있던 장봉룡이 술병을 들이켜고 나서 웃었다.

“흘흘흘, 우리가 왜 그 제안을 받아들여야 하나? 지금 중원 각지에서 정도문파가 일어서고 있지. 이대로 가면 언젠간 우리 정도연맹이 사악한 마교 무리를 모두 세외로 몰아낼 수 있을 터인데. 굳이 담판을 지을 필요가 없겠군. 이거야 원, 더 들어볼 필요도 없는 제안이구먼.”

그러자 지금껏 과묵하게 앉아 있던 천마 사불패가 불쑥 입을 열었다.

“후후! 그럼 무엇을 원하는가?”

“흐음?”

“오늘 이 자리에 나왔다는 것은 원하는 것이 있다는 뜻일 터. 본좌에게 요구할 사항이 뭔가?”

사불패의 음성은 마치 하늘에서 떨어지듯 들렸다.

말투는 조곤조곤했지만, 모든 이의 고막이 쩌렁쩌렁 울렸다.

그 막강한 위세에 정도연맹의 무인 중 일부는 짐짓 두려움
까지 느꼈다.

그때 청년의 목소리가 또랑또랑하게 들려왔다.

"그냥 물러갔으면 합니다만."

표운성이었다.

운성의 느닷없는 말에 마교 진영의 분위기가 삽시간에 술렁
이기 시작했다.

감히 천마께서 말씀하셨는데, 새파란 애송이가 버릇없이 대
꾸를 하다니!

목숨을 여벌로 가지고 다니는 게 아니고서야.

사불패의 시선도 운성에게 향했다.

하나 그는 단번에 운성의 정체를 파악했다.

이때쯤엔 이미 무적문주가 나타나서 정도연맹을 돕고 있다
는 소문이 파다하게 퍼진 후였다.

그가 보일 듯 말 듯 미소를 지었다.

"과연 소문대로 어리군. 무적문주, 방금 한 말을 자세히 설
명해 보라."

"최근 마교가 무너지는 이유를 혹시 사 교주께서는 알고 계
십니까?"

"계속해 보라."

"마교 내에 배신자가 있다는 것을 말해주는 겁니다."

운성이 아무렇지도 않게 얘기했다.

반면 청천벽력 같은 말에 마교 진영은 이제 시장 바닥처럼

술렁이고 있었다.

"저게 무슨 소리야? 본 교에 배신자가 있다니?"

"설마 그럴 리가 있겠어? 저 사기꾼 녀석이 거짓말을 하는 것이겠지."

그들은 수군거리면서도 운성의 말을 거의 믿지 않는 기색이었다.

하지만 마교 수뇌부의 반응은 달랐다.

사불패 역시 본 교가 정도연맹에게 이토록 빨리 무너지고 있는 것은 필시 교 내에 배신자가 있기 때문일 것이라고 추측했다.

게다가 얼마 전 혈마대주로부터 부교주 여불위에 대한 이야기를 들은 터라 그 의심은 더욱 확고한 상태였다.

한데 이러한 이야기를 제삼자의 입을 통해서 들었으니 마음이 편할 리가 없었다.

사불패가 다시 입을 열었다.

"계속해 보라."

그의 목소리가 술렁임 속에서도 또렷하게 전해졌다.

운성이 씩 웃고는 대꾸했다.

"만약 마교가 중원 각지에 퍼진 세력을 모두 물리기만 한다면 마교 내의 배신자가 누구인지 그 명부를 내어드리겠습니다. 명단에 대한 신뢰도는 구 할 이상일 것이라고 확신하지요."

사불패가 가만히 입을 다물고 있자 운성이 말을 계속 이었다.

"뿌리가 썩어가고 있는데 중원을 장악한들 무슨 소용입니까? 지금 이대로 중원을 차지하고 있어봐야 배신자들이 들끓는 마교는 곧 무너지고 말 겁니다."

운성이 악담에 가까운 말을 던지자, 마인들이 저마다 분개하며 소리쳤다.

"닥쳐라! 네깟 놈이 그걸 어찌 안단 말이냐!"

"이제 정파 놈들이 사기꾼을 내세워서 무적문주 행세를 하게 하는구나!"

그때 장봉룡이 나섰다.

"흘흘! 그 정보 신뢰도에 대해 궁금하시오? 그럼 이건 어떨까? 우리 손에 그쪽의 배신자 여불위가 있다면?"

순간 마교 진영은 또 한 번 충격의 도가니에 휩싸였다.

결국 사불패가 벌떡 일어나더니 광장 복판으로 걸어나왔다.

"여불위가 어디 있지?"

운성이 비검문 무인 한 명에게 눈짓을 보내자, 그들이 대웅전을 돌아가더니 곧 혈도가 짚인 채 포박된 여불위를 끌고 왔다.

운성이 여불위를 인수하고는 광장으로 끌고 나왔다.

여불위는 차마 사불패의 눈을 마주치지 못하고 시선을 외면하고 있었다.

사불패가 여불위를 한차례 노려보고 나서 운성을 보고 물었다.

"좋네. 여불위가 사로잡혔다는 것은 정말이군. 하지만 그것

만으로 자네들이 본 교의 배신자를 모조리 파악하고 있다는
것은 어떻게 믿나?"

"개방은 지난 세월 봉문을 한 채 정보만을 수집해 왔지요.
그 정보를 이자에게서 확인했습니다."

물론 뒷말은 거짓이었다.

여불위의 성격상 죽으면 죽었지 개방에 정보를 흘릴 자는
아니었다.

하지만 혈도를 짚인 여불위는 아무런 항변도 할 수 없었다.

사불패 역시 운성의 말을 선뜻 믿지 못하겠다는 표정이었
다.

마인들 모두가 그와 같은 표정이었다.

그들은 여불위가 배신자라 하더라도 개방의 요구를 순순히
들어줬을 것이라곤 생각하지 않은 것이다.

이런 반응쯤은 운성과 장봉룡도 충분히 예상한 바였다.

때문에 운성은 여불위의 포박을 풀어준 후 그의 등에 손을
얹으며 말했다.

"여 부교주, 당신이 말한 배신자가 이 안에도 있지 않습니
까? 그자가 누구라고 했지요?"

하지만 마혈을 당한 여불위가 꼼짝이나 할 수 있겠는가? 아
혈마저 제압당해서 말도 한마디 못하는 여불위였다.

그런데 놀랍게도 여불위가 천천히 움직이기 시작했다.

그가 오른팔을 조심스럽게 들어 올렸다.

사실 이것은 운성이 여불위의 등에 손바닥을 대고 공력을

불어넣어 움직이게 한 것이었다. 즉, 여불위가 움직이곤 있었지만, 지금의 그는 운성의 꼭두각시에 지나지 않는 것이다.

하지만 사불패가 누군가.

역대 천마신교의 교주 중에서도 가장 역량이 뛰어난 자로 추앙받는 존재다.

그런 그가 운성의 꼼수를 코앞에서 보고도 눈치채지 못했다면 어찌 무림을 마도로 일통시킬 수 있었으랴.

그러나 그는 곧장 운성의 장난을 저지하지 않았다.

'이자가 무적문주라면 이 정도 장난에 내가 속을 것이라고 생각하진 않았을 터. 그렇다면 어디 이 장난을 끝까지 한번 지켜나 보자.'

이때쯤 여불위는 등에서 줄기줄기 들어오는 운성의 공력 조절에 따라서 오른팔을 들어 올린 채 천천히 막사 안쪽을 가리켰다.

이윽고 그 손가락이 정확히 좌군사 서일목을 가리켰다.

사불패야 바로 앞에서 운성의 교묘한 속임수를 보고 있었으니 눈치챌 수 있었지만, 제법 멀리 떨어져 있는 서일목으로서는 그 내막을 알 리가 없었다.

그로서는 그저 망할 놈의 여불위가 결국 개방에 굴복하고 모든 정보를 흘렸다고밖에 생각할 수 없었다.

일이 이렇게 돌아가자, 서일목은 귀밑까지 벌겋게 달아올라서 소리쳤다.

"이놈 여불위야! 배신자 주제에 누굴 모함하려 드느냐! 교주님, 저놈이 미쳐서 절 모함하려는 모양입니다.”

하지만 운성이 약을 올리듯 낭랑한 목소리로 물었다.

“여 부교주, 당신이 말한 배신자가 지금 소리치고 있는 좌군사 서일목이 맞습니까?”

그렇게 물은 운성은 다시 공력을 불어넣어 여불위의 목 근육을 주물러 주었다. 그러자 여불위가 고개를 끄덕끄덕하고 움직였다.

서일목은 아예 눈이 뒤집혔다.

이대로 두었다간 저 빌어먹을 여불위가 모든 사실을 까발릴 것이 틀림없으리라.

서일목이 버럭 고함치며 튀어나갔다.

“이 배신자! 내 일장을 받아라!”

순식간에 여불위 앞까지 날아간 서일목이 손바닥에 마기를 가득 운집시켜 일장을 내질렀다.

그 순간 사불패가 스윽 옆으로 다가서더니 여불위의 앞을 가로막아 섰다.

‘이런!’

서일목이 얼른 공력을 거두어들이려고 했지만 이미 늦어버린 후였다.

퍽!

서일목의 일장이 그대로 사불패의 가슴을 격타한 것이다.

하지만 그 순간 사불패의 반탄마공(反彈魔功)이 시전되면서 서일목이 후려친 공력은 고스란히 그에게 되돌아오고 말았다.

"커헉!"

비록 공력 일부를 거둬들였다곤 하지만, 애초에 혼신의 힘을 실은 일장이었다.

때문에 되돌아온 공력 또한 적지 않았다.

서일목은 시뻘건 선지피를 울컥울컥 토해내며 바닥에 엎드렸다.

사불패가 그를 내려다보며 서늘한 목소리로 물었다.

"서 군사, 이게 무슨 짓인가?"

"교, 교주……."

"자네마저 간자였단 말인가?"

사불패의 목소리는 여전히 차분했지만, 말끝에서 어렴풋한 노기가 전해졌다.

서일목은 낭패한 심정으로 어금니만 뿌드득 갈았다.

이렇게 된 이상 이곳을 벗어나는 것만이 살길이리라.

한데 무슨 수로 여길 벗어나랴.

그때였다.

쒜에에엑!

허공을 찢어발기는 날카로운 소리에 이어 시커먼 철시가 날아들더니 여불위의 몸을 그대로 관통한 채 지나갔다.

찰나지간에 심장이 꿰뚫린 여불위는 그 자리에 픽 쓰러지더니 다신 일어나지 못했다.

공력이 깃든 철시가 워낙 빠르게 날아들었던지라, 운성과 사불패마저도 미처 손쓸 틈이 없었다.

광장의 모든 무인들이 깜짝 놀라서 철시가 날아든 방향을 돌아보고 소리쳤다.

"누구냐!"

"어떤 놈이 감히 끼어든 것이냐!"

주위가 삽시간에 소란스러워지자 서일목의 눈빛이 번쩍 빛났다.

'지금이 아니면 언제 기회가 오랴!'

그가 번뜩 몸을 솟구쳤다.

여기서 교주에게 잡혔다간 죽음을 면치 못할 것이 분명했다. 때문에 그는 단전에 남아 있는 한 톨의 내력까지 모조리 끌어올려 경공을 펼쳤다.

그때,

쒜에에엑!

서일목은 온몸의 솜털까지 쭈뼛 서는 기분에 얼른 공력을 호신으로 전환했다.

퍽!

"악!"

섬광처럼 날아든 철시가 심장에 꽂히더니 그대로 서일목을 밀어붙이면서 뒤에 있는 소나무 기둥까지 날아가 꽂혀 버렸다.

결국 서일목은 화살에 심장이 꿰인 채 나무 기둥에 매달린 신세를 면치 못했다.

그는 그 자리에서 피를 한 움큼 토해내고는 즉사했다.

광장은 이제 아수라장이 되고 말았다.

혼란한 틈 속에서 운성은 다시 한 번 쏘아져 오는 살기를 감지해 냈다.

사불패 역시 마찬가지였다.

두 사람이 동시에 번뜩 몸을 날렸다.

하나 달려나간 방향은 서로 달랐다.

운성은 화살을 쫓아 날아올랐고, 사불패는 화살이 쏘아진 방향으로 날아간 것이다.

쒜에에엑!

매서운 기세로 날아드는 철시가 이번에는 금소화를 노리고 있었다.

하지만 같은 수법에 세 번씩이나 당하랴.

운성이 번개같이 몸을 날려 구룡도를 내리찍었다.

사캉!

구룡도의 날에 거뭇한 철시가 속절없이 두 동강이 나고 말았다.

팟!

뒤미처 운성이 사불패의 뒤를 쫓아 몸을 날렸다.

그제야 목숨이 경각에 달렸다가 구해진 것을 깨달은 금소화가 얼른 운성의 뒤를 쫓았다.

그러자 원평도 그 뒤를 이었고, 장봉룡과 적발귀마저 연이어 그들을 따라 날아올랐다.

마교 쪽에서는 혈마대주가 사불패의 뒤를 쫓았다.

설화 역시 그들을 따라가고 싶었지만, 만약 이곳을 통솔할 자가 남지 않는다면 마교와 무슨 무모한 일이 벌어질지 알 수 없었다.

때문에 그녀와 언사기는 자리에 남아 있다가 적충과 격이준을 찾아갔다.

"오늘 대회는 아무래도 이쯤에서 정리해야 할 것 같군요."

설화의 말에 격이준이 씁쓸히 웃었다.

"그래야겠군요. 자세한 이야기는 교주님께서 돌아오시면 상의 후에 별도로 알려 드리도록 하지요."

일이 이 지경이 된 이상 마교는 전의를 완전히 상실한 상태였다.

교 내에 배신자가 있다는 것 자체가 수치스러운 일인데, 그 사실을 적으로부터 자세히 알게 됐으니 이 수모를 어찌해야 좋단 말인가.

더욱이 알지도 못할 자들이 배신자들을 모조리 죽여 버렸으니, 이제는 어쩔 수 없이 정도연맹의 요구를 받아들여야만 아직 더 남은 배신자들을 모조리 정리할 수 있지 않겠는가.

격이준이 깊은 한숨을 내쉬고는 설화를 보았다.

"한데… 한 가지 물어봐도 될까요?"

"뭔가요?"

"무적문주 말이오. 정말 그가 무적문주입니까?"

"네."

"그럼 문도는?"

"글쎄요. 문도는 저희도 한 번도 본 적이 없어요. 그래서 전설의 문파이고 무적문이 아니겠어요? 호호."

"그럼 그자가 무적문주라는 건 어떻게 알았소?"

설화는 설명하기가 난감했다.

그녀는 잠시 생각하다가 간단하게 대꾸했다.

"표운성 그자가 무적문이 알아서 해결하겠다고 약속한 일들은 모두 감쪽같이 해결됐죠. 결코 그 혼자 해결할 수 없는 일들을요."

언사기는 곁에서 그저 묵묵히 고개를 끄덕끄덕할 뿐이었다.

탓!

금소화의 발끝이 나뭇가지를 박차며 허공으로 날아올랐다.

그녀는 날다람쥐처럼 이 나무에서 저 나무로 날렵하게 옮겨 갔다.

그녀는 앞서 달리는 운성의 뒤를 악착같이 쫓았다.

본래 그녀는 천궁의 일에 대해서는 일체 관여하지 않으려고 했다. 해서 운성에게도 그렇게 말했다.

한데 이제 목숨을 잃을 뻔하고 나니 내심 노기가 치민 것이다.

그렇다.

지금까지 자신이 천궁을 위해서 얼마나 많은 것을 감수했던가. 자신은 복수를 이룬 후부터 그저 천궁의 꼭두각시가 되어 죽은 듯이 살아왔다.

한데 이젠 그 천궁이 자신의 목숨마저 빼앗으려 한다.

예전 같았으면 미련없었다.

한데 원평과 혼인하고 나서 그와 함께 지내다 보니 모든 것이 분명해졌다.

천궁을 위한 희생?

그런 건 애초에 바보 같은 짓이었다는 것을 깨달은 것이다.

금소화는 그녀가 할 수 있는 최상의 경공을 펼쳤지만, 앞서 달리는 운성과의 거리는 좀처럼 좁혀지지 않았다.

그때였다.

딸랑!

영혼마저 한들한들 흔들어 버릴 것만 같은 맑은 방울 소리가 귀청을 파고들었다.

급박하게 치달리던 금소화의 걸음이 거짓말처럼 그 자리에 뚝 멈췄다.

'이 소리는!'

그녀가 주위를 두리번거렸다. 그때,

딸랑!

다시 한 번 맑은 방울 소리가 들려왔다.

방울 소리는 그녀가 달리던 방향과는 좀 다른 곳에서 들려오고 있었다.

금소화는 잠시 망설였다.

운성의 뒤를 쫓느냐, 방울 소리를 쫓느냐.

하지만 다시 한 번 방울 소리가 들려왔을 때, 그녀는 망설임

없이 걸음을 돌렸다.

대략 숲을 따라서 이 리 정도 달려갔더니, 쪽빛처럼 푸른 장삼을 입은 미공자가 섬섬옥수에 방울 하나를 들고 서 있었다.

금소화는 그를 단번에 알아보았다.

"사마량!"

그녀가 바닥에 내려서며 날카롭게 소리치자 사마량이 빙그레 웃었다.

"오셨군요. 기다리고 있었답니다."

"너 혼자야?"

"예, 혼자입니다. 이제 그만 가지요, 아가씨."

금소화가 단호하게 고개를 저었다.

"난 안 가."

"어째서요?"

사마량이 부드럽게 물어왔다.

"가서 궁주님께 전해. 아니, 일주사님께 전해도 좋겠지. 나 금소화는 이미 원평과 혼인을 하고 그의 아내가 되었어. 이제 천궁의 일은 일절 개입하지 않을 거야."

"이런… 하지만 궁주님이나 일주사님이 별로 좋아하지 않으실 텐데……."

"걱정 마. 나는 구룡문과 천궁 사이에 절대로 개입하지 않을 거니까."

사마량이 씁쓸히 미소 지었다.

"아가씨, 천궁이 마음대로 들어왔다가 마음대로 나갈 수 있는 곳은… 아니잖아요?”

목소리는 내내 조용했지만, 금소화는 그것이 일종의 협박이라는 것을 잘 알고 있었다.

그녀가 눈썹을 찌푸렸다.

“그래서?”

“궁주님께서는… 제게 아가씨를 모셔오라고 말씀하셨습니다.”

“난 안 간다고 했어.”

“아가씨, 사람 마음이란 갈대와 같답니다. 언제든지 바뀔 수 있는 거지요. 마음을 부드럽게 가져보세요. 지금 아가씨는 너무 긴장하고 계신 듯해요. 혹시 일주사님이 아가씨께 활을 쏘아서 놀라신 건가요? 그래도 일주사님은 아가씨께 애틋한 마음을 가지고 계셔서 가장 마지막에 활을 쏘신 거랍니다. 그러니 노기를 가라앉히시고 맘 편히 생각해 보세요.”

“아무리 생각해도 절대 바뀌지 않아. 나는 이미 가지 않기로 마음 굳혔으니까.”

“정말요?”

사마량이 생긋 웃으며 물어왔다.

금소화의 고운 이마에 주름이 새겨졌다.

그녀는 이 미공자의 능력을 잘 알고 있었다.

사마량은 어느 날 궁주가 데려온 시동이었다.

그는 어려서부터 오성이 뛰어나 어지간한 이야기는 곧바로 알아들었다. 뿐만 아니라 복잡한 문제가 있을수록 그 핵심을 누구보다도 빨리 파악해 내는 능력을 가지고 있었다.

특히 사람의 심리에 대해서는 달통했는데, 어렸을 때부터 나이 많은 학산이나 칠지파파의 허를 찔러 당황하게 만들곤 했던 그다.

다만 한 가지 아쉬운 점이라면, 무공을 익힐 수 없는 몸이라는 것.

대신 그는 주사들도 꺼려 하는 능력을 한 가지 가지고 있었다.

사마량은 그 능력을 최면술(催眠術)이라고 했다.

그가 최면술을 걸어오면 어지간한 상대는 이지를 잃고 사마량이 원하는 대로 마음이 움직여 버린다.

그러니 제아무리 날고 기는 무림의 절정고수라고 할지라도 그의 최면에 한 번 걸려들게 되면 꼭두각시나 다름없는 것이다.

금소화가 굳은 표정으로 물었다.

"나한테… 그걸 걸겠다는 거야?"

"아가씨, 서로 안 좋은 모습 보일 필요는 없잖아요? 그냥 우리 기분 좋게 돌아가요."

"흥! 어디 할 테면 해봐. 네가 아무리 그딴 사술로 날 움직이려고 해도 나는 절대 마음이 변하지 않을 테니까."

사마량이 피식 웃었다.

"아가씨, 지금 착각하시는 것 같네요."

"착각이라니?"

"이미 아가씨가 여기로 오실 때부터 전 그 사술을 사용 중이
거든요."

사마량의 말에 금소화는 등골이 서늘했다.

"거, 거짓말!"

"정말이에요. 못 믿겠으면 그냥 돌아가셔도 좋아요."

"그럼 내가 못 갈 줄 알고?"

"글쎄… 가셔도 좋다니까요."

금소화는 입술을 쿡 씹고는 몸을 돌렸다.

한데,

차마 발길이 떨어지지 않는다.

여러 가지 생각이 그녀의 머릿속을 휘저었다.

이대로 떠나가면 정말 보내줄 생각인가?

혹시 뒤에서 비겁하게 암습을 가하진 않을까?

아니, 어쩌면 자신은 살려두고 원평을 죽이려고 할지도 모
른다.

온갖 불길한 생각이 들자 금소화는 끝내 발걸음을 떼지 못
했다.

이제는 자신이 판단해서 발걸음을 떼지 못하는 것인지, 사
마량의 사술에 걸려 꼭두각시가 되어서 그런 것인지도 구분이
되지 않았다.

등 뒤에서 사마량의 나긋나긋한 목소리가 들려왔다.

"그것 보세요. 못 가시겠죠?"

금소화가 부들부들 떨었다.

반박을 하고 싶은데 반박을 할 수가 없다.

독하게 마음을 먹었다고 생각했는데, 그 마음이 흔들리고 있었다.

원평의 안위를 위해?

자신의 안위를 위해?

무엇 때문인지도 모르겠다.

다만 이 자리에서 꼼짝을 할 수가 없었다.

금소화가 분한 듯 중얼거렸다.

"네가… 사술을 걸어서… 내가 판단력을 잃은 거잖아."

"아가씨, 제가 사술을 걸었다고 해도 그토록 확고한 아가씨의 신념이 그 정도에서 흔들려서야 되겠어요? 제 최면술은 어디까지나 그 사람의 심연에 있는 무의식을 이용하는 거랍니다. 만약 아가씨 마음이 추호도 흔들리지 않고 확고한 신념으로만 가득했다면 제 사술도 통하지 않았겠죠. 하지만 지금 아가씨께서 떠나지 못하시는 건, 그만큼 아가씨의 생각이 확고하지 않다는 말이에요."

금소화의 눈동자가 흔들리기 시작했다.

그렇다.

사마량의 말대로 자신이 더욱 독하게 마음먹었던들, 이따위 사술에 걸려들기나 했겠는가. 내 마음 한편에서 궁주님에 대한 복종심이 아직도 남아 있으니 흔들리는 것 아니겠는가.

이런 생각이 들자 금소화는 모든 것이 혼란스러웠다.

무엇이 옳고 무엇이 그른 것인지도 알 수 없었다.

다만 지쳐 간다는 느낌만은 분명했다.

그리고 이제는 편하고 단순하게 행동하고 싶었다.

금소화가 천천히 몸을 돌렸다.

그녀가 사마량을 보았다.

"사마량, 궁주님이… 날 용서해 주실까?"

사마량이 햇살처럼 따뜻하게 웃어주었다.

"그럼요. 궁주님께선 지금 아가씨를 몹시 기다리고 계신답니다."

그의 말에 금소화는 이제 말할 수 없을 정도로 포근한 기분을 느꼈다.

얼굴을 한 번도 본 적이 없는 궁주가 마치 어버이처럼 친근하게 다가왔다.

사마량이 손을 내밀었다.

"자, 아가씨. 가요."

금소화가 천천히 손을 뻗어 그의 손을 맞잡았다.

숲 속에 선남선녀가 손을 맞잡고 걸으니 그야말로 한 폭의 그림 같은 풍경이었다.

그때였다.

"소화!"

문득 한쪽에서 청명한 목소리가 불쑥 튀어나왔다.

원평이었다.

사마량과 금소화가 걸음을 멈추고 돌아보았다.

원평이 턱밑까지 차오른 숨을 거세게 몰아쉬며 사마량을 쏘아보았다.

"너는 누구냐!"

사마량이 빙그레 웃으며 대꾸했다.

"이분을 모시고 돌아갈 사람입니다."

"소화를 놔줘!"

"아가씨께서는 스스로 저와 함께 가기로 마음을 굳힌 겁니다. 당신은 도대체 누구기에 아가씨를 놓아달라고 하시는 건지요?"

그러자 원평이 어이없다는 표정을 짓고는 금소화를 돌아보았다.

스스로 돌아가는 것이라니.

그게 말이나 될 법한 소린가.

자신과 금소화는 이제 혼인을 맺은 어엿한 부부가 아닌가.

한데 금소화가 자신을 두고 어디를 간단 말인가?

그런데 금소화의 입에서 청천벽력 같은 소리가 흘러나왔다.

"죄송해요. 전 이자를 따라가기로 마음을 굳혔어요."

"그, 그럴 리가! 도대체 그게 무슨 소리야, 소화?"

금소화는 더 대답하지 않고 고개를 돌릴 뿐이었다.

원평은 이제 마음이 바짝바짝 타들어가서 미칠 지경이었다.

"소화! 제발 정신 차려! 도대체 어딜 가겠다는 거야!"

하지만 금소화는 사마량과 함께 걸음을 뗐다.

원평은 도대체 영문을 알 수가 없었다.

만약 금소화가 강제로 끌려가고 있다면 힘으로라도 막겠는데, 그녀 스스로 떠나겠다고 하니 이 노릇을 어쩌면 좋단 말인가?

원평이 아예 눈물까지 흘리며 소리쳤다.

"잠깐! 잠깐만! 기다려 봐, 소화! 날 이렇게 두고 가면 나는 어쩌란 말이야? 나는 이제 당신 없으면 한순간도 못 살 것만 같은데 나는 어쩌란 말이야? 당장 내일부터 눈을 떠서 당신이 내 곁에 없다면 내 가슴이 답답해서 터지고 말 텐데! 그럼 나는 어쩌란 말이야! 이런 게 어딨어!"

그가 울부짖듯 소리치자, 순간 금소화의 어깨가 가늘게 떨렸다.

그 순간 사마량의 표정이 확 변했다.

'아차! 최면에서 깨어났구나!'

그는 사태를 파악하는 즉시 금소화의 손을 놓고 훌쩍 물러났다.

거의 동시에 금소화가 검을 뽑아 들며 사마량을 가로 베기로 후려쳤다.

그때 한줄기 바람이 일어나더니 거뭇한 그림자가 나타나서 사마량을 휙 낚아채듯 지나갔다.

하나 사마량이 화를 피하기에는 금소화와 거리가 너무나 가까웠다.

더구나 그는 자신의 최면술이 십 할 통했다고 자신하는 중이었다.

한데 실패했다는 것을 깨닫는 것과 동시에 금소화의 검이 베어 들어왔으니 마땅히 피할 수가 없었던 것이다.

결국 금소화의 발아래 사마량의 오른팔이 툭 하고 떨어졌다.

사마량은 까무러칠 듯한 고통을 느끼면서도 어금니를 질끈 깨물 뿐, 소리를 치지 않았다.

사마량을 낚아챈 사람은 다름 아닌 학산이었다.

그가 사마량의 혈도 몇 군데를 짚어 지혈하면서 소리쳐 물었다.

"도대체 이게 어떻게 된 거야? 어째서 저년이 갑자기 깨어난 거야?"

"저도… 저도 모르겠습니다."

사마량이 이마에 식은땀을 줄줄 흘리며 대답했다.

졸지에 팔 하나를 잃어버린 그는 안색이 창백하다 못해 시퍼렇게 물들고 있었다.

영문을 모르는 건 원평도 마찬가지였다.

그가 눈물에 잔뜩 젖은 얼굴로 어리둥절하게 상황을 살피자, 금소화가 얼른 다가와 소매로 원평의 뺨을 닦아주었다.

"바보같이… 울긴 왜 울고 그래요? 남자가 왜 이렇게 마음이 약한 거야."

그녀는 구박하면서도 내심 행복한 마음을 금할 길이 없었다.

사실 그녀는 원평이 처음 자신의 이름을 부르는 순간, 최면에서 깨어나고 말았다.

부모님을 일찍 여의고 자신에게 무조건적인 사랑을 쏟아준 사람이 누구였던가?

바로 원평이었다.

지금 원평은 그녀에게 있어서 삶의 이유나 마찬가지였다.

그런 원평의 목소리를 들으니 그녀는 거짓말처럼 최면에서 깨어날 수 있었다.

사마량은 금소화의 마음속에 자리 잡은 사랑에 대해서 전혀 짐작도 못하고 있었다. 아니, 그는 지금껏 누군가를 사랑해 본 적이 없었다.

그러니 사랑의 힘이라는 것도 알지 못했다.

뭇 사람들의 심리에 대해서는 무섭게 잘 파악했지만, 그 심리 중에서도 가장 오묘하고도 복잡한 사랑이라는 감정만큼은 제대로 파악하지 못한 것이다.

하기야 천궁의 주사 중 누구 하나 사랑을 하는 사람이 없으니 주위 환경이 사마량을 그렇게 만든 것인지도 몰랐다.

어쨌거나 최면에서 깨어난 금소화는 내심 기회를 엿보고 있었다.

그녀는 요사스런 재주로 자신을 홀려 버린 사마량을 단칼에 제거할 생각이었다.

한데 느닷없이 원평이 울며불며 소리치는 바람에 그녀의 마음이 동했고, 사마량도 그걸 눈치채고 만 것이다.

계획이 틀어졌다는 것을 직감한 그녀는 곧바로 검을 휘둘렀다.

하지만 간발의 차로 학산이 나타나 사마량을 번뜩 채어간 것이다.

비록 사마량의 한쪽 팔을 베어낼 수는 있었지만 목숨만큼은 취할 수 없었다.

사정인즉 이러하지만, 사마량은 아직도 자신의 최면술이 왜 깨졌는지 이해할 수가 없었다.

반면 원평은 금소화가 돌아오자 놀랍고 기쁘면서도 얼른 학산과 사마량을 쏘아보며 소리쳤다.

"네놈들은 도대체 정체가 뭐냐!"

"흥! 네깟 놈에게 알려줘야 할 이유가 있더냐?"

학산이 코웃음을 치자, 원평이 번뜩 몸을 날렸다.

그가 번개처럼 일권을 내찔러 가자, 학산이 나무 기둥을 박차고 허공으로 치솟았다.

하지만 품에는 부상당한 사마량을 안고 있는지라 도약이 별로 높진 못했다.

원평은 그대로 손바닥을 뻗어 학산의 등줄기에 다시 일장을 먹여갔다.

그와 동시에 금소화가 앞에서 검을 내찌르며 달려들었다.

학산은 재빨리 나뭇가지를 발로 걸어찼다.

순간 꺾여 버린 나뭇가지가 금소화의 눈을 노리고 화살처럼 날아갔다. 어쩔 수 없이 금소화가 검을 부려 나뭇가지를 잘라 냈다.

그 틈에 학산이 얼른 금소화의 곁을 지나쳐 두 사람 사이를 빠져나갔다.

그가 사오 장쯤 물러서서 원평과 금소화를 노려보았다.

사실 그는 애초에 이 원평이라는 자를 얕잡아보고 있었다. 한데 뜻밖에도 펼치는 무공이 제법 높은 경지에 달했다는 것을 깨닫고 내심 적지 않게 놀랐다.

'아무래도 이 연놈들을 다 상대했다가는 내 힘이 부치겠다. 우선 물러가는 수밖에.'

생각을 마친 그가 미련없이 몸을 돌리고 훌쩍 날아갔다.

"앗! 거기 서라!"

원평이 고함 지르며 몸을 번뜩 날렸다.

한데 금소화가 갑자기 힘을 잃고 옆으로 픽 쓰러지는 것이 아닌가.

원평이 나뭇가지에 올라서자마자 그녀를 보고 얼른 다시 돌아왔다.

"소화! 왜 이러는 거야?"

금소화가 입술을 질끈 깨물고는 얼른 가부좌를 틀었다.

원평 역시 그녀가 어떤 경위로 내상을 입었음을 짐작하고 섣불리 방해하지 않았다.

대신 두어 걸음 물러나서 안타까운 목소리로 말했다.

"도움이 필요하면 말하구려. 내가 지키고 있을 테니까."

금소화가 희미한 미소를 지으며 고개를 끄덕했다.

그녀는 얼른 운기조식을 취했다.

'사마량이 내게 사술을 걸었을 때 내력을 역행하도록 무의

식에 암시를 걸었구나. 만약 그대로 스무 걸음 정도만 더 걸었
어도 난 꼼짝없이 주화입마에 걸리고 말았을 거야.'

상황을 파악하고 나자 그녀는 놀라움과 분노가 뒤섞였다.

'그토록 천궁을 위해서 일했는데… 이젠 그저 자유롭고 싶
을 뿐인데… 굳이 이렇게까지 찾아와 죽이려 하다니!'

생각할수록 분한 마음과 괘씸한 생각이 들었다.

하지만 그녀는 더 이상 심신을 어지럽히지 않기 위해서 원
평을 떠올렸다.

그리고 가까이에 서 있는 원평의 숨소리를 들으면서 차분히
운기조식을 취했다.

잠시 후, 그녀가 울컥 핏덩이를 토해냈다.

검은 피가 쏟아져 나오고 나자 한결 속이 편해졌다.

그녀가 눈을 뜨자 원평이 걱정 가득한 얼굴로 지켜보고 있
었다.

아, 내가 이 사람을 만나게 된 것이 얼마나 행운인가.

그녀는 새삼 감사한 마음에 생긋 미소를 지었다.

원평이 얼른 달려와 그녀를 안아 일으켰다.

"이제 된 거야? 몸은 괜찮은 거야?"

"호호, 괜찮아요. 걱정 말아요."

"정말 다행이야, 정말로. 정말."

"저 때문에… 그자들을 놓쳐 버렸네요."

"상관없어. 당신만 곁에 있으면 돼. 당신, 정말로 천궁으로
돌아가려고 했던 건 아니었지? 그렇지?"

　원평이 염려 가득한 목소리로 묻자, 금소화는 짐짓 장난기가 돋았다.

　"그랬다면요?"

　"그럼 안 돼지! 도대체 천궁이 뭐가 좋다고 가려고 한단 말이야!"

　"호호호! 걱정 말아요. 전… 당신 곁에 있을 거니까."

　"그 말, 정말이지?"

　원평이 언제 소리쳤냐는 듯 활짝 웃으며 물었다.

　금소화가 '풋' 웃음을 터뜨리고는 말했다.

　"그렇다니까요. 그런데 울다가 웃으면 어떻게 된다고 하더라?"

　"하하! 그까짓 항문에 털 좀 나면 어때?"

　"어머! 뿔나는 것 아니었어요?"

　"음? 아냐. 울다가 웃으면 똥구멍에 털 난다고 하잖아."

　"아니에요. 울다가 웃으면 똥구멍에 뿔난다가 맞아요."

　아리따운 금소화의 입에서 참으로 어울리지 않는 말이 거침없이 흘러나왔다.

　원평이 보자니, 그 모습이 오히려 더 귀엽고 사랑스러워 더욱 논쟁을 이끌어갔다.

　"아냐. 내가 확실해. 똥구멍에 털 난다니까?"

　"뿔이에요, 뿔! 똥구멍엔 뿔!"

　"말도 안 돼! 어떻게 사람 몸에 뿔이 나?"

　"그러니까 뿔이죠!"

“에이, 그럼 그런 걸 믿는 사람이 어딨겠어?”

“저요! 전 어렸을 때 아버지한테 그렇게 들어서 그렇게 믿었는걸요? 그래서 울다간 절대 안 웃었다구요.”

“풋, 프하하하!”

원평이 별안간 폭소를 터뜨렸다.

열변을 토하던 금소화도 이내 무안해져서 슬며시 미소 짓더니 결국 깔깔 웃기 시작했다.

두 사람은 그러고 나서도 한참 동안 똥구멍엔 털이냐, 뿔이냐를 두고 옥신각신했다.

*   *   *

쒜에엑!

허공을 찢어발기며 검은 철시가 또 한 대 날아왔다.

철시는 가장 앞서 달리는 사불패를 스치듯 지나치곤 그대로 운성의 심장을 노리고 날아들었다.

운성이 일순 배랍비영을 펼쳐 옆으로 훌쩍 물러났다.

그 바람에 철시는 그대로 스쳐 지나가서는 뒤따라오는 혈마대주에게 향했다.

하나 혈마대주 역시 일검을 휘둘러 날아드는 철시를 쳐냈다.

까앙―!

청명한 금속성과 함께 튕겨 나간 철시가 나뭇가지를 뚫고 어디론가 날아갔다.

세 사람은 걸음을 멈추지 않았다.

오히려 더욱 빠른 속도로 화살이 날아든 방향으로 내달렸다.

그런데 어느 순간,

쉬이익!

한줄기 바람 소리가 일어난다 싶더니, 왼쪽 수풀 사이에서 번쩍이는 빛과 함께 한 인영이 섬광처럼 나타났다. 그는 곧장 검을 후렸는데, 두 가닥의 싸늘한 한기가 쾌속하게 사불패의 몸을 덮쳐 갔다.

"흥!"

사불패가 콧방귀를 뀌고는 왼손을 쭉 뻗었다.

퍼펑!

그의 손바닥에 부딪친 한기는 폭음을 일으키며 허공에서 풀어헤쳐졌다.

바로 담천린이 펼친 빙백쌍검이었다.

뒤미처 '후웅!' 하는 파공음이 들리더니, 오른쪽에서 공부득의 선장이 질풍처럼 날아들었다.

사불패는 그쪽으로 눈길도 주지 않고 손가락을 탁 튕길 뿐이었다.

손가락 끝에서 응축된 마기가 곧장 선장에 부딪쳐 가니, '쩡!' 소리가 들리는 것과 동시에 공부득이 선장을 쥔 채로 튕겨 나갔다.

그 순간 사불패의 발아래로 그림자가 드리워졌다.

그가 고개를 들어보니 어느새 나무를 타고 오른 칠지파파가 허공에서 수직으로 떨어져 내리는 것이 아닌가.

칠지파파가 입꼬리를 추켜올렸다.

"킬킬! 사 교주! 이건 못 피할 거다!"

그녀의 손가락이 사불패의 정수리를 향해 수직으로 떨어졌다. 일곱 손가락에서는 시퍼런 강기가 맺혀 형형하게 빛나고 있었다.

때를 같이해서 담천린과 공부득도 병기를 후리며 달려들었다.

순식간에 세 방위에서 포위 공격을 당하게 된 셈이다.

찰나, 사불패의 오른손이 불쑥 위로 솟구쳤다. 동시에 왼손은 담천린의 손목을 향해 쏘아져 나갔다.

다음 순간 놀라운 일이 벌어졌다.

담천린의 검이 갑자기 방향을 틀어 칠지파파를 베어나갔고, 칠지파파의 지공은 엉뚱하게도 공부득에게 짓쳐든 것이다.

바로 마교 최고의 심법 중 하나인 건곤대나이(乾坤大那移)였다.

선장을 후려오던 공부득은 깜짝 놀라서 칠지파파의 손가락을 후려쳤다.

빠악!

"아악!"

칠지파파가 비명을 지르며 몸을 뒤틀었다.

운이 좋은 것인지 그 몸부림 덕택에 담천린의 검공을 피할
수 있었다.

마교 고유의 심법인 건곤대나이는 상대방의 힘줄기를 역이
용해서 대상을 바꿔놓는 것이다. 때문에 이들은 엉뚱하게도
같은 편을 공격한 것이다.

마교의 사술에 대해서는 이미 알고 있던 터라 세 사람은 훌
쩍 물러나서는 사불패를 겨냥했다.

그사이에 운성과 혈마대주가 속속 도착했다.

세 사람이 내려서자 주사들은 서로 눈치를 보면서 슬금슬금
뒷걸음질을 쳤다.

그때 다시 허공을 가르며 철시가 날아왔다.

한데 이번만큼은 강기에 휩싸인 철시가 예사롭지 않았다.
사불패가 곧바로 검을 꺼내 들고 공력을 불어넣으며 철시를
막았다.

쩡!

어마어마한 소리가 터져 나왔다.

철시에 실린 힘이 어찌나 강한지 화살은 사불패의 검과 맞
댄 상황에서도 튕겨 나가기는커녕, 사불패를 뒤로 주르륵 밀
어내기까지 했다.

마치 보이지 않는 누군가가 화살을 쥐고 떠미는 듯한 형상
이었다.

주사들은 지금이 기회라는 것을 바로 알아챘다.

세 사람이 곧장 몸을 날리며 사불패를 향해 쇄도해 들어갔

다. 거기에 지금껏 수풀에 웅크리고 앉아서 기회만 엿보고 있던 구옥청이 불쑥 뛰어오르며 절편을 후렸다.

좌르르륵!

이미 화살을 막아내느라 공력을 쏟아붓고 있는 사불패는 그들을 하나하나 상대할 수가 없었다.

대신 혈마대주가 왼쪽으로 나서며 가장 먼저 날아드는 공부득의 선장부터 후려쳤다.

이어서 오른쪽 방위에서는 운성이 끼어들어 칠지파파의 지공을 쌍장으로 막아냈다.

결국 힘을 다한 화살이 바닥에 떨어졌고, 사불패는 이제 마공을 일으켜 주사들을 치고 나갔다.

그런데 지긋지긋하게도 또 철시 한 대가 빛살처럼 날아드는 것이 아닌가.

이번만큼은 어찌 된 일인지 주사들이 몸을 빼내고는 쏜살같이 달려가기 시작했다.

세 사람이 잠시 어리둥절해 있는데, 위기를 감지한 운성이 뒤늦게 소리쳤다.

"폭시(爆矢)다!"

과연 그의 말대로 날아드는 화살에는 화약 주머니가 달려 있었다.

세 사람이 동시에 세 방향으로 흩어져 달아났다.

꽈앙!

화살이 떨어진 자리에서 어마어마한 폭음이 터지면서 파편이 사면팔방으로 마구 튀었다.

이번 화살은 살상용이 아니었다.

주사들이 안전하게 피할 수 있도록 엄호용으로 쏜 것이다.

파편이 가라앉고 나자 멀찌감치 달아나는 주사들이 보였다.

운성은 쫓으려다가 그만두었다.

그랬다간 분명히 화살이 또 날아들 터였다.

화살을 쏜 자의 실력만큼은 중원 최고라고 해도 될 터였다.

하지만 사불패는 먼저 날아왔던 화살을 쥐더니 곧장 달아나는 주사들 중 공부득을 향해 내던졌다.

놀랍게도 강기가 실린 화살은 활로 쏜 것처럼 빠르게 날아갔다.

쒜에엑! 푹!

"아악!"

공부득은 그대로 등 뒤쪽에서부터 심장 부위가 꿰뚫려 바닥에 곤두박질치고 말았다.

주사들이 깜짝 놀라서 그를 불렀지만, 결국 그는 두 번 다시 일어나지 못했다.

주사들은 울분을 삼키면서도 일단 달려갈 수밖에 없었다.

주사들이 멀리 사라져서 보이지 않게 되자, 운성이 사불패를 향해 포권의 예를 차렸다.

"사 교주님의 무공이 대단하군요."

"후후, 과찬의 말씀을. 무엇보다 이번 일로 본 교의 위신이 말이 아니게 됐군."

사불패가 툴툴 웃고는 말했다.

운성이 폭발로 인해 움푹 파인 구덩이를 보며 말했다.

"화살을 쏜 자는 누구였을까요?"

혈마대주가 불쑥 대꾸했다.

"파천신궁(破天神弓) 구담(具潭)이었을 거요."

"파천신궁……."

운성이 침음을 흘리며 그의 별호를 되뇌었다.

파천신궁이라면 한때 강호에서 가장 활을 잘 쏘는 자로 이름을 드날린 무인이다.

사불패는 그저 말없이 생각에 잠겨 있었다.

사실 이번 대회에서 그는 명분과 체면을 중시하는 정도연맹을 상대로 정당한 대결을 펼칠 생각이었다.

그 역시 마교 내부에 배신자가 있다는 것을 짐작하고 있던 터라, 이대로는 언젠간 마교가 무너질 날이 올 것이라 짐작한 것이다.

해서 깔끔하게 담판을 지어 더 이상 정도연맹이 다시는 도발하지 못하도록 도장을 찍을 셈이었다.

한데 뜻밖에도 정도연맹에서는 마교 내의 배신자에 대해서 마인보다도 더 잘 알고 있는 것이 아닌가.

그동안 마교는 천하제패에 도취되어 교 내의 사정을 살필 정신적 여유가 없었던 것이다.

일이 그렇게 된 데다 뭇 사람들 앞에서 내부 배신자를 제대로 처리조차 못했으니 그야말로 체면이란 체면은 다 깎이고 말았다.

이제 내부 배신자의 뿌리를 제대로 파헤치기 위해서는 어쩔 수 없이 개방의 정보력을 의존해야 하리라.

어쩌다 이런 꼴이 되고 말았는가.

그가 길게 한숨을 내쉬는데, 운성이 다가와 물었다.

"이번 담판 대회가 엉망이 되고 말았군요. 이제 어떻게 하시겠습니까?"

"돌아가 군사와 상의해 보겠네. 오늘은 이만 각자 헤어지도록 하지."

사불패가 몸을 돌려 걸어갔다.

운성이 얼른 그 뒤를 따라가며 물었다.

"그럼 마교 세력을 세외 지역으로 물리실……."

혈마대주가 그 앞을 막아섰다.

더 이상 교주의 심기를 불편하게 하면 용서하지 않겠다는 듯 두 눈을 사납게 부릅뜨고 있었다.

운성도 결국 어깨를 으쓱하고 말았다.

"쩝. 뭐, 일단 기다려 주지."

그러고는 그 역시 걸음을 돌렸다.

第五章
각성 (覺醒)

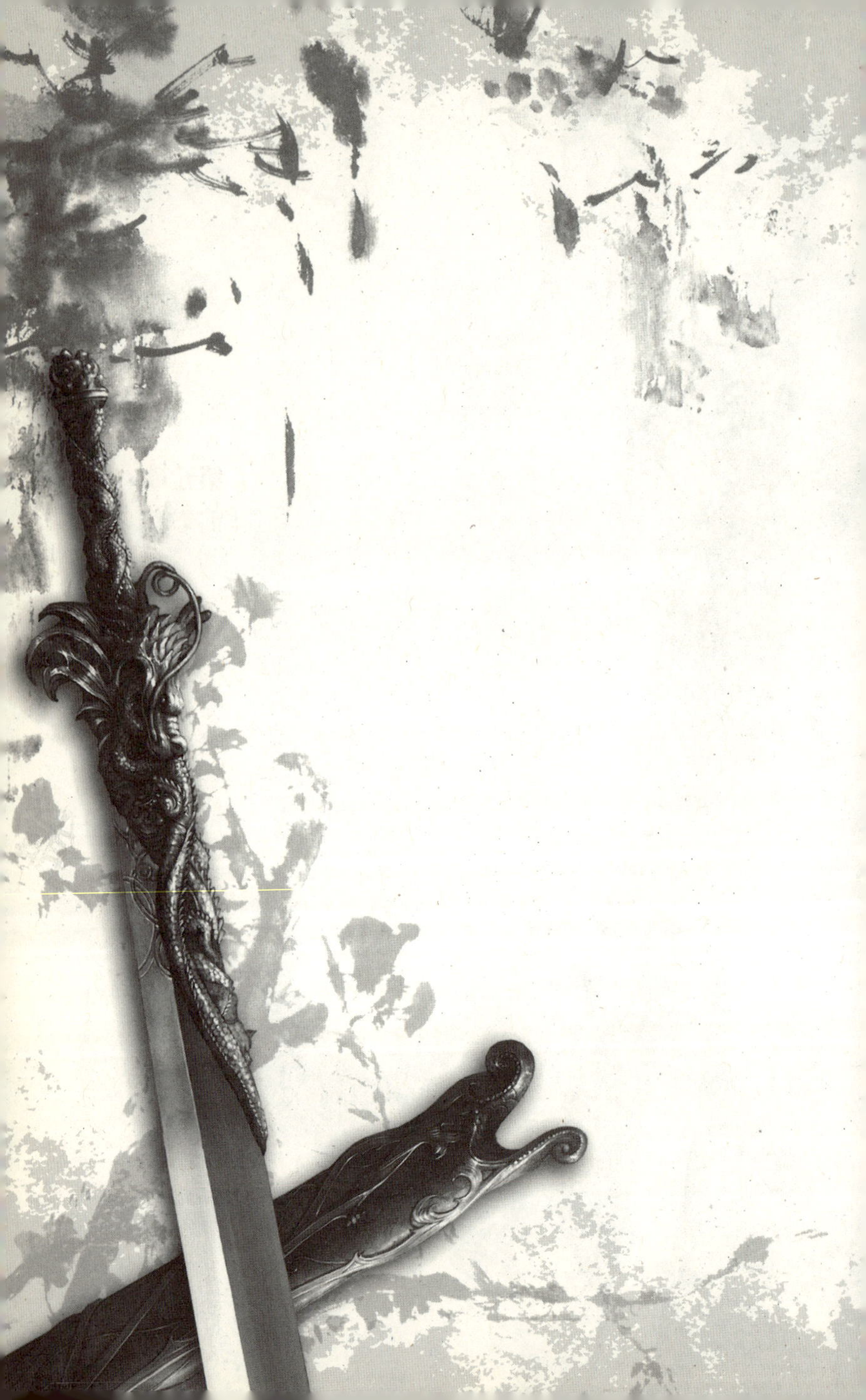

형문사의 담판은 결국 흐지부지 끝나고 말았다.

마교는 물러가겠다는 약조를 하지 않았고, 정도연맹 역시 마교 내의 배신자 목록을 넘겨주지 않았다.

하지만 한 가지 얻은 것이 있다면, 중원 각지에서 벌어지던 정마 전쟁이 잠시 휴식기를 가지게 됐다는 것이다.

형문사 대회 다음날 격이준이 찾아와 휴전을 제안한 것이다.

그리고 사흘이 흘렀다.

아마 지금쯤 마교는 교 내 배신자를 색출하기 위해 혈안이 되어 있으리라.

하나 지난 사흘 동안 마교의 배신자 색출 작업은 순조롭지 않았다.

　범위를 좁혀서 포획하려고만 하면, 이미 눈치를 챈 배신자가 천궁으로 달아나 버리곤 했던 것이다.

　결국 사흘째 저녁.

　마교 교주 사불패와 우군사 격이준, 혈마대주가 나란히 정도연맹을 찾아왔다.

　이들을 맞이한 사람은 장봉룡과 설화, 그리고 운성이었다.

　이때쯤 언사기는 만일의 사태를 대비해 중원 각지의 정도문파를 일일이 찾아다니며 규합을 시도하느라 자리에 없었다.

　탁자 하나를 사이에 두고 마주 앉은 여섯 사람은 한동안 묵묵히 찻잔만 들이켜며 말이 없었다.

　이윽고 격이준이 입을 열었다.

　"본 교를… 물리도록 하겠습니다."

　그의 갑작스런 선언에 장봉룡과 설화가 어리둥절한 표정을 지었다.

　물론 이대로라면 언젠간 마교가 스스로 물러날 수도 있을 것이라고 추측은 했다.

　하지만 이렇게 빠른 시간 내에 정도연맹의 요구를 수락할 것이라곤 아무도 생각지 못한 것이다.

　장봉룡이 눈썹을 슬쩍 구기고는 물었다.

　"세외 지역으로 물러가겠다는 말씀이오?"

　"그렇습니다. 단, 조건이 있습니다."

　"배신자 명부에 대한 것이라면 걱정 마시오. 흘흘. 분명히 넘겨 드릴 테니."

"물론 그건 당연히 주시겠지요. 제가 말씀드리는 건 그 외의 다른 것입니다."

"다른 것?"

장봉룡과 설화가 서로 마주 보았다.

두 사람 모두 짚이는 바가 없어 두 눈만 멀뚱멀뚱 뜰 뿐이었다.

"그게 뭐요?"

"저희 내부적으로 조사한 바에 의하면, 이번 배신자들은 천궁과 깊은 관련이 있는 것만은 틀림없습니다. 또한 무적문과 천궁이 현재 대립하는 관계라는 것도 짐작하는 바입니다."

장봉룡이 그저 말없이 고개만 끄덕였다.

지난 신룡대전에서 갑석판을 공개하던 자리에는 혈마대주도 있었으니 마교 쪽에서도 그 정도는 충분히 짐작했으리라.

"그래서?"

"해서 우리 교주님께서는 천궁에 대한 정보 역시 공유하길 원하십니다. 또한 무적문이 앞으로 천궁과 묵은 은원 관계를 풀고자 한다면 본 교도 거기에 개입을 하겠다는 것입니다."

그러자 운성이 불쑥 대답했다.

"불가(不可)!"

모든 사람의 시선이 그에게 향했다.

운성이 다시 말을 이었다.

"말씀하셨다시피 천궁과 무적문은 오래전부터 해결해야 할 빚이 서로에게 있소. 그런데 이제 와서 귀 교가 개입하는 것은 우리 입장에서 허락할 수 없소.”

“이미 천궁은 본 교와도 해결해야 할 빚이 생긴 셈이지요.”

“그건 그쪽에서 알아서 하시오.”

운성이 일말의 재고도 없이 대답했다.

그 바람에 좌중은 싸늘한 기운이 감돌았다.

설화와 장봉룡은 운성의 뜻을 알 수 있었다.

갑석신공 때문이다.

만약 은원 관계를 풀겠다고 개입한 마교가 갑석신공에 대해서 알게 되는 날에는 좋을 것이 없었다. 공명정대하다는 정도 문파라도 영원불멸의 무공이 있다는 사실을 알고 나면 모든 것을 걸고라도 취하려고 할 것이다.

하물며 마교라면 말 다 한 것 아니겠나.

자칫하다가는 천궁과 무적문의 싸움이 아닌, 마교와 무적문의 싸움이 될 수도 있었다. 그렇게 되면 정사의 모든 문파가 갑석신공을 찾겠다고 나서는 것은 시간문제리라.

하지만 장봉룡은 문득 떠오르는 생각이 있어 말을 꺼냈다.

“그 문제에 대해서는 잠시 생각할 시간을 주시게. 우리가 잠시 상의를 하고 오도록 하겠네. 사 교주, 실례하겠소이다.”

그러더니 그는 운성과 설화를 따로 불러 이층으로 올라갔다.

운성이 방으로 들어서자마자 단호하게 말했다.

“절대 안 됩니다.”

"흘흘, 그렇게만 생각하지 말고 침착하게 따져 보세나."

"침착하게 따지나마나 한 문제지요. 마교가 개입했다가 갑석신공에 대해서 알기라도 하는 날엔 지금보다 더 큰 전쟁이 벌어질 겁니다."

"하지만 잘 생각해 보게. 만약 우리가 이 자리에서 거절했다고 하면? 그럼 마교는 군소리없이 돌아갈까? 내 생각에 이미 그들은 방향을 정했어. 방법만 남겨두고 있을 뿐이야. 만약 우리가 거절했다간 그들은 철두철미하게 개방과 자네를 감시할 걸세. 그리고 자네가 천궁을 찾아가는 날, 그들도 따라붙을 걸세. 안 그렇겠나?"

듣고 보니 장봉룡의 말도 일리가 있었다.

장봉룡이 말을 이었다.

"오히려 지금 자네가 단호하게 거절해서 저쪽에서 더 의심하고 있을지도 모르네. 저들 입장에서는 손잡고 같이 적을 치자는 제의나 다름없는데, 자네가 다짜고짜 퇴짜를 놓았으니 말이야. 흘흘."

"그렇다고 마교를 개입시킬 수는 없지 않겠습니까?"

"마교 전체라면 그렇지. 하지만 한두 사람이라면?"

"한두 사람이라뇨?"

"사 교주와 혈마대주만 개입하도록 허락하자는 거지. 그렇다면 이쪽에서도 명분이 생기지. 마교의 세력이 지나치게 개입하는 것을 막는다는 명분 말이야. 내 생각이 어떤가, 차 문주?"

듣고 있던 설화가 고개를 끄덕이곤 대꾸했다.

"확실히 지금은 그 방법이 최선이겠어요. 만에 하나 그들이 갑석신공의 비밀을 알아낸다고 하더라도 바보가 아닌 이상 일을 크게 벌이진 않겠죠. 그랬다간 경쟁자만 늘어날 테니까요. 혹 눈독을 들인다고 해도 두 사람 선에서 해결하려고 할 거예요."

"그렇지? 흘흘. 게다가 이 기회에 마교 놈들을 세외로 몰아낼 수도 있고 말이야. 그럼 남은 건 천궁의 위치를 내가 표 문주에게 알려주는 것뿐이겠군."

장봉룡이 유들유들 웃으면서 하는 말에 운성은 가만히 생각에 잠겼다.

"만약 저들이 신공을 노린다면요?"

"그땐 나와 설화, 그리고 탁가 녀석이 있잖은가. 우리 셋이 방비한다면 그 둘을 막지 못하겠나? 게다가 자네도 있으니 큰 문제는 없으리라 보네."

운성은 그러고도 한참을 생각하다가 이내 대답했다.

"좋습니다. 장 선배님의 의견을 한번 따라보지요."

"흘흘! 잘 생각했네. 이번 기회에 정말 자네 말대로 싸우지 않고도 마교를 중원에서 몰아낼 수 있게 생겼구면. 흘흘."

장봉룡이 기분 좋게 웃으며 다시 일층으로 내려갔다.

일층에 다시 모인 그들은 상의한 결과를 알려주었다. 거기에 세외 지역으로 물러난 마교는 앞으로 십 년 동안 중원의 어떤 문파도 공격해서는 안 된다는 조건도 덧붙였다.

사불패는 장봉룡의 제안을 듣고는 한참을 고민하더니 이내 고개를 끄덕였다.

"좋소."

이렇게 해서 이제 운성이 천궁을 치러 갈 땐, 사불패와 혈마대주도 동행한다는 조건이 붙게 됐다.

*   *   *

마교는 약속대로 중원의 몇몇 분타만을 남겨두고 거의 모든 세력을 세외 지역으로 물렸다.

이로써 중원 곳곳에서 벌어지던 정마 간의 전쟁은 대부분 종식될 수 있었다.

장봉룡 역시 약속대로 마교의 배신자 명부를 넘겨주었다.

하지만 그때쯤엔 이미 많은 관련자들이 마교에서 발을 빼내고 천궁으로 넘어간 뒤였기에 제대로 된 숙청은 이루어지지 못했다.

그러는 사이 운성은 마룡결을 익히기 위해 마지막 준비로 한창이었다.

그는 연소소를 찾아갔다.

"소소, 연공실은 어떻게 돼가?"

"이제 거의 다 됐어요. 내일 오전엔 끝날 것 같아요."

대답을 하는 연소소의 목소리에는 힘이 없었다.

운성은 그 이유를 잘 알고 있었다.

지금 그녀는 걱정하고 있는 것이다.

마룡결을 익히기 위한 연공실은 연소소가 심혈을 기울여 만든 곳이다.

한데 그 어떤 곳보다도 운성에겐 위험한 곳이 되리라.

마룡결을 익혀 이성을 잃어버리면 그 폭발적인 힘을 막아낼 수 있는 사람이 없다.

물론 지난번에는 천운이 따라 흑영대가 운성을 구해냈지만, 그런 행운이 두 번 다시 있을 거라곤 기대할 수 없다.

때문에 연공실은 한번 들어가게 되면 밖에서 열어주기 전까진 절대 빠져나올 수 없게 만들었다.

또한 마룡결을 익힌 후에는 각종 실험을 위해 여러 기관 장치를 해두었다.

모두 운성에게 위협이 될 것들이다.

연소소는 자신이 가장 사랑하는 사람을 위해 이토록 위험한 공간을 만들어야 한다는 것 자체가 너무나 싫었다.

하지만 어쩌랴.

그마저도 사랑하는 이의 염원인 것을.

운성이 그런 연소소의 마음을 읽고 빙그레 웃어주었다.

"너무 걱정하지 마. 잘 이겨낼 테니까."

연소소가 운성을 빤히 올려다보며 물었다.

"꼭… 들어가셔야만 해요?"

"그 방법밖엔 없어."

"아니에요. 마룡결을 익히지 않으면 되잖아요. 갑석신공…

아직도 가장 중요한 부분은 우리 손에 있잖아요. 이것만 잘 지
킨다면 되지 않을까요?"

운성은 자신을 위해주는 그녀의 따뜻한 마음이 고스란히 느
껴져 새삼 깊은 감동을 받았다.

평소 장난처럼 매달리곤 하는 그녀였지만, 지금만큼은 진심
으로 자신의 안위만을 걱정해 주는 것이다.

하지만 그의 마음은 변하지 않았다.

지금 이렇듯 애틋하게 자신을 바라보는 연소소를 위해서라
도 반드시 마룡결을 익혀야만 했다.

세상에 누구보다도 죽음을 갈망하는 자들.

오로지 그날만 바라보며 살아가는 자들을 위해서 자신이 목
숨을 걸어야만 했다.

운성이 빙그레 웃었다.

"소소, 날 믿어."

그 다부진 목소리에 연소소도 더 이상은 반박하지 않았다.
대신 뭐라 형언하기 힘든 눈빛으로 운성을 간절하게 바라보기
만 했다.

그건 마치 어머니가 자식을 보는 듯한 눈빛이기도 했고, 연
인의 그것과 닮기도 했으며, 여동생이 오라비를 보는 듯도 했
다.

다음날 저녁.
운성은 드디어 완공된 연공실을 찾아갔다.

연공실은 의도 외곽 지역에 있는 고성산(古星山)이라는 산 속 동굴에 지어졌는데, 나무와 수풀이 우거진 곳이라 일반인은 쉽게 범접하기도 힘든 곳이었다.

동굴 앞에 선 운성은 배웅을 나온 사람들을 하나하나 둘러보았다.

설화, 적발귀, 홍화연, 극신, 장형준, 연소소, 백풍이 나란히 서서 운성의 무운을 빌었다.

가장 마지막으로 백풍은 운성에게 철갑 상자 하나를 내밀었다.

현철로 제조된 상자였기에 웬만한 검으로는 쪼개지도 못할 만큼 단단한 것이었다.

"이 안에 벽곡단이랑 이번에 제조한 단환 서른 개가 들어 있다."

"무슨 약이야?"

"실혼단(失魂團)이다."

"이름 한번 살벌하네."

"후후, 이걸 복용하면 정말로 혼을 잃어버릴 만큼 엄청난 고통이 밀려들거든."

"그런 걸 주는 이유는?"

"인석아, 네놈이 마룡결을 펼쳐서 실패하면 안전장치가 있어야 할 것 아니냐. 내 장담하건대 절대로 마룡결을 한 번에 성공할 수는 없을 게다. 그러니 마룡결을 펼치기 전에 항상 이 실혼단을 복용하거라."

“아프다면서?”

“그래. 잔말 말고 복용해라. 하루 지나보면 그 이유를 알게 될 게야.”

“알았어.”

“대신 마룡결을 펼친 후, 네가 반 시진 가까이 제정신으로 버텨낸다면 이 순서로 운기를 하거라.”

백풍이 내민 것은 작게 접힌 종이였다.

그 안에는 운기 순서가 빼곡하게 적혀 있었다.

운성은 우선 그것들을 외워두었다.

그가 어지간히 외우고 났을 때, 연소소가 다가왔다.

“혹시 마룡결을 성공하시게 되면 연공실 벽에 붉게 칠해진 부위를 세 번씩 두 번, 두 번씩 세 번, 마지막으로 네 번을 두드리세요.”

연소소는 그렇게 말하곤 운성의 손바닥을 두드리며 시범을 보여주었다.

“알겠어. 그러면 어떻게 되지?”

“마지막 시험을 치르게 될 거예요. 그땐 가슴 부위를 잘 더듬어보세요.”

운성은 무슨 의미인지 확실히 알 수 없었지만, 이 역시 때가 되면 알게 되리라 믿고 고개를 끄덕였다.

그렇게 한 사람씩 인사를 주고받은 운성은 미련없이 몸을 돌려 연공실 안으로 들어갔다.

동굴 안쪽 연공실로 들어선 운성은 우선 주위를 둘러보았다.

들어설 때의 입구와는 달리 제법 널찍한 광장이 마련된 천연 동굴이었다. 곳곳에는 주변을 환하게 밝히는 야명주가 깊숙이 박혀 있었다.

한쪽 벽면에는 연소소가 말한 대로 붉은 색의 원형 그림이 그려져 있었다.

이제 자신은 이곳에서 마룡결을 완전히 익히기 전까지 나갈 수 없으리라.

사방 벽면은 두께를 가늠할 수 없는 석벽이었다.

산을 무너뜨리지 않는 한 이곳을 벗어날 수는 없을 터였다.

입구 역시 현철로 만든 문으로 막아버렸다.

이만한 공간을 만들어낼 수 있었던 것도 수백 년의 세월을 살아온 연소소이기 때문에 가능한 것이다.

연공실 광장 복판에는 싸리나무 가지가 빽빽하게 세워져 있었다.

이건 운성이 요구한 것이다.

마룡결을 시전하고 나면 폭발적인 힘을 주체하지 못해 이성을 잃곤 한다.

마룡결을 시전한 뒤에 일각이 지났을 때부터 운성은 이 싸리나무를 구룡도로 내려칠 것이다. 그래서 얇디얇은 싸리나무 가지를 세로로 쪼개는 것이다.

이성이 남아 있다면 성공할 것이요, 마룡에 제압당해 버리면 실패할 것이다.

마성에 제압당하는 순간 그런 정교한 힘 조절 따위는 절대 불가능할 테니까.

운성은 눈을 감고 심호흡을 했다.

'좋아, 시작해 볼까?'

마음을 다스린 그가 연공실 한쪽으로 걸어갔다.

우선 백풍이 건네준 철갑을 열어 실혼단 하나를 입에 털어 넣었다.

씁쓰름한 향이 코끝에서 퍼져 나갔다.

운성은 싸리나무 가지가 놓인 복판 앞으로 걸어왔다. 그리고 구룡도를 꺼내 쥐고 서서히 공력을 끌어올려 갔다.

마룡결을 운용하기 시작한 것이다.

그의 전신에서 검붉은 기운이 스멀스멀 피어오르기 시작했다. 이윽고 온몸의 심줄이 툭툭 불거져 나오고 근육도 팽창했다. 동시에 공력에 영향을 받은 장삼 자락이 크게 부풀어 올랐다.

"후우! 후우!"

조금씩 운성의 호흡이 거칠어지기 시작했다.

찰나,

쿠아아앙!

연공실 전체가 흔들릴 만큼 커다란 소리가 울렸다. 이어서 운성의 몸에서 검붉은 강기가 용트림을 하며 솟구쳤다.

퀴에에엥!

마치 용 울음을 토해내듯 강기가 이리저리 몸부림치며 꿈틀거렸다.

이어서 강기는 다시 운성을 집어삼키듯이 덮쳐 왔다.

순간 운성은 움찔 떨더니 고개를 푹 떨어뜨렸다.

그리고 잠시 후,

"…하악! 하악!"

운성의 호흡이 눈에 띄게 거칠어졌다.

그가 고개를 번쩍 들었다.

어느새 두 눈은 지난번처럼 검은 빛으로 잔뜩 물들어 있었다.

운성의 호흡 소리는 점점 거칠어지더니 흡사 짐승이 그르렁대는 것처럼 들렸다.

운성은 검은 눈으로 사방을 둘러보았다.

온통 석벽, 그리고 눈앞에는 웬 싸리나무 가지만 수두룩하다.

그는 지금 왜 자신이 여기에 서 있는지 전혀 알 수 없었다.

마성에 제압당한 운성은 자신이 공간의 제약을 받고 있다는 것을 깨닫자 극도로 불안해지기 시작했다. 그 불안은 곧 광적인 증세로 이어졌다.

"크아아아!"

운성이 괴성을 지르며 구룡도를 가로로 휩쓸었다.

어마어마한 기풍에 휩쓸린 싸리나무 가지가 모조리 산산조각이 나며 벽에 날아가 부딪쳤다.

다음 순간 운성이 번개처럼 몸을 날렸다.

쿠웅!

산이 무너질 듯 큰 울림과 소음이 터져 나왔다.

운성이 구룡도를 들고 벽을 후려친 것이다.

"하악! 하악!"

그는 거칠게 숨을 몰아쉬더니 연거푸 구룡도를 휘둘러댔다.

쿠웅! 쩡! 꽈앙!

그가 후려친 덕분에 동굴 벽면이 마구 부서져 나갔다.

이러다간 정말 산을 뚫고 동혈을 만들어내는 것이 아닌가 싶을 정도의 기세였다.

하지만 벽에 칼자국만 깊이 새겨질 뿐 무너질 기미가 보이지 않자 운성은 다시 물러났다.

그가 이번에는 사방을 둘러보다가 반대편으로 몸을 훌쩍 날렸다.

그는 본능적으로 몸에 강기를 입히고는 그대로 어깨를 부딪쳤다.

꽈앙!

다시 한 번 천지가 격동할 만한 소음이 터졌다.

하지만 제아무리 뛰어난 고수라 할지라도 수만 년을 버텨온 자연을 이길쏘냐.

결국 나가떨어진 것은 운성이었다.

운성은 이제 광기가 극에 달해 버렸다.

"크아아아! 으아아아!"

그가 미친 듯이 포효를 내지르더니, 구룡도를 마구잡이로 휘두르며 온통 벽과 천장을 향해 이리 뛰고 저리 뛰었다.

그가 벽이나 천장에 부딪칠 때마다 천지가 진동했다.

아마 동굴 밖에서 지금쯤 연소소가 이 모든 것을 느끼고 있을 터.

그녀의 가슴이 미어지고 있으리라.

하지만 이미 심마에 빠져든 운성이 그런 것 따위를 생각하겠는가.

그저 이 한정된 공간을 벗어날 수 있을 때까지 설쳐 댈 뿐이었다.

그는 스스로 이런 제약을 만들었다는 사실조차도 까맣게 잊고 있었다.

마룡결의 마기는 그만큼 강했던 것이다.

운성은 그저 고삐 풀린 망아지인 양 마구 날뛰었다.

그렇게 얼마나 시간이 흘렀을까?

천장으로 펄쩍 뛰어오르던 운성은 허공에서 갑자기 뇌리를 들쑤셔대는 고통에 비명을 내질렀다.

"아아악!"

바닥에 털썩 쓰러진 운성이 몸을 새우처럼 말고는 고통에 찬 신음을 흘렸다.

"끄으으으!"

금방이라도 숨이 넘어갈 듯한 소리였다.

그는 입을 쩍 벌리고 침까지 줄줄 흘렸다. 이어서 눈이 허옇

게 뒤집어지더니 곧 한차례 경련을 일으키고는 정신을 놓고
말았다.

　운성은 한참이 지나고 나서야 눈을 떴다.
　주위를 둘러보니 싸리나무 가지는 아예 먼지처럼 부서져서
사방에 나뒹굴고 있었다.
　일부러 싸리나무 가지를 꽂아놓게 했는데, 첫날부터 이 지
경이 됐으니 아무짝에도 쓸모가 없어졌다.
　한쪽 벽 아래에는 야명주 하나가 깨져서 나뒹굴고 있었다.
　그는 마룡결을 펼치는 순간까지만 기억이 났다. 온몸이 떨
려오고, 거대한 기운이 해일처럼 밀려들며 전신을 잠식해 가
는 기분.
　하지만 그 이후는 전혀 기억이 없었다.
　바닥에는 벽에서 부서져 나간 파편이 나뒹굴고, 벽면은 온
통 칼자국으로 흉터가 생겼다.
　결국 마룡결을 제대로 펼치지도 못하고 이성을 잃고 만 것
이다.
　한 가지는 분명히 기억에 남았다.
　의식을 잃기 전 온몸을 찢어발기는 듯한 극한의 고통.
　너무 고통스러워서 차라리 혀를 깨물고 죽고 싶을 정도였
다.
　그 바람에 운성은 의식을 잃은 것이다.
　그리고 마룡결 역시 스르르 사라지고 말았다.

운성은 그 고통이 바로 실혼단의 효과라는 것을 확실히 알 수 있었다.

만약 실혼단을 복용하지 않았더라면 어떻게 됐을까?

아마 자신은 심마에 완전히 잠식당한 채 끝내 주화입마에 들어 광인이 되었을지도 모른다.

운성은 나직이 한숨을 내쉬고는 일어났다.

그가 한쪽 구석에 나뒹굴고 있는 철갑을 열고 벽곡단 한 알을 집어삼켰다.

운성은 가만히 마룡결을 펼치던 과정을 되새김질해 보았다.

어디에서 잘못됐을까?

그래도 예전엔 일각 정도나마 이성을 유지할 수 있었는데, 이번엔 마룡결을 시전하자마자 마성에 제압당해 버렸다.

아마 지난번 일로 마룡결의 마성이 더욱 강해진 탓이리라.

당장 궁리한다고 해도 답은 나오지 않을 것이다.

결국 직접 부딪쳐 보아야 한다.

운성은 다시 철갑 안의 실혼단을 집었다.

막상 삼키려고 하니 덜컥 겁이 났다.

세세한 기억은 잃었지만, 그때의 고통만큼은 몸이 기억하고 있었다.

'아서라. 이제 와서 무얼 망설인단 말인가. 내가 이성을 잃지만 않는다면 백풍 아저씨가 가르쳐 준 방식대로 운기하면 된다. 그럼 실혼단의 영향을 풀어버릴 수 있는 것 아닌가.'

마음을 다진 운성이 심호흡을 한 후 실혼단을 입에 털어 넣었다.

운성은 천천히 마룡결을 시전해 갔다.

순간 단전에서부터 뜨끈한 기운이 풀어헤쳐지며 기경팔맥으로 전신 구석구석 뻗어나가기 시작했다.

운성은 이번만큼은 이성을 잃지 않겠다는 생각으로 정신을 바짝 차렸다.

다음 순간, 그가 쥔 구룡도가 '우웅!' 하고 떨리더니 도날에 검붉은 강기가 뭉글뭉글 맺히기 시작했다.

운성은 점차 몸이 뜨거워지는 것을 느끼며 들숨과 날숨을 조절해서 끈덕지게 토납술을 이행했다.

"스읍! 후우! 스읍! 후우!"

심장이 점점 빨리 뛰기 시작했다.

이어서 그의 눈동자가 차츰 흑색으로 물들어갔다.

찰나,

쿠아아앙!

이번에도 마찬가지로 검붉은 강기가 용의 형상으로 치솟으며 나타났다.

그 순간 운성은 깨달았다.

'여기다! 여기서 정신을 잃었어!'

운성은 같은 현상이 반복되지 않도록 최대한 토납술을 규칙적으로 유지하며 솟아오른 강기를 보았다.

마룡결은 심마(心魔)를 상대하는 무공 구결이다.

때문에 그 어떤 무공보다도 마음가짐의 영향을 많이 받는다.

그래서일까?

이성을 잃지 않겠다는 강인한 의지가 오히려 마룡과 대치하는 묘한 현상이 벌어진 것이다.

이 경우는 마치 본인이 원해서 용병을 불러냈지만, 막상 나타난 용병을 적대시하는 것이나 다름없었다.

이렇게 되니 운성을 집어삼킬 듯 날아들던 마룡이 꾸물거리며 쉬이 덮쳐들지를 못했다. 불러서 나오긴 했는데, 문전박대를 당하는 꼴이다.

운성은 이글거리며 타오르는 강기를 보고 있자니, 마치 그것이 살아 있다는 생각마저 들었다.

─어째서 나를 거부하는가.

연공실이 쩌렁쩌렁 울렸다.

운성은 깜짝 놀라서 두 눈을 부릅떴다.

정말로 강기가 말을 건네온 것인지, 아니면 환청을 들은 것인지, 그것도 아니면 마음속에서 스스로에게 던진 말인지 알 수가 없었다.

다만 분명한 것은 신룡처럼 나타난 그 강기가 운성을 똑바로 내려다보며 질문을 했다는 것이다.

그 질문은 단순했지만, 운성으로서는 깊이 고민할 수밖에 없었다.

그렇다.

이 마룡은 자신이 불러낸 것이 아닌가.

한데 지금은 마룡이 자신을 덮쳐드는 것을 거부하고 있다.

왜인가?

이성을 잃기 때문이다.

그렇다면 어쩌자는 말인가?

순간 운성은 깨달아지는 것이 있어 입을 딱 벌렸다.

'여기에 모든 것이 있다. 이 마룡이 나로부터 비롯된 것이라면, 또 다른 나와의 싸움이 아닌가. 그 말은 결국 내가 나를 거부하고 있다는 뜻. 즉, 자아의 문제가 아닌가? 나는 지금까지 계속 마룡결을 펼칠 때마다 마룡과 나의 싸움이라고 여겼다. 한데 마룡이 정말 이지를 가졌다고 하더라도 결국은 그를 부른 것은 나다. 결국 내 안의 문제가 해결되지 않는다면 마룡결을 완성할 수 없으리라.'

생각이 여기에 미치자 운성은 저도 모르게 탄성이 흘러나왔다.

한데 그 순간, 토납술이 흐트러지고 말았다.

때마침 넘실거리며 기회만 엿보던 마룡은 그 찰나를 놓치지 않았다.

운성의 기가 잠시 꿈틀거린 사이, 마룡은 무섭게 운성을 집어삼켰다.

결국 운성은 그렇게 두 번째에도 이성을 잃고 말았다.

보름하고도 열흘이 지났다.

하지만 운성은 며칠이 지났는지 알 수 없었다.

그저 몇날 며칠 동안 마룡결을 시전하고 의식을 잃는 것만 반복했다.

하지만 이젠 한 식경 남짓 마룡과 대치하고 대화를 나누는 지경까지 이르렀다.

엄밀히 말하자면 마룡과 동화되지 않았기 때문에 그 상태에서는 마룡결을 온전하게 시전한 것이라고 볼 수 없었다.

―이해할 수가 없군.

"뭐가?"

―너의 욕망이 나를 불렀는데, 계속해서 거부하고 있으니.

"말했잖아, 네 힘을 빌리더라도 이성을 잃고 싶진 않다고."

―힘을 빌린다? 후후후.

"뭐가 잘못됐나?"

―나는 너의 일부다. 보통은 자신이 스스로의 힘을 빌린다는 표현을 하지 않지.

"그럼 너한테 잠식당한 채 이성을 잃고 몸부림치는 내가 진짜 나란 말인가?"

운성이 주위를 둘러보며 말했다.

연공실 내부는 마치 사나운 짐승 수백 마리가 설친 것 같은 흔적이 역력했다.

마룡이 꾸물거리며 물었다.

―그렇다면 그것이 가짜 너란 말인가?

"당연하지."

─후후! 그럼 진짜 너는 무엇인가?

"적어도 내가 생각하고, 판단하고, 느낄 수 있어야겠지."

─과연. 그렇다면 평소의 네 모습은 진짜라고 자부할 수 있는가?

"당연……."

운성은 말을 하려다 말고 움찔 떨었다.

혹시 이 대화 속에도 뭔가 깨달음이 숨어 있는 것은 아닐까?

'따지고 보면 이 마룡 또한 내 안의 또 다른 나다. 서로 대화를 하고 있다지만, 어쩌면 나는 지금 스스로 자문자답을 하는 것인지도 모른다.'

운성은 마룡의 말을 곰곰이 곱씹어보았다.

평소의 나는 진짜 나인가?

문득 예전에 아버지가 하신 말씀이 떠올랐다.

화창한 어느 봄날.

운성은 눈두덩이 퉁퉁 부어올라서 집으로 향했다. 정원으로 들어서니 아버지는 여느 때처럼 바늘도 없는 낚싯대를 연못가에 드리운 채 앉아 계셨다.

고통을 참고 여기까지 왔지만, 막상 아버지를 보자 운성은 설움이 복받쳐 올라 엉엉 목을 놓아 울었다.

그런 운성을 보고 아버지가 부드럽게 불렀다.

"성아, 어디서 호되게 당한 게냐? 허허, 이리 와서 앉아보아라."

이제 대여섯 살 정도 된 운성이 아버지 곁으로 쪼르르 달려
갔다.

그러고는 그간의 사정에 대해서 털어놓았다.

마을 객점에서 건달들을 만나서 실랑이를 벌이다가 돈도 빼
앗기고 얻어맞기까지 한 것이다.

나라 정치는 어지럽고 문란하여 많은 백성들이 굶주림에 시
달릴 때이니, 동네 건달들이 어린아이라고 사정을 봐주지 않
았던 것이다.

사연을 털어놓은 운성은 아버지에게 복수를 해달라고 말했
다.

그러자 아버지가 빙그레 웃고는 이렇게 물었다.

"내가 예전에 소림의 고승 한 분을 만나서 들은 이야기가 있
단다. 그 얘기를 오늘 네게 해주고 싶구나."

"무슨 이야기인데요?"

그러자 아버지는 다시 사랑스러운 눈길로 운성을 보곤 물었
다.

"성아, 만약 미치광이가 널 욕하고 때리면 어쩌겠느냐?"

"웅… 미치광이라면 어쩔 수 없지 않겠어요? 정신이 이상한
사람이잖아요. 그런 사람에게 복수를 한들 좋아라 하며 웃기
만 할 걸요?"

"허허허, 그렇지. 대개의 사람들이 그런 경우에는 재수가 없
다며 그냥 지나칠 게다. 미친 사람을 상대로 애써 복수를 계획
하는 사람은 없을 테지. 그건 바로 미치광이에 대한 연민에서

우러나오는 마음이란다."

"연민… 요?"

"그렇다. 연민은 남을 불쌍하게 여기는 마음이란다. 성아, 사람들을 대할 때는 연민을 가지도록 하거라."

"저는 무슨 말인지 잘 모르겠어요."

"아직 너에겐 어려운 말일지도 모르겠다. 하지만 이 아비가 하는 말을 잘 기억하거라. 연민을 가지게 되면 가짜의 모습에 속지 않게 된다."

"가짜의 모습이요?"

"그렇다. 미치광이에게 맞으면 재수가 없으려니 여기고 넘어간다고 하지 않았더냐? 마찬가지로 오늘 널 때린 그 건달들도 이치로 보자면 온전한 정신을 가졌다고 할 수 없을 것이다."

"그 사람들은 미치지 않았어요. 멀쩡했어요."

"하지만 잘 생각해 보자. 어쩌면 그들은 굶주림이라는 고통에 시달렸겠지. 그게 아니라면 어떤 일로 몹시 화가 난 상태였을지도 모른다. 그도 아니라면 매우 슬픈 일을 당한 직후였을지도 모른다. 보통 사람들이 온전한 정신에서 굳이 수고스럽게 남을 괴롭히고 싶은 마음이 들겠느냐?"

"……."

운성이 대답하지 않자, 아버지가 빙그레 웃으며 말을 이었다.

"보통은 안 그럴 것이다. 그들은 어떤 이유에서든 분노와 광

기, 어리석음과 탐욕에 사로잡혀 진정한 자아를 잃고 있는 것
이다. 화가 나서 남을 때린 사람이 있다면, 그자는 분노에 사로
잡혀 이성을 잃은 것이니 미치광이와 다를 게 무엇이겠느냐?
분노와 광기에 사로잡혀 그토록 남에게 화를 내고 횡포를 부
리고 있으니 그 자신은 얼마나 고통스럽겠느냐? 그자는 온전
한 정신 상태가 아닌 것이니 또 얼마나 불쌍하냐?"

"아⋯⋯."

운성은 확실히는 몰라도 어렴풋이 깨달아지는 것이 있었다.

나직이 탄성을 흘리는 운성을 보며, 아버지는 부드러운 손
길로 머리를 쓰다듬어 주었다.

"아직은 이해를 못하겠지만 기억해 두거라. 오욕락(五欲樂)
에 지나치게 빠져들면 진정한 자아를 찾기가 더욱 힘들어진
다. 그 말인즉, 진아(眞我)를 버리고 가아(假我)에 만족하여 헛
된 삶을 사는 것이나 다름없느니라."

운성은 상념에서 깨어났다.

그는 크게 깨달아지는 바가 있었다.

어쩌면 아버지께서는 마룡결을 염두에 두고 이런 말씀을 하
신 것은 아니었을까?

그게 아니더라도 그 말씀은 분명 마룡결과 밀접한 연관이
있다.

마룡결이야말로 시전자의 모든 욕망을 표출해 놓은 형상이
라고 할 수 있다.

단순히 분노만 느껴도 진아가 가아에 지배당하고 마는데, 모든 욕망의 집합체를 앞에 두고 싸웠으니 당연히 질 수밖에 없다.

'그렇구나! 마룡결은 펼치고 난 후가 중요한 게 아니라 펼치기 전의 마음가짐이 무엇보다 중요하다. 그 진리를 이제야 깨닫게 되다니!'

운성은 기뻤다.

하지만 가슴이 뛰고 웃음이 나는 그런 기쁨이 아니다.

은은하게 마음이 평안해지는 기쁨.

마룡결은 마공이 아니다.

오히려 심마를 다스리는 무공이었다.

그 근본 원리는 불가에서 비롯됐고, 어쩌면 도가에서도 영향을 받았을지도 모른다.

중요한 것은 불가냐 도가냐가 아니라 애초의 마음가짐이다.

운성은 길게 심호흡을 했다.

그리고 눈을 내리감았다.

앞에서 꾸물거리던 마룡이 물었다.

─뭘 하고 있는가?

"더 이상 널 불러내지 않아도 될 것 같아."

─너는 날 필요로 할 것이다.

"그렇겠지. 하지만 그땐 온전한 나의 모습으로 다시 불러내겠어."

담담히 말을 마친 운성은 마룡결을 풀어버렸다.

그러자 연기처럼 넘실대던 마룡이 거짓말처럼 사라졌다. 모든 욕망을 버렸더니 마룡은 허무할 정도로 간단히 물러가 버렸다.

운성은 주저앉아서 백풍이 가르쳐 준 방법으로 운기조식을 취했다. 우선은 실혼단의 영향을 제거한 다음에 다시 마룡결을 시도할 작정이었다.

운기를 하고 나서 그는 다시 실혼단 한 알을 집어삼켰다.

그리고 가부좌를 틀고 앉아서 구룡도를 양 무릎 위에 받쳐 들었다.

이어서 그는 서서히 마룡결을 일으켰다.

그는 단전에서부터 뜨끈한 기운이 퍼져 나가는 것을 온몸으로 느꼈다.

그 순간 아버지의 가르침을 되뇌어보았다.

'무상무아일체고(無常無我一切苦). 거짓 자아는 무상하고 감각적 즐거움은 순간적인 것이다. 감각에 의지할 것이 아니라, 진정한 자아를 인지해야 한다. 진상진아진락(眞常眞我眞樂)을 깨쳐야 할 것이다.'

그 깨달음을 통달하고 나니 모든 욕망이 일시에 사라졌다.

이처럼 마음이 가벼울 수 없었다.

마룡결을 완성해야만 한다는 조급함도, 갑석신공을 되찾아와야 한다는 절박함도 사라졌다.

심신의 평안이 찾아오니, 운성은 모든 현상에 대해 초연해졌다.

퀴에에엥!

구룡도에서 다시금 용 울음이 토해져 나왔다.

하지만 한순간 빛이 번쩍였을 뿐, 무시무시하게 일렁거리던 마룡의 형상은 어디에도 보이지 않았다.

지금까지 마룡결이 구룡도를 통해서 휘황찬란하게 나타났다면, 이제는 몸속에서 곧바로 펼쳐진 것이다. 다만 그 몸의 변화를 느낀 구룡도가 울음을 한차례 토해냈을 뿐이다.

하지만 운성은 고요하다.

그렇다.

진아(眞我)는 고요한 것이다.

모든 가짜 뒤에서 숨죽이고 영원불멸의 존재로 늘 그 자리에 있는 것이다.

운성은 천천히 눈을 떴다.

그의 눈자위가 흑색으로 짙게 물들어 있었다. 검은 동자가 있어야 할 부분만 적색으로 빛났다.

마룡결이 완전히 시전된 것이다.

그럼에도 운성은 이성을 잃지도 않았고, 거칠게 호흡하지도 않았다.

내기의 격한 순환으로 인해 눈동자의 색이 다소 변했지만, 달라진 것은 그것뿐이었다.

오히려 그는 평소보다도 차분한 표정이었다.

운성은 손에 들린 구룡도를 가만히 내려다보았다.

그러고는 천천히 들어 올려 한차례 휙 저었다.

쒸이잉! 꽈앙!

그저 한번 부려보았을 뿐인데 어마어마한 강기가 쏘아져 나
가더니 연공실 벽에 한줄기 벼락을 새겨놓았다.

만약 전심전력을 다했더라면 당장에 연공실이 무너졌을지
도 몰랐다.

운성은 굳이 반 시진을 기다릴 필요가 없음을 깨달았다.

그는 곧장 백풍이 가르쳐 준 방식대로 운기를 해서 실혼단
의 효력을 상쇄한 다음 연소소가 말한 붉은 벽으로 걸어갔다.

그리고 손으로 벽면을 두드렸다.

그러자 사방에서 '철컹!' 하는 소리가 들리더니 벽면마다
미세한 구멍이 촘촘하게 뚫리는 것이 아닌가. 이어서 그 사이
로 새털같이 가는 침이 쏘아져 나왔다.

삐엥! 삐엥! 삐에엥!

운성이 순간 구룡도를 휘두르며 칼춤을 췄다.

띠리리리링!

마치 하나의 음악인 것처럼 파공음과 마찰음이 한데 어우러
졌다.

운성의 구룡도에 팅겨 나간 침은 사면팔방 벽면에 다시 꽂
혔다.

웬만한 고수라고 할지라도 운성의 움직임을 눈으로 파악하
긴 힘들 지경이었다.

모든 침이 쏘아지고 나자, 다시 '철컹!' 하고 소리가 나더니
연공실 문이 벌컥 열렸다.

운성이 고개를 돌려보니, 웬 사내 한 명이 장검 한 자루를 들고 우두커니 서 있었다.

연공실 문은 이중 구조로 되어 있었기에 사내 뒤에는 또 다른 문이 굳건히 버티고 있었다.

운성은 금방 상대가 누군지 알아보았다.

"무정."

"표운성… 죽인다……."

마치 운성의 부름에 대답이라도 하듯 무정이 씨근벌떡댔다.

파앙!

다음 순간, 무정이 쏘아지듯 앞으로 달려나갔다. 이어서 열렸던 문이 '쿵!' 소리와 함께 닫혔다.

운성은 맹목적으로 자신을 죽이고자 하는 무정과 단둘이 좁은 연공실에 갇힌 것이다.

쒸잉!

날카로운 파공음이 일어나며 무정의 장검이 아슬아슬하게 운성의 어깨를 스치고 지나갔다. 이어서 무정이 잽싸게 몸을 비틀며 오른쪽 다리를 후려쳤다.

팡!

운성이 왼손을 들어 올려 막아냈다.

순간 그가 구룡도를 옆면으로 후려쳤다.

퍼억!

도날로 벤 것이 아니라 옆면으로 후려친 것이었기에 무정은 외상을 입진 않았다.

하지만 그 충격이 어마어마한지라 무정이 비틀거리며 물러나더니 한쪽 무릎을 털썩 꿇었다. 곧이어 그가 땅을 박차고 다시 운성에게 달려들었다.

무정은 시종일관 거칠게 호흡하며 광기에 사로잡힌 듯 움직였다.

하나 운성은 정반대.

차분한 표정으로 한 치의 흔들림도 없이 초식을 전개해 가니, 기기묘묘한 움직임을 무정으로선 도저히 따라잡을 수가 없었다.

장검이 벤다 싶으면 어느새 운성은 돌아가 있었고, 일장이 들어갔다 싶으면 운성은 금나수를 펼쳐 무정의 기운을 상쇄한 것이다.

그럼에도 무정은 꾸준하게 강맹 일변도였고, 운성은 부드러운 움직임 속에 이따금씩 쾌속한 공격을 선보이곤 했다.

두 사람이 한번 부딪칠 때마다 천지가 격동하듯 떨어댔다.

지금의 무정은 그 어느 때보다도 강했다.

하나 운성은 그보다 더한 경지에 막 오른 상태였다.

그렇게 얼마나 도검을 겨뤘을까?

어느 순간, 운성은 무정이 내찌른 장검을 구룡도로 잽싸게 걷어 올렸다.

카앙!

무정의 손에 들려 있던 장검이 허무하게 허공으로 솟아오르더니 천장 깊숙이 박혀 버렸다.

무정은 맨손으로 운성의 목을 노리고 달려들었다.

그 순간 운성이 왼손으로 상대의 손목을 잡아 꺾었다.

우둑!

물론 무정은 고통을 모르는 강시다.

하지만 꺾인 손목은 더 이상 위협이 될 수 없었다.

이어서 운성은 몸을 빙글 돌리며 옆으로 빠져나가더니, 무정의 등줄기 몇 군데의 혈도를 짚었다.

파바밧!

순식간에 운성의 손가락이 훑고 지나가자 무정이 그 자리에 우뚝 멈춰 버렸다.

이어서 운성은 귀신처럼 다시 앞으로 돌아 나와 무정의 배에 손바닥을 댔다.

무정은 괴면독이 만든 강시다.

무정의 뇌리에 강인하게 심어진 명령 체계는 백풍조차도 바꿀 수 없다고 했다.

그렇다면 어떻게 해야 하나?

원래는 죽이고자 했다.

한데 오학이 마음에 걸렸다.

천애고아가 된 오학은 무정을 친숙부처럼 따랐다.

무정 역시 마찬가지다. 오학과 함께 있는 그를 보면 번뇌가 없어 보인다.

이런 두 사람을 굳이 떼어놓을 필요가 있을까?

누가 누구의 목숨을 마음대로 거둘 수 있단 말인가?

하지만 이대로 가만둘 수도 없었다.

운성에게 미친 듯이 달려든다는 점을 제외하고라도, 이지를 상실한 무정이 그 막강한 무공 실력을 아무 데서나 써먹게 된다면 무고한 인명이 살상될 수도 있었다.

해서 운성은 결단을 내린 것이다.

'잠재된 명령을 지울 수 없다면, 그의 무공을 지우자.'

운성은 무정의 단전에 손바닥을 대고 진기를 불어넣기 시작했다.

마룡진기가 줄기줄기 쏟아져 들어가니, 무정은 몸을 사시나무처럼 바르르 떨어댔다.

그의 몸 안에서 독기와 마룡진기가 싸우고 있는 것이다.

하나 마룡진기는 현존하는 최강의 진기다.

모든 허상 뒤에 숨어 있던 진실된 힘이다.

하니 인위적으로 제조된 독기가 그 진기를 이길 수 있으랴.

조금씩 몸부림치던 독기는 마룡진기에 밀려 차차 상쇄되기 시작했다.

얼굴이 붉으락푸르락 변하며 온몸을 덜덜 떨던 무정은 차츰 기력을 잃어가면서 조용해졌다.

이내 그가 물먹은 솜뭉치마냥 축 늘어졌다.

운성은 마룡진기를 불어넣어 그의 몸을 한차례 살펴보았다.

확실히 모든 독기가 말끔히 씻겨 나가고 단전에 쌓여 있던 내단도 모두 상쇄된 상태였다.

운성이 다시 돌아가서 혈도를 풀어주자 무정은 그 자리에서 털썩 쓰러졌다.

늘 지니고 있던 어마어마한 내력을 일시에 잃어버렸으니 기력이 다한 것이다.

운성은 한쪽으로 걸어가 첫날 가지고 들어왔던 철갑을 집어 들었다.

그리고 벽곡단 한 알을 꺼내 무정의 입에 넣어주었다.

하지만 무정의 잠재 명령만큼은 지워지지 않은 상태였다.

무정은 벽곡단을 씹어 삼키면서도 운성을 죽일 듯이 노려보았다.

그래 봐야 공력을 모조리 잃은 상태인만큼 운성은 신경도 쓰지 않았다.

대신 구룡도를 들고 연공실 입구로 걸어갔다.

이제는 나갈 때가 된 것이다.

그가 구룡도에 공력을 슬쩍 불어넣으며 일도를 휘둘렀다.

쒸잉! 쩌엉!

연공실 전체가 격동하며 울리더니, 입구를 막아놓은 문짝이 단번에 두 조각이 나서 넘어갔다.

쿠웅! 쿠웅!

운성이 저벅저벅 걸어가서는 다시 한 번 일도를 휘둘렀다.

쒸잉! 꽝!

바깥의 문짝은 그저 강철 문이었기에 어마어마한 공력을 버텨내지 못하고 산산이 부서져 나가고 말았다.

　활짝 열린 동혈 입구로 눈부신 햇살이 쏟아져 들어오고 있
었다.

第六章

기련산(祁連山)

운성이 수련을 마치고 나오자 모두 기뻐하며 그를 맞이했다.

특히 연공실을 손수 제작했던 연소소는 한 달 가까이 안절부절못하고 기다리다가 비로소 안도의 한숨을 내쉬었다.

운성을 비롯한 구룡문도들은 더 이상 의도에 머물러 있을 필요가 없었다.

이미 그때쯤엔 정마대전이 어느 정도 정리되고 있는 시점이었다.

운성은 우선 개방의 방주인 장봉룡을 찾아갔다.

여느 때나 다름없이 술을 마시고 있던 장봉룡은 운성이 찾아오자 헤실헤실 웃으며 맞이했다.

“흘흘, 준비는 끝났고?”

“그럭저럭요.”

“흘흘, 그럼 이제 슬슬 출발할 때인가?”

“어디죠?”

“거 너무 대놓고 묻는군. 우리가 무슨 나침반인가?”

“설마 모른다고 하진 않겠죠?”

운성의 표정이 은근슬쩍 굳어지자 장봉룡이 손을 휘휘 내저었다.

“농담도 못하겠구먼. 최근 정보가 들어오긴 했네.”

“어디입니까?”

“기련산(祁連山).”

“기련산이면… 감숙(甘肅) 지역을 말씀하시는 겁니까?”

“그렇다네. 최근 잡힌 정보가 거기일세. 정확히 기련산의 어디에 위치했는지는 모르겠네. 다만 기련산에서 천궁의 세력이 감지되고 있는 것만은 틀림없어.”

장봉룡의 말을 들으며 운성이 고개를 끄덕였다.

기련산의 산맥은 워낙 장대하니 정확한 위치를 찾아내기는 쉽지 않았을 것이다.

그래도 너르디너른 중원에서 이 정도로 범위가 좁혀진 게 어딘가.

이 또한 개방의 우월한 정보력이 아니었다면 불가능했으리라.

“그럼 우선 기련산으로 가봐야겠군요.”

"그래야지. 흘흘. 천궁의 궁도가 생각보다 많아. 물론 개방이나 마교만큼의 세력은 아니다만 어지간한 대문파 이상은 될 게야."

"그 정도는 각오해야죠."

"흘흘, 자신만만하구먼. 그나저나 사 교주에겐 말해야지?"

장봉룡의 말에 운성이 눈살을 구겼다.

사실 천궁을 치러 가는데 외부 사람이 늘어나는 것은 달가운 일이 아니다. 만약 사불패가 갑석신공에 대해서 알아내면 어떤 반응을 보일까?

보나마나 눈에 불을 켜고 달려들 것이다.

그렇다고 여기서 그를 떼어놓고 갈 수도 없다.

그랬다간 이미 배신자들을 숙청한 마교가 다시 중원을 치고 들어올 수도 있었다. 십년지약(十年之約)을 맺긴 했지만, 이쪽에서 먼저 어긴 이상 마교가 멍청하게 당하고만 있진 않을 것 아닌가.

결국 미우나 고우나 데려가야 한다.

대신 천궁을 꺾고 갑석신공을 탈환했을 때, 사 교주와 혈마대주를 막아낼 방안도 충분히 검토해 두어야 할 터.

운성이 고개를 끄덕였다.

"얘기해야겠지요. 그리고 차후에 사 교주와 혈마대주가 갑석신공을 노릴 경우에 대한 대책도 세워둬야겠습니다."

"흘흘, 거야 이를 말인가."

장봉룡이 헤실헤실 웃으며 술병을 들이켰다.

천궁으로 향할 사람들이 정해졌다.

우선 설화와 적발귀, 그리고 장봉룡이 함께 가기로 했다. 물론 사불패와 혈마대주 적유결도 무너진 마교의 자존심을 회복한다는 명분으로 함께 가기로 했다.

하지만 그 두 사람의 목적이 내심 다른 곳에 있다는 것을 모르는 운성이 아니었다.

혈마대주는 이미 갑석신공을 두 눈으로 본 자다.

그리고 그 비서를 두고 복잡하게 얽힌 이해관계를 직접 경험하지 않았는가.

사불패 역시 혈마대주로부터 그 사실을 전해 들었을 터.

애초에 이 둘은 어쩌면 갑석신공을 노리고 온 것이리라.

어쨌거나 인원이 갖춰진 운성 일행은 기련산을 향해 출발했다.

때는 초겨울.

쌀쌀한 바람이 부는 계절인데 북쪽으로만 올라가다 보니 나중에는 칼바람이 살을 에는 듯했다.

하지만 이들 모두 강호에서 첫손에 꼽히는 무인이다 보니 저마다 내력을 운기해서 몸을 따뜻하게 보호했다. 때문에 이따금씩 눈발 흩날리는 산언저리에서 노숙을 할 때도 무탈하게 지낼 수 있었다.

운성과의 정리를 생각해서 설화가 참석하긴 했지만, 사실 여행 중 가장 불편을 많이 느낀 사람은 그녀였다.

홀로 여인의 몸이었으므로 목욕하는 것부터 시작해서 사소한 몸가짐에 제약이 많이 따랐던 것이다.

어느 날은 설화가 바위에 걸터앉아서 노숙을 준비하는 일행을 찬찬히 둘러보았다.

가만히 보면 참으로 이상한 조합이었다.

마도역천을 이룬 일대 문파인 비검문과 개방의 수장이 함께 있었고, 정도인지 사도인지도 모를 전설의 문파인 무적문주가 있었으며, 마교의 교주와 악명 높은 혈마대주가 함께 있지 않은가.

이렇듯 불세출의 무공 소유자가 바글바글 모여 있으니 그야말로 두려울 것이 없었다.

하지만 만약 이들이 어느 순간 서로 상쟁한다면 그 파란은 어찌 감당해야 할까?

문득 설화의 눈길이 사 교주와 혈마대주에게 향했다.

저 두 사람과는 언젠간 싸우게 될 운명이다.

만약 저들이 이번 천궁 습격에서 말 그대로 자존심만 되찾고 물러나 준다면 그 싸움은 십 년 후가 될 것이다.

하지만 모두의 예상대로 갑석신공을 노리고 달려든다면 그 즉시 혈투가 벌어지리라.

그렇다면 누가 뭐래도 혈마대주만큼은 자신의 손으로 죽이고 싶었다.

할아버지와 아버지를 죽인 대원수.

혈마대주가 문득 설화의 시선을 느꼈는지 고개를 돌리고 바라보았다.

설화는 콧방귀를 뀌고는 고개를 돌려 버렸다.

멀고 먼 여정 끝에 운성 일행은 기련산 기슭에 다다랐다. 날씨는 더욱 추워져서 시선이 닿는 곳마다 하얀 눈 천지였다.

기련산 바로 아래턱까지 다다르니 적당히 머물 마을도 없어서 다시 노숙을 해야 했다.

이때쯤 일행은 이미 잦은 노숙으로 인해 갖가지 필요한 도구와 재료를 구비해 놓은 상태였다. 때문에 이동을 멈추는 즉시 천막을 치고 장작을 패는 등 분주하게 움직였다.

각자 준비한 저녁을 대충 해결한 일행은 내일부터 험난한 산행을 생각해서 일찌감치 자리에 들었다.

그런데 어느 순간 아련하게 기척이 들려왔다.

제법 무리를 지어가는 사람들의 기척이었는데, 말발굽 소리도 들리고 수레바퀴 소리도 들렸다.

물론 범인이라면 절대 들을 수 없을 만큼 먼 곳에서 아득하게 느껴지는 기척이었다.

하지만 이곳에 모여 있는 자들이 누군가.

강호제일의 고수들이 아닌가.

일행 저마다 눈을 뜨고 서로를 보았다.

기련산이 가까운 만큼 어떤 현상도 가볍게 지나칠 수는 없었다.

"흠, 듣자 하니 상단이나 표행 같은데……."

사불패가 혼잣말처럼 중얼거리자, 순간 혈마대주가 몸을 번쩍 솟구쳐 나뭇가지 위로 다람쥐처럼 올라갔다.

그는 나뭇가지 꼭대기에 서서 좌우를 두리번거리다가 곧 기척이 흘러온 방향으로 쏜살같이 몸을 날렸다.

사불패의 중얼거림을 들은 혈마대주가 확실히 알아내기 위해 달려간 것이다.

그 모습을 본 설화가 차갑게 냉소 지었다.

"훗, 그야말로 짖으라면 짖는 개로군."

"후후, 차 문주께서는 적 대주에게 언짢은 게 많은가 보군."

사불패의 말에 설화의 미간이 팍 구겨졌다.

언짢은 것?

조부와 친부가 그의 손에 죽었는데 그저 언짢은 정도로 그치겠나?

더구나 그 혈마대주 위에는 누가 있나?

바로 사불패다.

하니 아무리 사불패가 예를 갖추며 물어왔더라도 도저히 예로 대할 수가 없었다.

"탐욕에 눈이 멀어 사람 목숨마저 하찮게 여기는 마두 새끼에게 언짢은 기분은 무슨, 그저 죽여 없애야 할 새끼마두라고밖에 생각하지 않지!"

그녀의 표독스런 대꾸를 듣자 사불패 역시 기분이 상하긴 마찬가지였다.

그가 싸늘히 냉소를 지으며 대꾸했다.

"약육강식(弱肉强食), 그것이 자연의 섭리고 세상의 이치다. 본능에 따라 욕구를 이행하는 것, 그 또한 자연의 섭리이고 세상의 이치 아니겠는가."

"흥! 자연의 섭리를 운운하면서 결국은 동물과 다를 바 없단 말이군."

"후후! 그러는 자네도 결국은 복수의 욕구로 가득 차 있지 않은가? 그 욕구를 절제하지 못하는 자네 역시 동물과 다를 바 없네."

이야기가 이쯤 흐르자 설화는 날카로운 눈빛으로 사불패를 쏘아보았다.

지금까지는 그녀가 혼잣말처럼 중얼거렸지만, 이번만큼은 그냥 넘길 수 없다는 듯 그에게 저벅저벅 걸어갔다.

"이미 인간이길 포기한 자들에게 굳이 인간답게 대할 필요를 느끼지 못하는 것이다!"

"하하하! 그럼 결국 차 문주나 우리나 같은 부류의 동물일 뿐이지."

사불패가 앙천대소를 터뜨리자, 설화의 가는 눈썹이 꿈틀 움직였다.

여태껏 가만히 듣고만 있던 운성이 한쪽 곁에서 한숨을 길게 내쉬었다.

"인간이긴 인간이지요. 다만 불쌍한 인간일 뿐."

운성은 얼마 전 마룡결을 대성하면서 큰 깨달음을 얻었다.

그러고 나서 오늘 이 두 사람의 대화를 듣다 보니 새삼 그 진리가 가슴 깊이 새겨진 것이다.

운성이 두 사람을 측은하게 바라보며 그 이유를 말하려는데, 마침 떠나갔던 혈마대주가 돌아왔다.

그가 다른 사람은 거들떠도 보지 않고 사불패 앞에 내려서서 한쪽 무릎을 꿇고는 보고했다.

"오 리 밖에서 표행이 지나가고 있었습니다. 한데 산적들을 만나서 곤란한 지경에 처해 있습니다."

그러자 장봉룡이 불쑥 끼어들었다.

"산적들? 산적이 얼마나 되오?"

"대략 오륙십은 되어 보였소."

혈마대주가 무뚝뚝하게 대꾸했다.

장봉룡은 운성과 눈빛을 마주쳤다.

오륙십이나 되는 산적이라니.

이곳 기련산 어딘가에는 천궁이 거주 중이다. 그런 곳에 산적의 터가 따로 마련되어 있을 턱이 있나.

적발귀가 장봉룡의 생각을 읽은 듯 손뼉을 짝 마주쳤다.

"옳거니! 그놈들이 바로 산적이 아니라 천궁의 궁도들이구먼!"

그때 설화가 신중론을 꺼냈다.

"하지만 좀 이상해요. 꽁꽁 숨어 있어야 할 판국에 그렇게 드러나게 노략질을 한단 말인가요?"

"흘흘, 할 수도 있지."

장봉룡이 술을 꿀꺽꿀꺽 들이켜고는 변론을 펼쳤다.

"천궁의 인원수는 제법 많아. 아마 궁도 녀석들 중 인근에 배속된 녀석들일지도 몰라. 게다가 주사를 제외하면 궁도들은 별로 무공 수위가 높지 않네. 그러니 오 리 바깥에 우리가 있는 줄이야 꿈에도 모르겠지."

"만약 지금 가서 쳤다가 놈들이 정말 산적이라면, 공연히 우리 위치만 노출되는 것 아닌가요?"

"굳이 지금 칠 필요가 있겠나? 놈들이 돌아갈 때 가만히 뒤를 밟아보세."

"하지만 그럼 그 표행 사람들이 다칠 텐데……."

설화가 맘 약한 소리를 하자 혈마대주가 싸늘한 목소리로 대꾸했다.

"어차피 이미 늦었소. 내가 갔을 때 싸움이 시작됐으니 지금쯤 정리되는 분위기일 거요."

"이런! 그럼 놈들을 놓치기 전에 빨리 가봐야지!"

적발귀가 호들갑을 떨며 부리나케 달려갔다.

장봉룡도 얼른 그의 뒤를 따랐다.

사정이 이렇게 되니 결국 남은 사람들 모두 뒤쫓기 시작했다.

혈마대주의 말대로 야영지로부터 오 리 정도 떨어진 곳에 다다르니 벌써 한차례 피바람이 불고 난 뒤였다.

표국 사람들로 보이는 자들은 저마다 피범벅이 된 채 죽어 널브러져 있었다.

반면 산적인지 궁도인지 모를 무인들은 서로 낄낄거리며 수레의 짐들을 약탈하고 있었다. 그들은 농담도 서슴없이 주고받으면서 발끝에 걸리는 시체들을 툭툭 걷어차곤 했다.

이런 모습을 보고 있자니 설화는 분노가 머리끝까지 뻗쳤다.

그녀가 참지 못하고 당장 달려나가려는데, 마침 소리없이 다가온 누군가가 그녀의 손목을 가만히 잡았다.

설화가 움찔 떨고 돌아보니 운성이었다.

운성이 가만히 고개를 가로저었다.

성급히 움직이지 말라는 뜻.

결국 설화는 검을 집어넣고는 가느다랗게 한숨을 내쉬었다.

운성 일행이 숨어서 지켜보는 가운데, 산적들은 순조롭게 약탈을 끝내고 산을 오르기 시작했다.

과연 산채에서 생활한 지 오래된 것인지 하나같이 산을 타는 솜씨가 능숙했다.

운성 일행도 그들의 뒤를 살금살금 쫓았다.

한참 뒤쫓아 오르다 보니 어느새 양쪽 비탈진 언덕 사이의 좁은 협곡으로 들어서고 있었다.

설화는 문득 이상한 낌새를 느꼈지만 크게 의심하지 않았다.

아무리 생각해도 앞서 올라가는 산적들이 자신들의 기척을 알아챌 만큼 고수 같지는 않았던 것이다.

‘지형이 사뭇 위험하긴 하지만, 저들 실력으론 우리 기척을 눈치채지 못했을 거야. 혹시 처음부터 유인책이었다면 모를까. 하지만 이들은 그저 표행을 습격하고 약탈을 한 것이니 우리를 유인한 것이라곤… 가만…….’

순간 설화의 표정이 싸늘하게 굳었다.

‘설마’ 하는 생각이 들면서도 가슴이 쿵쾅거리며 뛰기 시작했다.

‘만에 하나라도 이들이 표행을 학살한 것부터 우리의 이목을 끌기 위한 연극이었다면? 하지만 유인책을 쓰기 위해 무고한 인명을 그토록 처참하게 죽인단 말인가? 아! 이들은 마교만큼이나 인정머리가 없지 않은가!’

여기까지 생각이 미치자 설화는 퍼뜩 경각심이 들었다.

“잠깐만요!”

그녀가 일행을 향해 나직이 소리쳤다.

한껏 기척을 죽이고 있던 일행으로선 그녀의 목소리가 청천벽력만큼이나 크게 들렸다.

“쉿! 어째서 그렇게 떠드는 게야!”

적발귀가 검지를 입에 대며 호통을 쳤다.

설화가 아랑곳하지 않고 말했다.

“뭔가 이상해요. 아무래도 우리를 유인하는 것 같지 않아요?”

“흥! 저놈들이 그렇게 민감하다면 여기 사 교주랑 싸워도 되겠군!”

적발귀의 말투에는 은근히 사불패를 무시하고 조롱하는 기색이 서려 있었다.

사불패는 그저 픽 웃을 뿐이었다.

그때였다.

모두가 설화의 말에 주의를 기울이느라 시선을 모으고 있는 틈에, 느닷없이 장봉룡이 불쑥 일어나서 소리쳤다.

"앗! 사라졌다!"

그의 말에 모든 사람의 시선이 전방을 향했다.

과연 조금 전까지만 해도 쫓고 있던 산적들이 거짓말처럼 기척을 감춘 것이다. 아무리 그들이 빠르다고 하더라도 이렇게 순식간에 눈앞에서 사라질 수는 없을 터였다.

그제야 사람들은 설화의 지적이 틀리지 않았음을 깨달았다.

"이런! 이 잡놈들, 어디로 간 거냐! 사내대장부라면 당당히 나와서 이 어르신과 한번 화끈하게 놀아보자!"

비좁은 협곡은 조용하기만 했다.

적발귀가 비탈진 언덕 위로 올라가 보기 위해 경공을 펼쳤다.

하지만 워낙 경사가 심한데다가 눈까지 꽁꽁 얼어붙어 길이 몹시 미끄러웠다. 몇 걸음 오르지도 못하고 미끄러지길 반복하더니 이내 바닥까지 주르륵 밀려 내려왔다.

도무지 양쪽의 비탈길로는 오르지 못할 지경이었다.

그때였다.

쿠르르릉! 꽈릉!

마치 먹구름이 천둥소리를 떨치듯 커다란 소음이 협곡을 메웠다.

그때 언덕 위를 보던 적발귀가 두 눈을 찢어질 듯 부릅떴다.

"우악! 눈, 눈사태다!"

사람들이 놀라서 사방을 둘러보았다.

과연 양쪽 비탈진 언덕 위에서 눈보라가 자욱하게 일어나며 무서운 속도로 덮쳐 오고 있었다.

분명 인위적으로 만들어낸 눈사태였겠지만, 점점 아래쪽으로 내려오면서는 쌓이고 굳었던 눈마저 함께 무너져 내리면서 진짜 눈사태로 변하고 있었다.

협곡에 갇힌 고수들이 일제히 때를 맞춰 날아올랐다.

자욱한 눈보라 속에는 간간이 위협이 될 만한 바위 덩어리와 통나무가 섞여 있었다.

운성 일행은 저마다 무기를 휘둘러 무지막지하게 날아드는 바위며 통나무를 매섭게 쪼개고 후려쳤다.

꽈자장!

콰쾅!

협곡에 한동안 요란한 폭음이 울렸다.

한차례 눈사태가 끝나자 언덕 위에서 궁도들이 모습을 드러냈다.

그들은 아직도 허연 눈발이 휘날리는 협곡을 가만히 굽어보았다.

한참 후에 눈발이 가라앉고 나자, 운성 일행이 하나둘 보이기 시작했다.

과연 절세의 고수들답게 누구 하나 눈사태에 파묻히진 않았다.

오히려 함께 굴러 떨어지던 바위며 통나무들이 경공을 펼칠 수 있도록 디딤돌 역할을 해준 것이다.

"와아! 정말 대단한 분들이군요. 감동했습니다."

일행의 시선이 일제히 목소리가 들린 한곳으로 향했다.

상대를 확인한 적발귀가 펄쩍펄쩍 뛰었다.

"너, 너, 사마량! 일전에는 감히 이 어르신을 잘도 속였겠다!"

"아, 이게 누구세요? 탁 대협님 아니세요? 그간 잘 지내셨나요?"

"닥쳐라, 이놈아! 이야기는 다 들었다! 지난번 천궁에서 네 놈이 귀신 놀음을 한 것이렷다!"

"하하하, 그땐 죄송했습니다. 설마 천하 영웅이신 탁 대협님이 그렇게 겁이 많을 줄은 몰랐습니다."

"겁, 겁이 많긴 누가? 그땐 그저… 그저… 아무튼 너 이놈, 잘 만났다! 내가 갈 테니 거기 꼼짝 말고 있어라!"

사마량이 빙그레 웃었다.

"쏘세요."

"응? 뭐? 쏴? 뭘?"

적발귀가 어리둥절하고 있을 때, 양쪽 언덕 위에서 철시가 빽빽하게 날아들었다.

"우앗!"

적발귀가 깜짝 놀라 검을 부렸다.

다른 사람들도 일제히 날아오르며 화살을 쳐내기 시작했다.

따당! 따다당!

그때였다.

쒜에엑!

유독 화살 한 대가 매섭게 날아들었다.

운성은 순간적으로 살기를 느끼고 몸을 돌려 철시를 막아냈다.

쩡!

철시가 구룡도에 부딪치고 나서 서너 장을 더 밀어붙인 다음 튕겨 나갔다.

날아든 화살의 힘이 그만큼 셌던 탓이다.

이 정도의 강궁을 쏠 수 있는 자는 세상에 단 한 사람밖에 없을 터.

운성이 소리쳤다.

"파천신궁이 있습니다! 다들 조심하십시오!"

그의 말이 미처 떨어지기도 전에 다시 화살 한 대가 날아들었다.

쒜에에엑!

이번에도 마찬가지로 운성을 노리고 날아왔다.

운성이 다시 구룡도를 들어 올려 막았다.

쩌엉!

고막을 찢을 듯한 소리가 울리고 나서도 철시는 맹렬한 기세로 운성을 밀어냈다. 이번 화살은 아까보다도 더욱 강한 힘줄기가 실려 있었다.

운성은 양다리를 아예 눈밭 속에 깊이 박아 넣고는 버텼다.

다만 다른 곳에서 날아드는 화살을 쳐낼 수 없으니 난감했다.

"운성, 위험해!"

설화가 소리치며 달려들더니 운성의 이마를 향해 날아들던 화살을 서컹 베어버렸다.

이어서 등 뒤쪽으로 날아드는 화살을 적발귀가 나타나서 베어냈다.

두 사람이 양쪽에서 엄호를 하니 운성은 이제 마음 놓고 파천신궁의 화살을 막아낼 수 있었다.

그가 순간적으로 구룡도에 공력을 불어넣으면서, 철시가 퍽썩 소리를 내며 그 자리에서 부서졌다.

하지만 위기는 그것으로 끝이 아니었다.

쒜에엑! 쒜에에엑!

이번에는 두 대의 철시가 동시에 날아들었다.

기세로 보아서는 아까의 것과 비슷했다.

철시 한 대는 운성에게, 또 한 대는 적발귀에게 날아들었다.

마침 운성을 엄호하고 있던 적발귀로서는 자신에게 날아드는 철시를 보고도 미처 방어할 겨를이 없었다. 이대로라면 꼼짝없이 파천신궁의 철시에 맞아 죽고 말 터였다.

그 순간 장봉룡이 소리치며 달려들었다.

"탁가야! 죽고 싶으냐?"

그가 있는 힘껏 공력을 싣고 타구봉을 내려치니 날아들던 화살이 슬쩍 방향을 틀었다.

따앙!

하지만 그 기세가 워낙 거셌던지라 방향을 아주 약간만 틀었을 뿐이다.

결국 심장이 꿰뚫릴 뻔한 적발귀는 그 대신 왼쪽 어깨를 그대로 내주고 말았다.

"아악!"

처절한 비명이 치솟았다.

쩌엉!

그 순간 한쪽에서는 운성이 또 날아드는 철시를 막아내고 있었다.

적발귀는 오른손으로 얼른 자신의 혈을 짚어 관통된 부위를 지혈하고는 노발대발 소리쳤다.

"야, 이 파천신궁인지 파탄신궁인지 하는 놈아! 비겁하게 숨어서 쏘지 말고 당당하게 나타나서 이 어르신과 겨루잔 말이다! 에이! 제미랄 놈의 파탄신궁아!"

하지만 대답 대신 날아든 것은 또 다른 철시 두 대였다.

쒜엑! 쒜에엑!

이번에도 어김없이 운성과 적발귀를 노린 화살이었다.

그때 사불패가 적발귀의 앞을 막아서며 소리쳤다.

"장 방주! 엄호하시오!"

사불패가 파천신궁의 화살을 대신 받아내겠다는 소리였다.

한 방파의 방주에게 명령조로 말을 한 것은 상당히 무례한 언사라고 할 수 있었지만, 장봉룡은 헤실헤실 웃으며 대꾸했다.

"흘흘! 그럼세!"

또다시 충격음이 터져 나왔다.

쩡! 쩌엉!

운성과 사불패가 거의 동시에 화살을 막아냈다.

하지만 이번 화살은 앞서 날아온 것들에 비해 훨씬 강맹했다.

위력이 사뭇 다르다는 것을 느낀 운성은 얼른 눈 속에 파묻은 발을 빼내고는 뒤로 대여섯 걸음이나 물러섰다.

그대로 발을 파묻고 방어했다간 자칫 발목이 부러질 수도 있다는 판단에서였다.

사불패 역시 뒷걸음질을 치며 강궁을 간신히 막아냈다.

사세를 살펴보던 설화는 이대로 가다간 언젠간 당하고 말 것이라는 판단을 내렸다.

파천신궁은 어디에 숨어 있는지 그 정확한 위치를 알기 어렵다. 게다가 양쪽 언덕 위에서도 비 화살이 쏟아지고 있다.

판단은 금방 섰다.

뭉치면 안 된다. 흩어져야 산다.

그녀가 날카롭게 소리쳤다.

"흩어지도록 해요! 이대론 위험하겠어요!"

다른 사람들 역시 설화의 뜻을 곧 알아들었다.

운성을 엄호하고 있던 설화와 적발귀가 곧 한쪽 방향으로 내달렸다.

장봉룡과 사불패, 혈마대주가 또 다른 방향으로 달려갔다.

뭉쳐 있던 그들이 두 패로 나뉘니 비처럼 쏟아지던 화살도 잠시 주춤거렸다.

하지만 파천신궁의 화살만큼은 어김없이 날아들었다.

쒜에엑! 쒜에에엑!

이번에도 두 대의 화살이 운성과 적발귀를 노렸다.

운성이 달리는 중에 몸을 뒤틀어 구룡도로 막아냈다.

쩡!

그의 몸이 화살에 떠밀리듯 부웅 날았다.

뒤미처 날아온 화살은 설화가 몸을 돌려 막았다.

그녀는 날아드는 화살을 휘감듯 검을 부드럽게 움직였다. 그러더니 돌연 검끝에 힘이 실리며 하늘을 향해 매섭게 솟구쳤다.

따앙!

청명한 금속성이 터지며 화살이 방향을 틀어 적발귀의 머리 위를 스쳐 지나갔다.

비화검의 초식 중에서 역풍검(逆風劍)이라는 것이다. 하늘하늘 떨어지던 꽃잎이 일순간 역풍에 휩쓸려 반대방향으로 틀어지는 현상을 본뜬 초식이었다.

대체로 부드러운 바람과 꽃잎의 움직임으로 초식을 만든 비화검법으로는 파천신궁의 화살을 완벽하게 막아낼 수 없었다.

하지만 대체로 무공이 강맹 일변도인 적발귀나 장봉룡에 비하면 화살의 방향을 비틀기에는 훨씬 좋은 검법이었다.

다급했던 위기를 넘긴 세 사람은 쏜살같이 내달렸다.

세 사람이 상승 경공을 펼치자 비처럼 쏟아지던 화살의 사정거리에서도 차츰 벗어났다.

운성을 비롯한 세 사람은 협곡을 벗어나서 다른 길로 산을 오르기 시작했다.

그들을 쫓던 화살은 이제 보이지 않았다.

가파른 경사를 따라 한참 동안 오르다 보니 산중턱쯤에 커다란 동혈 입구가 나타났다.

설화가 손가락으로 그곳을 가리켰다.

“우선 저기에서 한숨 돌리기로 해요.”

“그럼세!”

적발귀가 시원스레 대답했다.

그는 내심 다행으로 여겼다.

사실 관통 부위를 제대로 치료하지 않으면 앞으로 싸울 동안 큰 부담이 생길 터였다.

한데 다행히도 잠시나마 숨어서 몸을 돌볼 수 있게 된 것이다.

동혈은 제법 크고 넓었다.

적발귀는 동혈 안으로 들어서자마자 바닥에 털썩 주저앉았다.

운성이 그의 곁으로 다가가 물었다.

"형님, 좀 어떻습니까?"

"크크! 괜찮아! 이까짓쯤이야 대수롭지도 않지!"

운성이 관통 부위를 가만히 살펴보니 다행히 독이 묻은 화살은 아니었다.

다만 어깨뼈를 통째로 으깨며 지나갔으니 응급치료를 한다고 해도 당장 왼팔을 쓰기에는 무리가 있었다.

게다가 통증도 혈을 짚어 줄여놓았다지만 아주 무감각할 수는 없을 터.

아니나 다를까, 적발귀는 평소보다도 안색이 하얗게 질려 있었고 아랫입술을 간간이 떨었다.

운성은 우선 그의 배후로 가서 양 손바닥을 대고 진기를 불어넣어 주었다.

"그러지 마! 앞으로 싸울 일이 얼마나 많은데 아까운 진기를 소모하려는 게야? 나는 내가 알아서 하겠네!"

하지만 운성이 고개를 저었다.

"이 정도쯤이야 금방 회수합니다. 후후!"

"하지 말래도!"

"가만히 좀 계십시오. 공력이 아깝게 낭비되지 않습니까?"

적발귀가 한숨을 푹 내쉬었다.

"미안하구먼."

"새삼 무슨 말씀입니까?"

"형이라는 게 일체 도움이 안 되질 않나."

"형님도 별말씀을 다 하시는군요. 아까 형님께서 절 엄호해 주지 않으셨더라면 제가 지금까지 멀쩡하겠습니까?"

적발귀는 운성의 말을 들으며 몸과 마음이 따뜻해지는 것을 느꼈다.

운성의 공력이 줄기줄기 들어오니 고통도 점차 줄어들고 기운도 넘쳐 나기 시작했다.

그 후 설화가 품에서 금창약을 꺼내 적발귀의 상처에 발라 주었다.

대략의 치료가 끝난 뒤 적발귀는 자신의 옷을 찢어 상처 부위를 싸매고는 일어섰다.

"후후! 한결 낫구먼! 이제 아무나 덤비라고 해!"

어느 때처럼 적발귀가 큰소리치며 검을 이리저리 부렸다.

이제 세 사람이 앞으로 어떻게 할 것인지 논할 차례였다. 그때 밖에서 부드러운 목소리가 들려왔다.

"다들 여기 계셨나 보군요."

청년의 목소리가 또랑또랑하게 울렸다.

적발귀는 단번에 상대가 누구인지 알아챘다.

"이, 이놈! 사마량!"

적발귀는 얼굴이 붉으락푸르락해지더니 다른 사람이 말릴 새도 없이 밖으로 뛰어나갔다.

사마량과 맞닥뜨린 적발귀는 순간 멈칫하고 말았다.

하얀 눈밭 위에 손만 대도 부끄러움을 탈 것 같은 미청년이 홀로 서 있는 것이 아닌가.

동혈에 절정고수가 두 명이나 더 있는데, 무공이라곤 한 톨도 할 줄 모르는 저 녀석이 무슨 배짱으로 혈혈단신으로 나타났으랴.

어딘가에 숨어서 노리는 자가 있으리라.

적발귀가 섣불리 덤벼들지 않고 그 자리에서 씨근벌떡대자, 아니나 다를까, 나무 기둥 뒤에서 한껏 기척을 죽이고 있던 노 사내가 킬킬 웃으며 나왔다.

"과연 적발귀. 마냥 단순무식하진 않구나."

묵립을 깊이 눌러쓰고 단도를 양손에 갈라 쥔 사람은 다름 아닌 학산이었다.

그가 사마량 곁에 와서 우뚝 서자 적발귀는 잠시 당황하다가 곧 조소를 지었다.

"크크크! 배짱이 좋으시군. 단둘이 우리를 상대하시겠다?"

"둘이면 충분하지."

학산이 대꾸하는 순간, 적발귀가 용수철 튕기듯 몸을 날렸다.

쒸에엑!

그의 검이 곧장 가로 후리기로 베어 들어갔다.

목표는 사마량이었다.

지난번 천궁에서 당한 수치를 생각하면 무슨 짓을 벌여서라도 사마량의 목을 썰어버리고 싶었다.

그 순간 학산이 번개처럼 움직이더니 단검을 열십자로 교차하며 적발귀의 검을 막아냈다.

까앙!

금속성이 터지면서 적발귀가 뒤로 훌쩍 물러났다.

"치잇!"

그가 혀를 차고는 다시 달려들었다.

그 순간 학산의 묵립이 팽그르르 돌아갔다.

퓨퓨퓨퓨웃!

묵립에서 새털처럼 가는 침이 튀어나오더니 적발귀를 향해 쇄도했다.

띠리리리링!

적발귀가 얼른 물러나며 검을 휘두르자 마치 금을 뜯을 때처럼 청랑한 소리가 울려 퍼졌다.

학산이 양손을 품에 집어넣더니 순간 양팔을 활짝 펼치듯 무언가를 떨쳐 냈다.

쒜엑! 쒜에엑!

이번엔 단도처럼 커다란 비수가 매섭게 날아들었다.

크기가 커진 만큼 위력도 만만치 않았다.

때마침 나타난 운성과 설화가 양쪽에서 서로 마주 지나치며 비수를 하나씩 쳐냈다.

따당—!

비수는 그대로 방향을 틀어 학산과 사마량에게 각각 날아갔다.

학산이 재빨리 나서서 날아드는 비수를 양손으로 낚아챘다. 그러고는 그 가속력에 맞춰 뒤로 훌쩍 재주를 넘으며 바닥에 착지했다.

마치 근사한 묘기를 보는 듯했다.

사마량이 아이처럼 박수를 짝짝 쳤다.

"와아! 역시 삼주사님은 대단하세요! 정말 놀라운 솜씨네요."

사마량의 칭찬에도 학산은 무뚝뚝하게 대꾸했다.

"시끄럽다, 인석아. 방심하지나 말거라. 저 셋은……."

학산은 뒷말을 잇지 않았다.

원래 하려던 말은 '나로서도 감당하기 어렵다' 였지만, 싸움에서는 기선 제압이 중요한 법. 또한 절대 약한 모습을 드러내서는 안 되는 법이다.

괜히 쓸데없는 말을 주절거려 적의 사기를 올려줄 필요가 없었다.

한편 적발귀는 연신 씨근벌떡대며 소리쳤다.

"이놈, 사가 놈아! 무슨 배짱으로 또 찾아온 게냐? 달랑 네놈 둘이 우리 상대가 될 것 같으냐!"

사마량이 빙글 웃고는 대꾸했다.

"저는 제안을 하러 왔습니다."

"또 무슨 제안?"

"저는 여러분과 싸우고 싶지 않습니다."

"훙! 그 말을 믿을 것 같으냐? 네놈이 저번에 요망한 사술을 부려 날 홀려놓고도 그런 소리를 내뱉다니! 뻔뻔하기 짝이 없는 놈이구나!"

"하하! 그땐 정말 죄송했습니다. 저도 선배님께서 그렇게까지 귀신을 무서워하실 줄은……"

"닥쳐라! 누가 무서워했다는 게야? 하도 기가 막힌 노릇이라 내 잠시 정신이 어지러웠던 것뿐이야!"

적발귀가 귀밑까지 벌게져서 소리 질렀다.

"그랬군요. 여하튼 오늘 전 여러분과 싸우고 싶지 않습니다. 그래서 평화적인 대화를 통해 문제를 해결하고자 이렇게 찾아왔습니다."

"평화적인 대화? 흥! 엇? 가만, 그리고 보니 저놈……!"

적발귀가 사마량을 손가락으로 가리키며 운성을 돌아보았다.

운성이 그 뜻을 알고 고개를 끄덕였다.

그렇다.

사마량은 무공을 익히지 않았지만 다른 사람들이 모르는 요상한 사술을 익히지 않았던가!

저놈과 몇 마디 대화를 나누고 나면 저마다 의지를 상실하고 무기를 내려놓게 된다. 지난번에 천멸조를 그렇게 물리치지 않았던가!

생각이 여기에 미치자 적발귀가 귀를 틀어막으며 소리쳤다.

"됐다! 네놈하곤 이야기도 안 한다!"

"하하! 그러지 말고 우선 들어만 보세요. 나쁜 말씀은 드리지 않을 거예요."

"됐다! 필요없어! 와아아아아!"

적발귀가 귀를 막았다 열었다를 반복하며 소리를 내질렀다. 절대로 사술에 걸려들지 않기 위해 취한 행동이었다.

하지만 이 모습을 언뜻 보면 바보스럽기도 해서 몹시 우스꽝스러웠다.

설화는 영문을 몰라 어리둥절한 표정으로 가만히 사태를 주시했다.

사마량은 적발귀가 그러거나 말거나 말을 이어갔다.

"표 문주님, 오랜만입니다."

"……"

"표 문주님, 차 문주님, 탁 대협님, 저는 여러분이 욕망을 내려놓고 그 자리에 병기도 내려놓으셨으면 합니다. 물론 천궁의 입장에서도 잘못된 점이 없지 않겠습니다만, 여러분이 이렇게 오신 것만으로도 많은 인명이 희생되지 않았습니까? 여기까지 오시는 동안 참 많이 수고로우셨지요? 그러니 이왕 여기까지 오신 것, 여러분께서 병기를 내려놓고 대화로 풀어가실 의향이 있다면 천궁에서도 더 이상 무력을 사용하진 않을 겁니다. 대신 호의로 여러분을 대접해 드릴 것입니다."

사마량이 나긋나긋한 목소리로 말했다.

그러는 동안에도 적발귀는 귀를 틀어막았다가 열기를 반복하며 소리를 내지르고 있었다.

그러다 보니 아직 아무것도 모르는 설화로서는 오히려 사마량의 이야기를 듣기 위해 집중하게 됐다.

"으하하하! 이놈 사가 놈아! 나는 하나도 안 들린다, 하나도 안 들려! 네놈의 사술은 안 통해!"

적발귀가 앙천대소를 터뜨렸다.

사마량은 그런 적발귀를 보고 생긋 미소 지었다.

어쩌면 사람의 미소가 저리도 아름다울 수 있단 말인가?

사마량의 미소를 본 설화는 괜스레 가슴까지 두근거릴 지경이었다.

사마량이 계속해서 말을 이었다.

"어떻습니까? 여러분 모두 도검을 내려놓고 저와 함께 가시지 않겠습니까? 추운 날씨입니다. 화롯가에서 따뜻한 차 한 잔 드시는 건 어떠신지요? 입맛에 맞는 것으로 준비해 드리겠습니다."

서로 목숨을 걸고 피 터지는 싸움을 벌이다가 느닷없이 차나 마시자니.

보통 같았으면 코웃음도 치지 않을 소리였다.

하지만 사마량의 말에는 묘한 힘이 있었고, 그만의 매력이 있었다.

사마량은 이야기를 그치지 않았다.

감언이설도 아니요, 악담이나 욕을 퍼붓는 것도 아니었다.

한데 그의 말을 듣고 있자니 반론을 제기하기도 귀찮아졌다.

설화는 그의 목소리를 들으며 깊이 한숨을 내쉬었다.

그렇다.

이 먼 길을 달려와서 뭘 하는 짓인지 모르겠다.

무고한 인명이 처참하게 희생되는 것을 보고, 적발귀가 다쳤으며, 지금도 다른 곳에서는 처절한 싸움이 진행되고 있을지도 모른다.

굳이 이렇게 살아야 하는 이유가 뭔가?

천궁의 궁도들이 무고한 인명을 살상했지만, 사실 애초에 이곳을 찾아오지 않았더라면 그들 역시 유인책을 쓰기 위해 그런 악랄한 짓은 하지 않았을 것이다.

모르겠다.

무엇이 옳은 일인지 무엇이 그른 일인지.

지금까지 어떤 신념을 가지고 행동해 왔는지, 또 그 신념이 정당한 것인지…….

설화는 머릿속이 복잡해지면서 마냥 몸이 무거워졌다.

어느새 적발귀마저 내지르는 소리가 점차 희미해지고 있었다.

제풀에 지친 것인지 사마량의 목소리가 들려서 그런 것인지는 모르지만 많이 피곤한 기색이었다.

"…자, 그러니 이제 그만 무거운 짐들을 내려놓으시지요. 그리고 우리 모두 느긋한 여유를 가지고 담화나 나누도록 하지요. 그럼 함께 가실까요?"

사마량이 말아 쥔 손을 내밀었다.

운성 일행은 그 행동에 움찔 떨었다.

혹시나 손안에 암기가 들어 있는 것이 아닐까 경계했던 것이다.

한데 고운 손이 펴지면서 툭 떨어지듯 흘러내린 것은 비취색의 동그란 추였다. 추는 카느다란 줄에 매달려 손바닥에서 한 척가량 늘어져 있었다.

느닷없이 비취옥이 나타나자 운성 일행은 어리둥절한 표정으로 그것을 바라보았다.

"자, 여러분은 이제 저와 함께 갑니다."

사마량의 부드러운 목소리가 다시 귀를 파고들었다.

그와 동시에 줄에 매달려 있던 비취옥이 좌우로 흔들흔들 움직이기 시작했다.

운성, 설화, 적발귀는 모두 눈동자를 이리저리 옮기며 비취옥을 따라 오락가락했다.

호랑이처럼 으르렁대던 적발귀는 어느새 얌전한 고양이가 되어 있었다.

세 사람의 시선이 좌우로 구르는 동안 사마량은 뒤로 세 걸음 물러났다.

그러자 마치 운성을 비롯한 세 사람이 강시라도 된 듯 세 걸음을 나란히 따라오는 것이 아닌가.

사마량의 입가에 희미한 미소가 감돌았다.

완전히 최면에 걸려든 것이다.

적발귀의 경우 비록 소리를 내지르고 발악을 하긴 했지만, 원래 그는 심성이 약해 최면에 걸리기 쉬운 체질이었다.

게다가 사마량은 말을 하는 동안 눈동자의 움직임과 눈빛, 표정, 손동작 하나마저도 신경 썼다.

그 결과 눈으로 보고 귀로 듣는 자들은 모두 최면에 걸려들고 만 것이다.

이제 그들은 사마량이 천궁까지 끌고 간다면 그대로 군말없이 따라나설 터였다.

하나 굳이 끌고 다닐 필요가 뭐 있으랴.

사마량이 학산을 향해 고개를 끄덕여 보였다.

학산이 입꼬리를 추켜올리고는 저벅저벅 걸어갔다.

먼저 운성에게 다가선 그가 망설임없이 단검을 내찔러 들어갔다.

쉬이익!

단검이 심장을 파고들기 직전,

탁!

놀랍게도 운성의 손이 불쑥 올라오더니 학산의 손목을 낚아채는 것이 아닌가.

"이런!"

학산이 경악에 차서 소리쳤다.

최면술을 펼친 사마량마저 깜짝 놀라서 운성을 바라보았다.

'어째서 방어를?

천만다행히도 운성은 학산의 손목을 낚아챈 채로 가만히 있을 뿐이었다.

사마량이 자세히 살펴보니 운성이 눈을 심하게 깜빡이고 있었다.

'스스로 최면술에서 깨어나려고 한다! 말도 안 돼! 어떻게……?'

이런 현상은 그가 지금까지 최면술을 펼치면서 단 한 번도 겪지 못한 것이다.

사마량은 얼른 추를 흔들기 시작했다.

추가 흔들리는 간격이 차츰 벌어졌다.

그러자 깜빡이던 운성의 눈이 차츰 진정되기 시작했다.

사마량은 내심 안도의 숨을 내쉬며 운성에게 말했다.

"표 문주님, 아무것도 염려하실 필요 없습니다. 삼주사님께선 지금 당신을 편하게 해드리기 위해 그러시는 겁니다."

그러자 학산의 손목을 으스러질 정도로 움켜쥐고 있던 손아귀에 서서히 힘이 풀어졌다.

가까스로 손을 빼낸 학산은 겨우 안도의 한숨을 쉬고는 손목을 어루만졌다.

어찌나 거세게 잡혔던지 운성의 손바닥 자국을 따라 시퍼렇게 멍이 들어 있었다.

하나 손목이나 어루만지고 있을 때가 아니다.

그 역시 사마량의 최면이 통하지 않는 사람을 본 적이 없지만, 더 이상 시간을 지체했다간 무슨 일이 벌어질지 알 수 없었다.

그가 이번에는 공력을 잔뜩 실어 운성을 내찔러 갔다.

쉬이익!

그 순간,

탓! 우두둑!

"악!"

학산이 아픔을 참지 못하고 비명을 내질렀다.

어느새 다시 운성이 손을 뻗어 학산의 손목을 꺾어 쥔 것이다.

학산은 손목을 따라 치밀고 들어오는 운성의 공력을 느끼며 기겁했다.

사마량도 놀란 가슴을 진정시키며 얼른 소리쳤다.

"표 문주님, 삼주사님께선 당신을 편하게 해드리기 위해서 그러는 겁니다! 오해하지 마세요!"

그러자 더욱 놀라운 일이 벌어졌다.

운성이 입꼬리를 슬쩍 추켜올리더니 말을 내뱉었다.

"그럼 내가 편하게 해줄게."

"이, 이런! 어떻게?"

사마량은 하마터면 추를 떨어뜨릴 뻔했다.

'통, 통하지 않았어! 아니, 스스로 깨어난 것인가!'

사실 운성은 얼마 전에 마룡결을 대성한 몸이었다.

마룡결이 무엇인가.

심마를 제압하는 궁극의 심상 수련이라고 할 수 있었다.

다시 말해 운성은 자신의 마음속에 깃들어 있는 모든 잠재된 생각까지 제압하고 다스릴 수 있는 경지에 올라선 것이다.

감정에 좌지우지되는 가아의 모습을 버리고, 진아의 모습을 깨우쳤으니 최면술에서 쉽게 깨어날 수 있었던 것이다.

학산은 얼른 공력을 끌어올렸다.

그러자 머리 위에 쓰고 있던 묵립이 다시 한 번 팽그르르 돌아갔다.

퓨퓨퓨웃!

암기가 발사되자, 운성은 얼른 호신강기를 끌어올려 암기를 튕겨냈다.

하지만 양쪽에 서 있는 설화와 적발귀는 여전히 정신이 멍한 상태였다.

운성이 얼른 쌍장을 내뻗으며 두 사람을 밀쳤다.

퍼펑!

기풍이 폭발하며 양쪽에 서 있던 두 사람이 예닐곱 장이나 날아가서 바닥에 나뒹굴었다. 외상을 좀 입겠지만 암기에 맞는 것보단 훨씬 나을 것이다.

상황이 여의치 않게 돌아가자 학산은 몸을 훌쩍 물리고는 사마량을 낚아채듯 데리고 내달렸다.

운성은 얼른 그 뒤를 쫓았다.

하지만 바닥에 쓰러진 설화와 적발귀가 신경 쓰여 곧 걸음을 멈출 수밖에 없었다.

대신 그가 돌멩이 하나를 집어 들어 달아나는 두 사람을 향해 던졌다.

허공을 가르며 빠르게 날아간 돌멩이는 그대로 학산의 등줄기를 노리며 쇄도했다.

학산은 정신없이 달리는 중에도 등 뒤에서 쏘아져 오는 살벌한 기운을 감지했다.

동시에 그가 얼른 몸을 옆으로 던졌다.

하지만 날아드는 돌멩이의 속도가 워낙 빠른지라 완벽하게 피하진 못했다.

파앗!

"큭!"

돌멩이가 그의 왼쪽 팔뚝을 관통했다.

동시에 안아 들고 있던 사마량의 허벅다리까지 뚫고 지나갔다.

만약 돌멩이가 조금만 더 컸더라면 학산의 팔뚝이 아예 잘려 나갔을 터다.

학산은 팔뚝이 뚫어지는 아픔 속에서도 내심 혀를 내둘렀다.

'표 문주, 과연 공력 하나만큼은 당할 수가 없겠군!'

한편 학산에게 매달려 있는 사마량은 여전히 풀리지 않는 수수께끼를 놓고 고민 중이었다. 그 고민이 어찌나 깊은지 허벅지를 관통당한 아픔마저 잊고 있었다.

'도대체 어떻게 최면에서 깨어났을까? 정말 모를 일이야.'

운성은 먼저 설화에게 달려가서 상태를 살펴보았다.

여기저기 가벼운 타박상이 보였지만 심한 부상은 아니었다.

설화는 한차례 '끙' 소리를 내면서 몸을 뒤척이더니 곧 일어났다.

그녀는 다소 혼이 나간 표정으로 주위를 두리번거리다가 차츰 운성을 알아보았다.

"음? 여기… 무슨 일이야?"

그녀는 무슨 말을 하는지도 모른 채 어리둥절한 표정으로 물었다.

최면 상태에서 이제 막 깨어났더니 머릿속이 몽롱한 것이 제대로 기억나는 것이 아무것도 없었다.

운성이 안도의 숨을 내쉬고는 대답했다.

"사술에 걸렸었어. 잠시 마음을 가라앉히고 몸을 살펴봐."

그는 다시 적발귀에게 달려갔다.

그때쯤 적발귀도 신음을 흘리며 정신이 깨고 있었다.

운성이 다가가자 몸을 일으킨 적발귀가 마찬가지로 멍한 표정으로 물었다.

"으음… 뭐가 어떻게 된 게야?"

"기억나는 게 없습니까?"

"글쎄… 도통 어찌 된 일인지……."

적발귀가 뒤통수를 벅벅 긁으며 대꾸했다.

그는 정확히 사마량의 목소리를 듣고 동굴 밖으로 뛰어나온 순간까지만 기억했다.

그 후에 정신을 차려보니 쓰러져 있었던 것이다.

즉, 사마량은 적발귀와 대적한 그 순간부터 이미 최면술을 펼치고 있었던 것이다.

　운성은 설화와 적발귀를 한곳에 모으고 그간의 이야기를 설명해 주었다.
　이야기를 들은 적발귀가 노발대발 소리쳤다.
　"이런 제미랄! 그 빌어먹을 놈이 또 사술을 부렸단 말이구나! 내 그놈을 당장 찾아가서 요절을 내야지!"
　하지만 이 긴 산맥 줄기 어디에 숨어 있는 줄 알고 찾아간단 말인가.
　큰소리는 쳤지만 당장 찾아갈 방법도 없거니와 찾아간다고 해도 또 사술에 당하지 않으리란 보장도 없었다.
　적발귀가 설화를 돌아보며 물었다.
　"차 문주, 혹시 좋은 계책이 없겠는가? 자네도 당해봐서 알겠지만 그 곱상한 녀석이 고런 요사스런 재주가 있다네. 아무리 우리가 그놈보다 무공이 높으면 뭐하겠나? 고놈의 사술 때문에 써먹을 일이 생기질 않는데."
　"귀를 막으면 어떨까요?"
　하지만 운성이 고개를 가로저었다.
　이미 그 방법은 적발귀가 쓰지 않았던가.
　운성이 그때의 사정을 이야기해 주자, 설화와 적발귀는 침울한 표정이 되고 말았다.
　무엇보다 다른 사람에게 자신의 의지를 빼앗겼다는 사실이 못내 분하고 괘씸했다.
　"아무래도 사마량의 사술은 시각과 청각, 그리고 촉각까지 영향을 미치는 듯합니다."

"그것참 난감한 노릇이군. 자네는 어떻게 깨어난 게야?"

"저도 정확한 원인은 모르겠습니다. 어느 순간 위기감이 들었고, 저절로 의식을 돌렸으니까요."

운성은 자신이 마룡결을 대성했기 때문에 최면에 빠지지 않을 수 있었다는 사실을 몰랐다.

실제로 마룡결을 펼치지도 않았는데 최면술에 걸려들지 않았으니 그럴 만도 했다.

결국 세 사람은 사마량과 마주치면 운성이 먼저 사마량을 상대하는 것으로 결론을 내렸다.

사마량이 사술을 쓸 수 없도록 틈을 주지 않는다면 설화와 적발귀가 충분히 나설 수 있다는 판단에서였다.

하지만 이 너른 산맥에서 어떻게 사마량을 찾을 것인가?

결국 여기서 막힌 그들은 왔던 길을 되돌아가기로 했다.

"그 협곡은 지금쯤 비었을 듯합니다. 돌아가서 파천신궁의 화살이 날아들었던 방향을 가늠해서 찾아간다면 천궁의 거처를 찾을 수 있지 않겠습니까?"

"아무래도 지금으로선 그 방법밖에 없겠군."

세 사람은 몸을 일으켰다.

그리고 다른 일행과 헤어졌던 협곡으로 되돌아가기 시작했다.

第七章

궁주(宮主)

세 사람이 협곡을 다시 찾았을 때는 과연 인적이라곤 전혀 찾아볼 수가 없었다.

그들은 우선 파천신궁의 화살이 날아든 방향을 가늠해서 산을 오르기 시작했다.

얼마쯤 올라가자 눈 덮인 산길에 사람의 발자국이 어수선하게 찍혀 있었다.

"흐흐, 이 발자국을 따라가면 곧 나타나겠군."

적발귀가 웃음을 흘렸다.

과연 조금 더 걸어가다 보니 천궁의 궁도들로 보이는 시체가 여기저기 널브러져 있었다.

시체들의 상처로 보아서는 분명 사불패와 혈마대주, 그리고 장봉룡의 솜씨였다.

세 사람은 혹시 이들 중에 아군이 끼어 있는지 자세히 살피면서 계속 산을 올라갔다.

대략 반 시진 정도 더 올랐더니 멀찍한 곳에 번듯하게 지어진 건물이 보였다.

장가계에서 보았던 천궁만큼이나 웅장하고 화려한 건물들이었다.

다만 사람들의 발길이 좀처럼 찾아들지 않는 길인데다가 너무 높아서 오랜 세월 동안 발견되지 않은 곳인 듯했다.

하지만 건물을 둘러싼 높은 담장이나 주위에 함께 어우러진 경관을 보아서는 건물이 지어진 지 제법 오래된 듯했다.

하긴 궁주의 나이가 사군자들과 같다는 것을 감안해 보면 지난 오랜 세월 동안 그가 세력을 형성하고 궁을 하나쯤 더 지었을 가능성은 충분히 있었다.

세 사람은 걸음을 서둘러 산을 올랐다.

그들은 얼마 가지 않아서 커다란 정문에 다다랐다. 입구 위에 걸린 현판에는 역시 '천궁(天宮)'이라는 글자가 양각되어 있었다.

궁 주위로는 발 디딜 틈이 없다는 표현이 어울릴 정도로 시체들로 즐비했다.

담장 안쪽에서는 각종 병기가 어우러지는 마찰음이 들려오고, 간간이 기합성과 비명이 터져 나오고 있었다.

적발귀가 소매를 걷어붙였다.

"아무래도 장 형과 마교 놈들이 난투를 벌이고 있는 모양일
세! 당장 가서 우리도 한몫 거들지!"

"잠시만요."

운성이 그를 얼른 붙잡으며 말렸다.

적발귀가 눈썹을 구기고 물었다.

"왜 그러나?"

"섣불리 나서기보다는 몰래 들어가서 상황을 지켜보는 것
이 좋겠습니다."

운성의 말에 설화가 거들고 나섰다.

"그래요, 탁 선배님. 신중해서 나쁠 건 없잖아요?"

그녀는 적발귀의 상처를 의식한 것이었다.

하지만 자존심이 강한 적발귀에게 그 부분을 곧이곧대로 애
기했다간 오히려 더 물불 안 가리고 덤벼들 것 같아 돌려 말한
것이었다.

"흐음, 그럼 어떻게 할 텐가?"

적발귀도 한 걸음 물러서서 수긍했다.

사실 아닌 게 아니라, 그로서도 상처 입은 부위가 여간 신경
쓰이는 게 아니었다.

"우선 건물 지붕으로 올라가서 사태를 주시하지요."

"좋아, 그럼세."

적발귀의 대답이 떨어지자, 세 사람은 거의 동시에 몸을 솟
구쳤다.

그들이 담벼락을 발로 차며 날렵하게 올라섰다.

이어서 그들은 정면에 바로 보이는 전각으로 몸을 던졌다. 허공을 박차며 날아간 그들은 건물 지붕에 사뿐히 착지했다.

그들은 조금씩 높은 건물의 지붕으로 몸을 날려 옮겨가기 시작했다.

이윽고 가장 높은 전각 지붕에 다다른 세 사람은 처마 끝으로 조심스럽게 다가가 아래를 굽어보았다.

과연 광장 한복판에는 치열한 격전이 벌어지고 있었다.

사불패와 혈마대주, 그리고 장봉룡이 섞여 있었다. 이들과 싸우는 자들 중에는 담천린, 구옥청, 칠지파파도 보였다.

그리고 그 세 명과 함께 유독 무공이 돋보이는 자가 있었는데, 검은 경장 차림에 커다란 활을 등에 메고 있는 장년의 사내는 바로 파천신궁 구담이었다.

적발귀는 그를 한눈에 알아보았다.

"역시 파천신궁도 함께 있었군."

아수라장이 된 틈바구니 속에서도 사불패와 장봉룡의 무공은 단연 돋보이고 있었다.

특히 사불패의 마기는 워낙 패도적이어서 주위를 에워싼 궁도들이 주춤주춤 다가서다가 물러나길 반복할 뿐 전혀 공격하지 못하고 있었다.

무공이 약한 자들은 진작 그 자리에 주저앉기 일쑤였다.

"그럼 이제 슬슬 도와줄까?"

적발귀가 몸을 일으켰다.

그는 이런 상황에서 영웅처럼 등장하는 자신의 모습을 몹시 뿌듯하게 여기는 듯했다.

하지만 운성이 그의 어깨를 잡아 다시 앉혔다.

"형님, 잠시만."

"거참, 자네 왜 이렇게 담이 약해졌나?"

적발귀가 앉으며 투덜거리자, 운성이 빙그레 웃고 답했다.

"우리 목적은 따로 있지 않습니까?"

"무슨 목적 말인가?"

"애초에 제가 이곳을 찾아온 이유는 천궁을 무너뜨리겠다는 것이 아닙니다. 마교 녀석들이야 자기네들의 수모를 갚겠다고 찾아왔으니 천궁을 몰살시키는 것이 목적이겠지만, 전 처음부터 갑석판을 찾으러 왔으니까요."

"아하, 그랬지!"

적발귀가 뒤늦게 제 허벅지를 때렸다.

운성이 말을 이었다.

"저들이 대신 싸워주고 있을 때 우린 갑석판을 찾도록 하지요."

"거, 좋은 생각이군."

적발귀는 곧바로 수긍했다.

세 사람은 다시 몸을 돌려 지붕을 타고 다른 건물로 옮겨가기 시작했다.

그들은 먼저 갑석판이 있을 법한 건물을 차례로 잠입해서 수색했다.

먼저 그들이 찾아 들어간 곳은 가장 북쪽 후문에 위치한 천보당(天寶堂)이라는 건물이었다.

하지만 아무리 살펴보아도 갑석판은 발견되지 않았다.

그들은 서둘러 나가서 천운각(天雲閣), 천일당(天日堂), 천심각(天心閣)을 차례로 살펴보았다.

하지만 어디에서도 갑석판의 흔적은 찾아볼 수 없었다.

운성을 비롯한 세 사람은 마지막으로 들어갔던 천기당(天氣堂)에서 나온 뒤에 다음으로 찾을 곳을 상의했다.

"흠, 내 생각에 남은 곳은 한 곳밖에 없어."

적발귀의 말에 운성이 고개를 끄덕였다.

"제 생각도 그렇습니다. 아무래도 갑석판은……."

세 사람의 눈길이 한곳으로 쏠렸다.

그들의 시선이 머문 곳은 바로 천정각(天頂閣).

천궁 내에서 가장 중심에 있으며 제일 높은 전각이다.

조금 전 그들이 사세를 살피기 위해서 올라섰던 그 전각이이도 했다.

운성 일행은 창문을 통해 천정각 일층으로 들어갔다.

세 사람은 각기 층을 나눠 수색해 보기로 했다.

일층에 남은 운성은 복도를 따라 나눠진 방을 일일이 들어가서 꼼꼼하게 살폈다.

혹시 기관이 장치되어 있지는 않은지 벽을 쓰다듬어 보기도 하고 침상을 살펴보기도 했다.

그렇게 일층의 절반 정도를 살피고 났을 때였다.

꽈장!

위층에서 둔탁한 소리와 함께 무언가 부서지는 소음이 들렸다.

필시 무슨 일이 벌어졌으리라 여긴 운성이 잽싸게 계단을 따라 달려 올라갔다.

이층 복도에 다다라서 주위를 둘러보니 인기척이 전혀 느껴지지 않았다.

그때 다시 위층에서 '와장창!' 하고 무너지는 소리가 들렸다.

'삼층이구나!'

운성이 빛살처럼 몸을 날려 달려 올라갔다.

과연 복도에 다다르니 저만치 복도 끝에서 문짝 하나가 떨어져 나와 아무렇게나 나뒹굴고 있었다.

곧이어 사내 한 명이 비틀거리며 물러 나왔다.

적발귀였다.

운성이 깜짝 놀라서 막 부르려는데,

쩌엉!

다시 한 번 큰 소리가 울리더니 가녀린 여인이 튀어나와 적발귀와 부딪쳐 나뒹굴었다.

설화였다.

그녀는 바닥을 짚고 일어나다가 울컥 핏덩이 한 모금을 토해냈다.

운성이 곧장 바닥을 박차고 달려갔다.

그가 떨어져 나간 문짝 앞에 다다라서 실내를 보자, 한 백발의 사내가 창가에 앉아서 유유히 책을 보고 있는 것이 아닌가.

창틈으로 스며드는 달빛에 기댄 채 책을 읽고 있는 모습이 굉장히 오묘하게 느껴졌다.

한데 가만히 살펴보니 그가 보고 있는 것은 책이 아니라 바로 그토록 찾아 헤매던 갑석판이었다.

"궁주!"

운성이 소리쳐 부르자, 백발사내가 고개를 들었다.

"오랜만일세."

노년의 사내가 싱긋 웃었다.

그 모습은 얼핏 극신과 닮은 구석이 있었다.

천궁의 궁주 위유신은 갑석판을 덮어두더니 창밖을 바라보며 혼잣말처럼 중얼거렸다.

"이제 하나만 남았어. 이것들은 내가 익힌 부분에서부터 이어지는 것이 아니야. 그러니까 결국 나는 구룡문이 가진 전반부를 탈환해야만 하지."

운성이 싸늘히 노려보며 말했다.

"맞아. 갑석판 전반부는 본 문이 보유하고 있지. 하지만 갑석신공을 전부 익히면 어떻게 되는 줄 알아?"

"클클클, 죽기밖에 더하겠나?"

위유신의 대답에 운성이 미간을 좁혔다.

"그걸 알고 있으면서 왜 갑석신공을 익히려고 하는 거지?

영원불멸의 존재가 되고 싶어서 구룡문을 배신한 게 아니던
가?"

"크크크! 그래, 네 말이 맞다. 하지만 지금은 구룡문 문도를
봐서 알겠지만, 사는 것 같지가 않단 말이지. 영원히 어둠 속에
서만 살아야 하니까. 하지만 갑석신공을 모두 보유하고 나면
그 안에 비밀이 있을 게다. 낮에도 생활할 수 있는 방법이."

운성이 고개를 가로저었다.

"그런 방법은 없어. 불멸의 존재라는 것 자체가 자연의 섭리
를 거스르는 것이야. 그런데 자연의 섭리를 따르면서 영원불
멸하겠다? 모순이지. 백풍 아저씨가 그러셨어, 갑석신공을 완
벽하게 익히고 나면 분명히 죽게 될 것이라고. 죽지 못하는 몸
을 얻게 된 것은 오로지 갑석신공을 다 익히지 못한 부작용일
뿐이라고."

"후후, 백풍이 그런 말을 했단 말인가? 그는 잘 지내는가?"

운성이 대답 대신 위유신을 노려보기만 했다.

그러는 사이 설화와 적발귀가 몸을 일으키고 운성 곁에 나
란히 섰다.

위유신이 피식 웃으며 말했다.

"그래, 그럴지도 모르지. 그래서 나도 갑석신공을 모두 익힐
생각은 없다. 단지 그 안에서 내가 원하는 방법을 찾고 싶을
뿐. 만약 그게 아니라도 상관없다. 갑석신공 전반부만 있더라
도 천하를 내 손에 넣는 것은 어려운 일이 아닐 테지."

"어둠 속을 살아가면서 천하는 얻어서 뭐하려고?"

"그것도 그 나름의 매력이 있지 않겠나?"

"헛소리!"

타앗!

운성이 눈 깜빡할 사이에 튀어나가며 구룡도를 내리그었다.

그야말로 순식간이었다.

하지만 아까부터 운성의 발치에 진기가 집중되는 것을 느끼고 있던 위유신이다.

그는 운성이 바닥을 차는 것과 동시에 손가락을 튕겨 지풍을 날렸다.

느닷없는 반격에 운성이 깜짝 놀라서 구룡도를 옆으로 세웠다.

땅!

한낱 지풍에 불과한데도 운성은 구룡도를 잡은 손아귀가 찌릿찌릿 울렸다.

'더 강해졌다!'

그가 놀랄 겨를도 없이 이번에는 다시 두 줄기의 지풍이 쏘아져 왔다.

쒜엑! 쒜에엑!

피하기에는 늦었다고 판단한 운성이 얼른 구룡도 옆면을 이용해서 다시 막아냈다.

따당—!

"큭!"

신음이 절로 터져 나왔다.

운성은 온몸이 울리는 것을 느끼며 양발에 진기를 집중시켰다.

두 장 정도 미끄러지던 그가 겨우 멈춰 섰다.

"뭘 그리 놀란 표정인가?"

위유신이 부드럽게 웃음을 그리며 일어났다.

그가 사박사박 걸음을 움직여 운성에게 다가왔다.

운성은 확실히 느낄 수 있었다.

위유신은 지난번에 싸울 때보다 훨씬 강해져 있었다. 그는 한 가지 생각이 퍼뜩 뇌리에 스쳤다.

'그렇구나! 이번에 탈취한 갑석신공을 익혔구나!'

위유신은 갑석신공 전반부를 완전히 익히지 못했다.

갑석판이 세 부분으로 쪼개졌을 때, 전반부에는 그가 아직 완전히 익히지 못한 부분까지 포함되어 있었던 것이다.

하지만 수백 년 세월 동안 그는 갑석판 일부를 가지고 나름대로 재해석하고 응용하는 데 성공했으리라. 그러니 새로 탈취한 부분도 금방 응용할 수 있었을 것이다.

실제 운성의 생각은 거의 틀림이 없었다.

위유신이 운성으로부터 두어 장 정도 떨어진 곳에 멈춰 서서 말했다.

"나는 그동안 갑석판 후반부를 가지고 응용해서 체화했지. 그리고 주사들에게 그것들 일부를 가르쳐서 공력을 증진시키고 무공을 향상시킬 수 있었다. 한데 이번에 또 갑석판 중반부를 새로 얻었으니, 전에 만났을 때와는 다를 수밖에."

그런데 그가 말을 끝마치기도 전에 적발귀가 호통을 치며 짓쳐들었다.

"천하를 얻는다느니 영생을 노린다느니! 유치해서 못 들어주겠구먼!"

적발귀가 돌연 달려가더니 검을 휘둘렀다.

위유신은 느긋하게 몸을 틀어 피하려다가 적발귀의 손에서 검이 떠나는 것을 보고는 훌쩍 옆으로 물러났다.

적발귀가 검을 부리는 척하면서 집어 던진 것이다.

찰나 설화가 앙칼지게 소리치며 그의 배후를 노리고 날아들었다.

"궁주! 여기도 있다!"

설화의 검이 바람을 타고 흩날리는 꽃잎처럼 어지러이 춤을 추었다.

보통 적의 배후를 노리고 달려들면서 이렇듯 소리치는 것은 어리석은 행위다.

하지만 운성은 곧바로 이 둘의 의도를 알아챌 수 있었다.

부상을 당하고도 기습 공격을 가한 적발귀나, 배후를 노리면서 소리친 설화, 그리고 일부러 어지러운 검술을 펼치는 것까지.

두 사람은 자신을 위해 궁주의 이목을 끌고 있는 것이다.

그동안 갑석판을 탈취하라는 뜻이다.

이렇게 된 이상 망설일 이유가 없었다.

운성이 번개처럼 몸을 날려 위유신에게 쇄도했다.

하지만 위유신은 적발귀가 몸을 날린 순간부터 그 의도를 간파하고 있었다.

손과 발은 적발귀와 설화를 상대하고 있었지만, 그의 감각은 줄곧 운성의 동작을 주시했다.

그는 운성이 손을 뻗어 갑석판을 움키려 하자, 얼른 몸을 비틀어 바람개비처럼 팽그르르 돌았다.

운성이 가속을 그대로 이어가서 갑석판을 따라 돌았다.

이렇게 되자 위유신을 축으로 운성이 뱅글뱅글 맴도는 격이 되고 말았다.

하지만 그 움직임이 어찌나 빠른지 합공을 펼치던 적발귀와 설화는 감히 더 공격을 이어가지 못하고 주춤 물러서서 기회만 엿볼 수밖에 없었다.

자칫하다간 위유신이 아닌, 운성을 베어버릴 수도 있었기 때문이다.

제자리에서 몸을 회전하던 위유신은 순간 허리춤에서 검을 뽑아 들었다.

그리고 그 회전력을 이용해서 그대로 운성을 베어 들어갔다.

허리춤에서부터 쏘아져 오는 살기에 운성이 얼른 뒷걸음질로 물러났다.

위유신도 거짓말처럼 우뚝 멈춰 섰다.

운성은 발이 바닥에 닿는 것과 동시에 배랍비영을 펼쳐 앞으로 쇄도해 들어갔다. 동시에 그가 구룡도를 꺼내 들고 수직으로 내려쳤다.

뜻밖의 동작에서 곧장 공격해 들어오니, 위유신도 몸을 움찔 떨고는 뒷걸음질을 쳤다.

하지만 운성이 연이어 배랍비영을 펼쳐 튕기듯 다가서자 거리는 금세 좁혀졌다.

이윽고 구룡도가 위유신의 정수리로 떨어지는 순간,

쩌엉!

고막을 찢을 듯한 소음이 울리면서 불똥이 튀었다.

구룡도를 막은 것은 다름 아닌 갑석판이었다.

위유신이 다급한 김에 검이 아닌 갑석판으로 구룡도를 막은 것이다.

운성이 주춤거린 틈을 타서 위유신이 재빨리 검을 가로로 후리며 베어 들어왔다.

운성도 깜짝 놀라서 배랍비영을 펼쳐 뒤로 물러났다.

위유신이 오른손에 공력을 싣자 검푸른 강기가 휘몰아치며 치솟았다.

운성도 이에 맞서 구룡도식 후반 이초식인 신룡격을 펼쳤다.

퀴에에엥―!

퍼엉!

두 강기가 서로를 향해 뻗어나가다가 도중에 마주쳐 폭음을 울렸다.

천정각 전체가 떨어댔다.

뒤미처 위유신이 질풍처럼 달려들었다.

쉬이익!

그가 크게 반원을 그리며 검을 내려쳤다.

운성이 뒤로 물러나며 구룡도를 들어 올려 막았다.

하지만 이번 공격은 그 어느 때보다도 무거웠다.

꽈앙!

강기가 서로 부딪쳐 폭발했다.

동시에 운성의 몸이 쏘아진 화살처럼 튕겨 나갔다.

콰장!

천정각의 벽까지 뚫고 나간 운성이 그대로 마당으로 떨어졌다.

쿠웅!

바닥이 움푹 파이며 운성이 처박혔다.

뒤이어 설화와 적발귀가 위유신에게 당했는지 운성처럼 벽을 뚫고 튀어나와 마당에 나뒹굴었다.

세 사람이 얼른 몸을 일으키고 고개를 꺾어 들자 위유신이 부서져 나간 벽 틈으로 걸어나와 도도한 표정으로 웃고 있었다.

"후후후!"

그는 자신의 무공이 제법 마음에 드는 듯 양손을 내려다보았다.

왼손에는 갑석판이 들려 있었고, 오른손에는 평소 사용하던 검 한 자루가 들려 있었다.

검은 밤바람이 한차례 훅 불어와서 그의 하얀 머리카락을
어지럽게 휘날렸다.

그 모습이 언뜻 괴기스럽기까지 했다.

운성 일행이 떨어진 곳은 천정각 앞마당이었는데, 그들 뒤
에 버티고 있는 건물 너머에서는 지금쯤 다른 이들이 한창 사
투를 벌이고 있을 터였다.

적발귀가 삿대질을 하며 소리쳤다.

"이 백귀 놈아! 어디 배짱있거든 내려와서 어르신과 한번 붙
어보자!"

위유신은 대답 대신 손가락을 튕겼다.

그러자 한줄기 지풍이 밤공기를 가르며 적발귀를 향해 쇄도
했다.

"흥!"

적발귀는 한차례 콧방귀를 뀌더니 날렵하게 몸을 움직여 피
했다.

그의 어깨를 간발의 차로 스쳐 지나간 지풍이 바닥에 내리
꽂히면서 큰 폭음이 울렸다.

퍼엉!

가느다란 지풍이 이만한 위력을 보이자 적발귀는 내심 놀랐
다.

하지만 그는 멈추지 않고 곧장 천정각 입구를 향해 달려갔
다.

펑! 퍼펑!

적발귀가 지나간 자리마다 지풍이 내리꽂히면서 폭음과 함께 파편이 마구 튀어 올랐다.

마치 위유신이 마당을 돌아다니는 쥐를 몰며 놀이를 즐기는 것처럼 보일 지경이었다.

천정각 정문에 다다른 적발귀는 순간 벽을 박차고 치솟았다.

운성과 설화는 잠시 고개를 갸웃하고는 그의 행동을 눈여겨 보았다.

정문으로 들어가서 지풍을 피하는 것인 줄 알았는데 벽을 타고 오르다니 이상한 노릇이 아닌가.

순간적으로 벽을 타고 오른 적발귀가 허공에서 재주를 넘더니 현판을 탁 걸어차서 떨어뜨렸다. 이어서 그는 현판을 받쳐 들고 있는 힘껏 위유신을 향해 내던졌다.

쒜에에엑!

커다란 현판이 파공음을 일으키며 위유신을 향해 날아들었다.

"훗!"

위유신이 싸느랗게 웃음을 흘리더니 훌쩍 뛰었다.

그는 곧바로 날아드는 현판을 발로 걸어찼다.

콰장!

현판이 부서지며 파편이 낱낱이 튀어 올랐다.

위유신이 순간 손과 발을 놀려 부서져 나간 현판을 일일이 쳐냈다.

탁! 타탁! 타타탁!

그러자 부서진 현판이 적발귀를 노리고 비수처럼 날아들었다.

그때쯤 적발귀는 허공에 뜬 상태였기에 마땅히 몸을 피할 방법이 없었다.

타앗!

순간 설화가 몸을 던져 적발귀를 낚아채듯 지나쳤다.

그 순간 떨어지던 파편이 바닥에 무수히 박혀갔다.

운성은 적발귀의 의도를 깨달았다.

지금 위유신은 허공에 떠 있는 상황.

운성으로서는 위유신에게 치명상을 입힐 수 있는 절호의 기회이기도 했다.

그는 더 이상 앞뒤 생각할 것 없이 구룡도식의 후반 이초식인 신룡격을 전개했다.

퀴에에에엥—!

이번의 공격은 앞서 전개했던 신룡격보다 훨씬 강맹한 것이었다.

붉은 빛깔의 강기가 혈룡의 모습이 되어 날아갔다.

위유신은 그대로 검을 수직으로 내려치며 기합성을 터뜨렸다.

"하앗!"

꽈르르릉!

천둥이 울리며 벼락이 내리쳤다.

솟구쳐 오른 혈룡이 내리친 벼락과 맞서 뇌전을 흩려댔다.

어느 순간 한데 어우러지던 두 강기가 폭발하며 산산이 흩어졌다.

펴엉!

그 순간 양쪽 건물의 지붕에 얹힌 기와가 산산조각 나며 하늘로 솟구쳤다. 창문은 기풍을 이기지 못해 떨어져 나가고, 건물 일부는 아예 무너지기까지 했다.

쿠르르릉!

운성 뒤에 버틴 건물 한쪽이 천둥소리를 내며 허물어져 내렸다.

위유신 뒤에 버틴 천정각 역시 일부가 무너져 내렸다.

두 사람의 공력은 그야말로 용호상박이라고 할 수 있었다.

이토록 요란한 싸움이 벌어졌으니, 건물 뒤쪽에서 한창 싸우고 있던 자들이 눈치채지 못할 리가 없었다.

"궁주님!"

어느새 건물 지붕을 타넘은 주사들이 위유신 곁으로 내려서 호위 자세를 취했다.

장봉룡과 사불패, 혈마대주도 건물을 돌아와 운성 일행을 확인했다.

장봉룡이 운성을 보곤 킬킬거렸다.

"언제 오나 했더니 벌써 한바탕 벌이고 있었군."

적발귀와 설화는 얼른 운성 곁으로 돌아와 경계 태세를 취했다.

이렇게 되자 자연히 천궁의 주사들과 운성 일행이 양측으로 나뉘었다.

운성이 가만히 살펴보니 주사들 중에는 이미 학산이 끼어 있었고, 그 곁에 사마량도 보였다.

사마량은 부상이 심각한지 얼굴빛이 하얗게 질려 있었다.

뿐만 아니라 담천린 역시 내상을 깊게 입은 듯 호흡이 거칠고 아랫입술이 새파랗게 변색되어 있었다.

반면 장봉룡과 사불패, 혈마대주는 조금 지친 기색이 엿보일 뿐 눈에 띄는 외상은 없었다.

아마도 사불패의 무공 수위가 다른 사람들에 비해 월등하기 때문이리라.

이때 장봉룡이 한 걸음 나서더니 카랑카랑한 목소리로 외쳤다.

"천궁의 궁주를 이렇게 만나게 되다니 다시없는 영광이올시다! 노부는 개방을 책임지고 있는 장봉룡이라고 하오!"

위유신이 그를 흘깃 보았다.

하지만 차가운 표정으로 일관할 뿐 아무런 대꾸도 하지 않았다.

그러거나 말거나 장봉룡은 헤실헤실 웃으며 말을 꺼냈다.

"이왕 사정이 이리된 것, 서로 괜스레 힘을 뺄 것이 아니라 규칙을 세워 떳떳하게 싸워보는 것이 어떻겠소이까?"

그러자 학산이 콧방귀를 뀌며 냉랭하게 대꾸했다.

"흥! 무슨 꼼수를 부리려고 하는 것이냐, 늙은이?"

“킬킬. 거 같이 늙어가면서 너무하는구먼.”

“닥쳐라!”

“자자, 흥분하지 말고 내 말을 들어들 보시오. 어차피 이대로라면 쉬이 승부도 나지 않을 터. 양측에서 한 명씩 나서서 싸워 최종 승자를 가려보는 것이 어떻겠소이까?”

“필요없다! 어차피 이러나저러나 네놈들은 여기서 뼈를 묻어야 할 터! 괜한 시간낭비를 왜 해?”

학산이 들을 것도 없다는 듯이 소리쳤다.

하지만 그건 단순한 오기에 지나지 않았다.

사실 머릿수로 따지자면 천궁이 훨씬 유리했지만, 개개인의 실력으로 보자면 운성 일행이 반만치 않았던 것이다.

특히 운성과 사불패의 실력은 아직도 한계점이 어느 정도인지 짐작할 수 없었다. 연신 헤실헤실 웃어대는 장봉룡도 마찬가지다.

그들보다 한 수 뒤지는 자들이 설화와 적발귀, 그리고 혈마 대주였다.

하나 강호 어느 누가 이 세 명을 무시할 수 있으랴.

실제로 학산을 비롯한 대다수의 주사들이 이 셋과 비슷한 수준이었다.

그러다 보니 제아무리 머릿수가 많다고 한들 천궁의 입장에서도 결코 유리하다고 볼 수는 없는 상황이었다.

문득 위유신이 껄껄 웃음을 터뜨렸다.

“그것도 좋겠군.”

뜻밖에도 위유신이 수긍하자 주사들이 모두 그를 바라보았
다.

위유신은 시종일관 담담한 표정으로 물었다.

"누가 먼저 나서보겠느냐?"

주사들이 잠시 눈치를 살폈다.

구옥청이 한 걸음 나섰다.

"제가 나서겠습니다."

위유신은 말없이 고개를 끄덕였다.

구옥청은 마당 복판으로 걸어나와 운성 일행을 향해 소리쳤
다.

"날 상대할 자가 누구냐?"

이번엔 운성 일행 쪽에서 서로 두리번거리며 잠시 눈치를
살폈다.

그러자 설화가 한 걸음 나서며 말했다.

"제가 그녀를 상대하겠어요."

설화는 일전에 구옥청과 겨룬 경험이 있었다.

그때 내지 못했던 승부를 지금이라도 마무리 짓고 싶은 생
각이 있었던 것이다.

장봉룡이 그녀를 응원했다.

"흘흘. 차 문주, 필승하시게나!"

"고마워요, 장 방주님."

설화가 생긋 웃어 보이고는 걸어갔다.

구옥청은 설화가 나서는 것을 보자 내심 투지가 끓어올랐다.

비록 지난번 싸움에서 결판을 내지 못했다지만, 냉정하게 따지자면 자신이 진 것이나 다름없었다.

위기에 처한 자신을 이주사 여불위가 구했으니 말이다.

이윽고 두 여인이 서너 장 정도를 사이에 두고 마주 섰다. 뭇 사람들의 시선이 두 사람에게 향했고, 안마당은 쥐 죽은 듯이 조용해졌다.

설화가 먼저 선례를 취했다.

"일전에 승부를 보지 못했는데, 오늘 이렇게 기회가 왔군요."

"흥! 차 문주께선 겸손하기도 하시군요. 그렇다면 오늘 이 자리에서 누구의 무공이 우위에 있는지 명명백백히 가려보죠."

두 여인은 한 걸음씩 옆으로 옮겼다. 그들은 일정한 간격을 두고 원을 그리듯 서로를 경계하며 걸었다.

설화는 재빨리 속셈을 해보았다.

'이 여자는 절편을 다룬다. 거리를 두어서 내게 이로울 것이 없을 거야. 그렇다면 먼저 접근전을 펼치자.'

생각을 마친 설화가 질풍처럼 내달려 검을 후려갔다.

하나 구옥청은 이런 경우를 무수히 겪었다.

대부분의 적이 절편을 상대하기 위해 접근전을 펼치기 때문이다.

그녀는 거의 동시에 뒤로 팅기듯 물러나며 절편을 부렸다.

촤르르륵!

절편이 마디마다 구부러지며 사나운 뱀처럼 설화를 향해 쇄도했다.

까앙!

설화가 뱀 대가리를 쳐내듯 절편의 끝을 때려 방향을 틀어놓았다. 대신 그녀는 절편을 타고 미끄러지듯 구옥청의 가슴을 향해 찔러 들어갔다.

파라라락!

구옥청이 순간 팽이처럼 몸을 회전시켰다.

그러자 절편이 그녀의 몸을 친친 감아버렸다.

따앙!

설화의 검이 다시 절편의 몸뚱이에 맞고 튕겨 나갔다.

이어서 구옥청은 몸을 반대로 회전시켰다.

파밧! 촤르르륵!

절편이 풀려 나가며 설화의 목을 물어뜯을 듯 짓쳐들었다.

그 순간 설화는 뒤로 훌쩍 물러나며 부드러운 움직임으로 날아드는 절편을 이리저리 피했다.

구옥청은 눈에 익은 보법에 잠시 이맛살을 찌푸렸다. 그러다가 퍼뜩 뇌리를 스치는 생각에 두 눈을 크게 부릅떴다.

"비류선하보!"

설화가 생긋 웃으며 대꾸했다.

"과연 안목이 있으시군요."

설화가 펼친 보법은 분명히 비류선하보였다.

사실 그녀는 얼마 전 금소화로부터 비류선하보를 배웠던 것이다.

구옥청이 냉랭한 말투로 코웃음을 쳤다.

"흥! 그 계집이 결국 우리를 배신하더니 무공까지 전수해 주었나 보군!"

"호호! 그래서 당신들에게 감사하고 있답니다. 그날 형문산에서 당신들이 금 언니의 목숨을 노리지 않았더라면 저는 이런 절세의 신법을 배울 수 없었을 테니까요."

설화가 약 올리듯 말했다.

결국 그녀의 말은 '너희가 먼저 배신했기에 그녀 또한 등을 돌렸다' 는 뜻이다.

구옥청도 그 속뜻을 알아챘지만 그저 차갑게 코웃음만 칠 뿐이었다.

대신 그녀는 절편을 하늘로 던져 올렸다.

설화는 순간 절편이 꾸물거리며 하늘로 솟구치자 잠시 어리둥절한 표정으로 물러났다.

구옥청의 가슴이 완전히 비어 있었지만, 이것이 또 어떤 상황을 노린 허초일지도 모른다는 생각에서였다.

한데 하늘로 솟구친 절편이 그대로 각을 꺾더니 매섭게 내리꽂히는 게 아닌가.

그 모습은 마치 용 한 마리가 구름을 뚫고 지상으로 쇄도하는 듯했다.

설화는 절편에 실린 무시무시한 기운을 느끼고 깜짝 놀라 몸을 옆으로 피했다.

꽈장!

절편이 바닥에 내리꽂히며 파편이 사방으로 튀어 올랐다.

이어서 절편이 바닥을 기어가는 뱀처럼 빠르게 설화의 발목을 노리고 날아왔다.

촤르르륵!

타앗!

설화가 발끝으로 땅을 툭 찍어 허공으로 뛰어올랐다.

절편의 움직임은 그야말로 기기묘묘했다.

마치 먹이를 노리는 뱀처럼 사납고도 민첩하게 움직였다. 절편은 끈질기게 설화의 발목을 노리고 날아올랐다.

'이 여자의 절편 부리는 솜씨야말로 가히 천하제일이라 할 만하구나!'

설화는 내심 경탄을 금치 못하며 다리를 들어 올리는 것과 동시에 검을 아래로 내려쳤다.

따앙—!

검끝이 뱀 대가리를 가르듯 절편의 끝을 정확히 내려쳤다.

공력을 잔뜩 실은 일격이었기에 절편은 한차례 경기를 일으키듯 몸부림을 치며 꿈틀거렸다.

설화는 내심 '됐구나' 하는 마음에 두 번째 초식을 전개하려고 했다.

그런데 이게 웬일인가.

공력을 직격으로 얻어맞은 절편의 기세가 주춤 수그러져야 정상일 터인데, 오히려 탄력을 받은 듯 더욱 매섭게 쏘아져 오는 것이 아닌가.

순식간에 설화의 검을 휘감듯 타고 오른 절편이 그녀의 손목을 물었다.

"악!"

설화의 입에서 단말마의 비명이 터졌다.

그녀는 온몸이 찌릿하게 저려오는 감각에 그만 검을 놓치고 말았다.

절편이 검을 휘감으며 물러가려는 순간, 설화가 왼손으로 빠르게 일장을 뻗었다.

펑!

절편이 꿈틀거리는 찰나, 설화는 얼른 내뻗은 손으로 검을 낚아챘다.

설화는 절편이라는 무기에 대해서 경험이 많지 않았다.

보통 검이나 도와 마찬가지로 여겼던 것이다.

그래서 공력을 실어 치면 도검을 상대할 때와 마찬가지의 효과를 볼 것이라 판단했다.

하지만 절편처럼 길이가 긴 무기는 공력이 상대에게 전달되기도 전에 도중에 상쇄되기가 십상이다.

결국 오른 손목의 급소를 당한 설화는 왼손으로 검을 쥘 수밖에 없었다.

사세가 불리해지니 그녀는 더욱 냉정한 마음을 되찾았다.

반면 구옥청은 이 기회로 승기를 확실히 잡기 위해 연이어 매서운 공초를 펼쳤다.

절편은 그야말로 생명력을 얻은 뱀처럼 날렵하게 움직여 갔다.

지켜보던 적발귀는 설화의 사정이 좋지 않자 목청을 높여 고함쳤다.

"차 문주! 물러서시게! 저 사악한 년이 비겁하게도 저렇게 크고 긴 무기를 이용하니 당분간 피하면서 기회를 보시게나!"

"흥! 비겁하긴 누가 비겁하다는 거야? 실력이 안 되니 이제는 모함까지 하는구나!"

구옥청이 앙칼진 소리로 반박했다.

하나 설화는 한 발자국도 물러서지 않았다.

절편은 먼 거리일수록 그 위력을 발하는 무기다. 당장의 안위를 위한답시고 물러서기만 하면 결코 승기를 잡을 수 없다.

설화는 이 사실을 분명하게 간파하고 있었던 것이다.

게다가 방금 적발귀의 말에 구옥청이 발끈하는 바람에 순간적으로 빈틈이 생기는 것을 발견했다.

그녀는 훌쩍 몸을 날리더니 순식간에 절편 위에 올라섰다.

"앗!"

구옥청이 경악성을 터뜨리며 얼른 절편을 흔들었다.

하지만 설화는 절편 위에서 마치 춤이라도 추듯 너울너울 움직이며 빠르게 구옥청을 향해 쇄도해 들어갔다. 마치 흔들리는 꽃가지 위에 사뿐히 내려앉은 나비가 떠올랐다가 내려앉길 반복하는 듯했다.

바로 비검문의 독문 신법인 호접비(胡蝶飛)였다.

절편의 특성상 부리는 자로부터 멀어질수록 움직임은 크지만, 가까이 다가갈수록 움직이는 폭은 줄어들 수밖에 없다.

구옥청을 한 장 정도 남겨둔 시점에 설화는 발끝을 툭 찍어 날아올랐다. 동시에 그녀가 왼손으로 화려한 검초를 펼쳤다.

쉭! 쉬쉬쉭!

검날이 수십 조각으로 쪼개지며 마치 바람결을 따라 이리저리 하늘거리며 날아드는 듯했다.

구옥청은 차마 절편을 휘둘러 마주 공격을 펼칠 생각은 하지 못하고 얼른 몸을 회전하며 절편으로 방어막을 펼쳤다.

카카카카캉!

쇳소리가 연이어 울려댔다.

방금 펼친 설화의 검초 역시 비검문의 낙화유검(落花流劍)이었다.

설화의 검날은 점점 매섭고 빨라졌다.

까라라라랑!

시간이 흐를수록 그 공초가 더뎌지기는커녕 더욱 거세지니 구옥청은 내심 두려운 마음까지 들었다.

'어쩌다가 이런 거리까지 허락했을까? 저 탁가 놈한테 대꾸만 하지 않았어도 이런 일은 벌어지지 않았을 텐데!'

하지만 후회는 아무리 빨라도 늦는 법.

이제는 쇳소리 때문에 고막이 먹먹할 지경이었다.

이때쯤 설화의 검초는 낙화유검에서 낙영빈분(落英鑌紛)으로 옮겨가는 중이었다. 그야말로 눈에 밟히는 건 검날이요, 들리는 건 쇳소리밖에 없는 지경이었다.

구옥청은 그간에 설화의 검공이 더욱 매섭고 강해졌다는 사실을 인정할 수밖에 없었다.

얼마나 방어 초식만 펼친 채 버텼을까?

구옥청은 순간 공세가 느슨해졌다는 것을 깨달았다.

찰나 그녀가 절편의 방어막을 풀고 공격으로 전환했다.

하지만 그것이 결정적인 실수였다.

바닥에 낮게 웅크리고 있던 설화가 검을 가로 후리기로 베어 들어온 것이다.

마치 이 순간을 기다렸다는 듯 시퍼런 검광이 원반을 그려 냈다.

마치 활짝 핀 연꽃을 보는 듯한 이 검초는 바로 하화성개(荷花盛開).

깜짝 놀란 구옥청이 얼른 절편을 휘둘러 막았다.

까앙!

하지만 설화는 더욱 가속해서 몸을 회전시키며 검을 가로로 후려왔다. 이번만큼은 구옥청으로서도 당해낼 방법이 없었다.

결국 설화의 검날은 구옥청의 허리를 깊게 베며 지나갔다.

"아악!"

구옥청이 단말마 비명을 토하며 그 자리에 털썩 무릎을 꿇었다.

쉬이익!

뒤미처 설화의 검이 그대로 그녀의 목을 향해 떨어져 내렸다.

'아아! 오늘 내가 이 여자의 손에 죽는구나!'

구옥청은 아득한 기분으로 눈을 질끈 감았다.

그때였다.

어느새 날아왔는지 칠지파파가 설화의 검날을 골무 낀 손가락으로 딱 튕겨냈다.

그 공력이 어찌나 강한지 설화의 몸이 주춤 흔들릴 지경이었다.

그 모습을 본 적발귀가 노발대발 소리쳤다.

"야이 노망난 할망구야! 이게 무슨 짓이냐? 두 사람의 정당한 비무에 갑자기 끼어들다니!"

하나 칠지파파는 적발귀를 거들떠도 보지 않은 채 설화에게 말했다.

"흘흘, 차 문주의 검술 잘 보았소. 과연 세간에서 비검문의 차 문주야말로 당대 으뜸가는 여협이라더니 명불허전이로고. 이 늙은이의 식견을 크게 넓혀주었으니 감사하오."

설화는 칠지파파를 가만히 바라보았다.

조금 전 검신을 통해 전해진 그녀의 공력이 만만찮다는 것을 알고 있었기에 내심 경계하며 물었다.

"무슨 속셈인가요?"

"흘흘, 속셈은 무슨. 그저 우리 쪽 구 주사가 차 문주에게 졌으니 이젠 이 늙은이가 차 문주를 상대해 볼까 하오만?"

그녀가 말하는 사이 담천린이 나와 구옥청을 부축해서 데리고 돌아갔다.

그러자 적발귀가 다시 또 나섰다.

"흥! 우리 쪽에서도 할망구를 상대할 사람이 따로 있다는 걸 모르는가 보군!"

적발귀는 설화가 오랜 싸움으로 지쳐 있다는 것을 잘 알고 있었다. 단지 구옥청과의 싸움 때문이 아니라 궁주를 상대할 때부터 어느 정도 공력을 소모한 상태였다.

하지만 칠지파파는 그동안 잠시나마 쉬었으니 설화가 상대하기에는 힘에 부칠 것이라 판단한 것이다.

적발귀의 시선이 사불패와 혈마대주에게 향했다.

"사 교주, 적 대주, 두 분 중에 누가 나가시겠소? 당신들이 그토록 수모를 갚고자 했던 천궁의 주사들이오."

"흥, 잘도 떠넘기는군."

사불패가 차갑게 코웃음을 쳤다.

하지만 그는 거부도 하지 않았다.

대신 혈마대주를 보고 나직이 일렀다.

"상대할 수 있겠는가?"

"해보겠습니다."

혈마대주가 한마디로 대답하고는 앞으로 저벅저벅 걸어갔다.

설화 역시 군이 고집을 부려가며 싸울 이유가 없었기에 뒤로 물러나왔다.

칠지파파가 혈마대주를 위아래로 훑어보고는 씩 웃었다.

"흘흘, 거참 보기 좋소. 몸이 아주 탄탄한 것이."

혈마대주는 칠지파파의 갈라진 목소리를 들으며 슬쩍 미간
을 구겼다.

"그럼 시작하지."

혈마대주의 무뚝뚝한 한마디 끝에 칠지파파가 고개를 끄덕
였다.

"그럼 실례 좀 하겠소."

파앗!

두 사람은 누가 먼저랄 것도 없이 동시에 튀어 올랐다.

第八章

최후

퍼엉!

요란한 폭음이 터지면서 칠지파파와 혈마대주가 서로 반대 방향으로 튕겨 나갔다.

꽈당!

두 사람은 양쪽에 버티고 선 건물 벽을 부수며 나뒹굴었다.

대전을 지켜보고 있던 적발귀는 놀라움으로 입이 쩍 벌어졌다.

'혈마대주야 근래 강호에 악명이 자자하여 그런 줄 알고 있었지만, 저 할망구야말로 대단하구나. 오로지 지공(指功)으로만 혈마대주를 이렇게까지 상대할 줄이야.'

적발귀는 인정하기 싫었지만, 내심 칠지파파가 자신보다 한 수 위의 실력이라는 것을 느낄 수 있었다.

칠지파파와 혈마대주는 지금 수백 초를 겨룬 상황이었다.

그럼에도 좀처럼 승부가 나지 않았다.

하지만 시간이 흐를수록 승세는 조금씩 칠지파파에게 기울고 있었다. 그녀의 나이가 혈마대주보다 곱절은 많다는 것을 감안하면 놀라운 일이 아닐 수 없었다.

물론 나이가 많은 만큼 공력은 더욱 심후하겠지만, 체력이나 기력 면에서 뒤처지는 것이 사실이었다.

그럼에도 칠지파파는 시간이 흐를수록 혈마대주를 압도해 갔다.

지금도 두 사람이 거의 동시에 튕겨 나간 것처럼 보였지만, 혈마대주가 좀 더 먼저 튕겨진 것이다.

게다가 칠지파파가 부딪친 벽면에는 가는 실금이 몇 가닥 새겨진 것이 전부였지만, 혈마대주가 부딪친 벽은 아예 무너져 내리고 말았다.

자리에서 일어난 것도 칠지파파가 더 빨랐다.

그녀가 '끙' 소리를 내며 무릎을 짚고 일어났을 땐, 혈마대주가 양손으로 바닥을 짚고 있었다.

얼핏 보면 상대에게 무릎을 꿇은 형국이니 혈마대주로서는 이보다 더 치욕이 없었다.

칠지파파는 말 한마디 없이 몸을 날렸다.

쒜에엑!

그녀가 쏜살같이 쇄도해 들자, 혈마대주는 떨어진 검을 주워 들 새도 없이 그대로 몸을 옆으로 굴렸다.

칠지파파는 목표물이 사라지자 얼른 공세를 줄이고 아직 무너지지 않은 벽면을 발끝으로 툭 찍었다.

그야말로 순식간에 직각으로 몸을 틀어 다시 혈마대주를 향해 쇄도해 들어갔다.

그 절도있는 움직임을 보자면, 그녀가 정말 일흔 살씩이나 됐을 거란 생각이 전혀 들지 않았다.

팡!

칠지파파의 각법을 혈마대주가 양팔을 교차하며 막았다.

혈마대주에게 검이 들려 있지 않은 이 순간이 칠지파파로서는 절호의 기회나 마찬가지였다.

그녀는 곧바로 상체를 숙여 손가락을 뻗어나갔다.

일곱 가닥의 섬광이 호선을 그리며 이어졌다.

파바박!

혈마대주의 손이 어지럽게 뻗어 나오며 칠지파파의 손을 막아냈다.

하지만 칠지파파는 별호 그대로 일곱 가닥의 손가락만으로 강호를 주름 잡은 노파였다.

그녀는 무기를 들지 않은 상황이라면 그 누구를 막론하고 이길 자신이 있었다.

실제로 혈마대주의 손길이 그녀의 눈에는 매우 느리게 보일 지경이었다.

그녀는 얼른 손을 뻗어 가장 먼저 혈마대주의 오른 손목의

양지혈(陽池穴)을 찍었다. 이어서 왼 손가락으로 공최혈(孔最穴), 소해혈(少海穴), 천부혈(天府穴)을, 다시 오른 손가락으로 운문혈(雲門穴), 천지혈(天池穴), 상곡혈(商曲穴)을 차례로 찔러 갔다.

그 손길이 어찌나 빠른지 그야말로 빛이 번쩍하는 순간 혈마대주는 전신의 혈도를 고스란히 내주고 말았다.

칠지파파라는 명성이 헛된 것이 아님을 증명하는 순간이었다.

게다가 칠지파파는 그녀만의 점혈법을 가지고 있었기에 혈마대주는 당하는 순간조차 무슨 일이 벌어지는지도 몰랐다. 그녀가 짚는 혈도마다 각기 다른 공력이 불어넣어지니 몸이 뒤틀리는가 싶으면 다시 굳어버리고 숨이 막히는가 싶더니 오장육부가 뒤틀리는 듯한 고통이 이어졌다.

혈마대주의 안색이 새파랗게 질려 꼼짝도 하지 못하고 있을 때, 칠지파파는 일말의 망설임도 없이 오른손을 번쩍 들었다.

그녀의 손길이 무자비하게 혈마대주의 정수리로 떨어질 찰나였다.

쒜에엑!

무언가가 날카로운 파공음을 일으키며 날아왔다.

혈마대주의 정수리로 떨어지던 칠지파파의 손길이 홀떡 뒤집히더니 날아드는 것을 향해 일장을 뻗었다.

퍽썩!

장풍에 맞은 그것이 허공에서 먼지바람을 일으키며 산산이 부서졌다.

자세히 보니 돌멩이였다.

칠지파파가 운성 일행 쪽을 돌아보며 차갑게 비웃었다.

"흥! 언제는 일대일의 정당한 승부를 원한다더니 이제 와서는 암습을 가하는군! 부끄럽지도 않은 모양이지?"

사불패가 껄껄 웃었다.

"이게 암습이라면 그쪽에서 먼저 쓰지 않으셨던가? 적 대주가 패한 것이 분명하니 이제 본좌가 상대해 주리라."

사불패가 성큼 나서자 칠지파파의 안색이 자못 어두워졌다.

냉정하게 생각해 볼 때, 자신이 사불패를 이겨낼 수 있을 것 같지가 않았다.

혈마대주 역시 겨우 끝을 볼 수 있었던 것이 아니던가.

그때 천궁의 진영에서 한 사람이 불쑥 나섰다.

"사 교주께선 당대 천하를 손에 넣으신 분이 아니오? 한데 어찌하여 한낱 곡주에게 직접 손을 쓰려 하시오? 예로부터 소를 잡는 칼은 닭을 잡는 데 쓰지 않는 법이라 했으니, 노부가 그 칼 한번 받아보리다!"

그는 검은 경장 차림에 흑염을 가슴 아래까지 길게 늘어뜨린 장년의 사내였다. 얼핏 보면 언사기와 닮은 외형이었지만, 좀 더 나이가 들어 보이고 키가 훤칠했다. 또 하나의 특징이 있다면 등에는 커다란 활을 메고 있었다.

바로 파천신궁 구담이었다.

구담의 발언은 언뜻 칠지파파를 무시하는 말이 될 수도 있었다.

하지만 칠지파파는 전혀 기분 나쁜 기색이 아니었다.

그녀는 누구보다도 자신의 실력에 대해서 냉철하게 파악하고 있었다. 혈마대주에게는 이길 자신이 있었지만, 사 교주가 직접 나선다면 승산은 이 할도 채 안 될 것이다.

한데 주사들 중에서도 가장 무공이 뛰어난 일주사가 대신 나서주니 오히려 감사할 지경이었다.

사불패와 파천신궁이 걸어나와 마주 서 있으니 뭇 사람들은 마른침을 삼키고 이들을 지켜보았다.

파천신궁이 허리춤의 검을 뽑아 들었다.

그는 강궁으로 이름을 드날렸지만, 실제로 검술에도 뛰어난 자질을 가지고 있었다.

사불패가 의미심장한 미소를 지으며 검을 뽑았다.

찰나 두 사람이 동시에 서로를 향해 튀어 올랐다.

쨍!

두 사람은 검을 맞부딪치고는 훌쩍 물러났다.

첫 합은 어디까지나 상대의 공력을 알아보고자 하는 탐색전이나 다름없었다.

물론 누구 하나 전심전력을 다하지 않았겠지만, 그것만으로도 대략 상대의 특성을 파악할 수 있다고 여긴 것이다.

구담은 그대로 물러나며 등에 걸고 있던 활을 꺼내 시위를 당겼다.

팽!

화살 없는 시위가 저 혼자 줄을 튕겼다.

그럼에도 허공을 가르는 날카로운 파공음이 이어졌다.

쒜에엑!

사불패는 상대가 강기를 쏜 것이라는 것을 바로 알아챘다. 그가 얼른 검을 가로 눕히며 날아드는 강기를 막아냈다.

땅!

하지만 그것으로 끝이 아니었다.

타앗!

구담이 빠르게 쇄도해 들어오면서 연이어 시위를 튕겼다.

팽! 패! 팽!

쒜엑! 쒜엑! 쒜에엑!

무형의 강기가 연거푸 들이닥치는데도 사불패는 전혀 당황하지 않았다.

그는 대략의 느낌만으로 검을 휘둘러 모든 강기를 막아냈다.

곧이어 그가 마기를 폭발시키듯 한순간에 끌어올렸다.

그가 입은 장삼 자락이 크게 부풀어 오르며 펄럭였다. 동시에 검날을 중심으로 검은 마기가 형성되더니 찰나지간 사불패의 손을 떠났다.

쒸이잉!

짓쳐들어오던 구담은 깜짝 놀라서 몸을 옆으로 뒤집었다. 그야말로 머리카락 한 올 차이로 사불패의 검이 아슬아슬하게 스치고 지나갔다.

가슴팍까지 짓쳐든 구담이 곧장 일검을 내찌르는데, 마침 등 뒤가 싸늘해지는 느낌이 들었다. 흘깃 돌아보니 쏘아져 나갔던 검이 검강을 맺은 채 되돌아오는 것이 아닌가.

'이기어검이로군!'

구담은 내심 경탄을 금치 못했다.

물론 천하를 제패한 마교의 교주가 이기어검을 부린다고 해서 이상할 것은 없었다.

하지만 이 짧은 순간에 단순히 기를 이용해서 떨어져 있는 검을 제 몸과 같이 부린다는 것은 실로 놀라운 경지라고 할 수 있었다.

구담이 재빨리 몸을 뒤틀며 삼환투검(三環套劍) 초식을 펼쳤다. 그의 검끝이 빙글빙글 돌아가며 세 개의 고리를 연이어 그리더니 날아드는 검을 휘감으며 낚아챘다.

하지만 구담의 검결에 따라 두어 바퀴를 휘돌던 검은 곧 순환하는 고리를 빠져나가 사불패의 손에 사뿐히 돌아왔다.

곧이어 사불패의 몸이 번쩍하는가 싶더니 구담을 향해 질풍처럼 달려들었다. 마교에서 교주만이 펼칠 수 있는 천마섬검(天魔閃劍)이었다.

구담이 얼른 검을 들어 올려 막아냈다.

쩡!

어마어마한 소리가 터져 나오면서 지축이 뒤흔들렸다.

하지만 사불패의 공세는 거기서 그치지 않았다.

그는 속전속결을 고수하는 성격이었다. 만약 상대가 자신보

다 조금이라도 뒤떨어진다 싶으면 강맹 일변도로 승세를 몰아
가는 식이었다.

지금도 마찬가지.

큰 차이는 아니지만, 그는 구담이 자신보다 한 수 아래라는
것을 직감했다.

그렇다면 질질 끌어서 좋을 건 없지 않은가.

천마섬검에 이어 그가 다시 혈세천검(血世天劍)을 펼쳤다.
검은 강기가 핏빛의 꼬리를 길게 이으며 구담을 매섭게 몰아
갔다. 그 속도가 어찌나 빠른지 뭇사람들의 눈에는 검날이 수
천 개로 보일 지경이었다.

깡! 까라라랑!

"크읏!"

구담이 입술을 질끈 씹었다. 그의 입가에서 선혈 한 줄기가
주르르 흘렀다.

한때 천하를 풍미했던 전설적인 존재인 구담이지만, 그 역
시 천하를 지배했던 마교의 사 교주에게는 한 수 아래였던 것
이다.

땅!

이윽고 한차례 큰 소리가 터지더니 구담이 뒤로 주르륵 밀
려갔다.

그 순간 사불패가 하늘로 훌쩍 날아올라 검을 있는 힘껏 내
려쳤다.

쩌엉!

짜르르르릉! 꽝!

강기 한 줄기가 쏘아져 나가며 천둥벼락이 울렸다.

실제로 바닥은 깊게 파였고, 구담이 서 있는 뒤쪽의 건물 벽이 와르르 무너져 내렸다.

마치 하늘에서 한줄기 벼락이 떨어진 듯한 현상이었다.

역시 천마의 무공인 천마벽력참(天魔霹靂斬)이었다.

그나마 구담은 호신기공을 이용해서 내상을 크게 입지는 않았다.

하지만 그는 사불패가 혼신의 힘을 다하지 않는다는 것 또한 잘 알고 있었다.

만약 그가 전심전력을 다한다면 결코 자신이 대적할 수 없으리라.

구담이 손에 든 검을 내려다보며 공력을 주입해 보았다.

그 순간,

핏! 챙그랑!

검날이 공력을 견디지 못하고 산산이 부서졌다.

천마벽력참을 막아내며 검신에 무리가 간 탓이다.

구담은 앞서 다른 주사들과 달리 자존심이 센 인물은 아니었다. 그는 남을 대할 때만큼이나 자신에게도 냉정한 자였다.

그가 검 자루를 바닥에 툭 내던지고는 길게 한숨을 쉬었다.

"과연 천하를 장악할 만하군. 내가 졌소."

상황이 이리되자 천궁의 주사들과 궁도들은 사기가 한풀 꺾일 수밖에 없었다.

그때 박수 소리가 이어졌다.

사람들이 보니 백발을 치렁치렁 늘어뜨린 궁주가 치는 박수 소리였다.

그가 흐뭇한 표정으로 사불패를 보며 말했다.

"과연 한 시대를 풍미할 만하도다. 사불패라고 하였던가?"

이 세상에서 누가 감히 마교 교주인 그의 이름을 함부로 부를 수 있겠는가?

이 모습을 세상 사람들이 본다면 기겁을 하리라.

하지만 이곳에 있는 자들 중 누구도 천궁의 궁주를 무시하지 않았다.

오히려 그런 그의 태도가 당연하게 느껴질 정도였다.

사불패 역시 궁주를 처음 대면한 순간부터 그가 자신보다도 강한 인물일지도 모르겠다는 생각을 했다.

사불패가 희미하게 웃으며 답했다.

"그렇소만."

"내게 그 힘을 빌려주지 않을 텐가?"

위유신의 말에 사불패가 코웃음을 쳤다.

"그럴 생각이었다면 이런 식으로 찾아오지 않았을 테지."

"후후, 아쉽군. 하지만 나는 자네가 정말 탐이 나는군."

위유신은 여유있게 미소 지었다.

그가 애초에 일대일의 대결을 받아들인 이유는 운성 일행의 실력을 낱낱이 훑어보고 싶은 마음 때문이었다. 그중 뛰어난 자가 있으면 자신의 사람으로 만들어 천하를 장악하는 데 이용할 생각이었던 것이다.

위유신이 생각하는 천하 제패는 얼마 전 마교의 모습과는 사뭇 달랐다.

그는 강호 전체만이 아닌, 진정한 천하를 원하고 있었다. 그리고 구룡문이 보유한 갑석판만 쟁취하게 된다면 그것을 충분히 이룰 수 있을 것이라 믿었다.

위유신이 운성을 보고 히죽 웃었다.

"후후! 표 문주, 이러쿵저러쿵해도 결국 자네와 나의 싸움이 될 것 같군."

사불패는 위유신이 자신을 무시한다고 생각했지만, 발끈해서 나서지도 않았다.

그 역시 냉정한 성격의 소유자였다.

만약 운성이 군말없이 나서서 혹시 궁주에게 패한다면, 지쳐 있는 궁주를 자신이 상대하기가 훨씬 수월할 터였다. 그리고 아까부터 한 판의 싸움은 그것으로 끝나고 늘 새로운 사람이 나서서 싸웠으니 딱히 무시당했다고 생각할 이유도 없었다.

운성이 덤덤한 표정으로 나섰다.

"지난번과 다를 텐데……."

"후후, 나 역시 마찬가지이니 서로 비등한 조건이지."

운성이 슬쩍 미소 짓고는 구룡도를 뽑아 들었다.

그리고 칼끝으로 위유신을 정확히 가리킨 채 위엄 서린 목소리로 말했다.

“앞으로 위 군사를 우리 구룡문에서 영원히 제명하겠다.”

“후후후, 새삼스럽군.”

운성이 어깨를 으쓱였다.

“그래도 절차는 있어야 하잖아?”

“역시 재미있는 녀석이구나.”

위유신이 한 걸음 나섰다.

그가 서서히 내력을 끌어올리기 시작했다.

천둥이 울린다.

벼락이 내리꽂힌다.

과연 이게 사람의 싸움인가 싶다.

운성과 위유신은 건물을 옮겨 다녀가며 싸웠다. 지난번 장가계에서 싸웠던 것과 비슷한 양상이었다.

흡사 하늘에서 내려온 신장들의 싸움 같다.

일도가 내려칠 때마다 벽력이 내리꽂히고, 일검을 휘두를 때마다 광풍이 휘몰아치며 천둥이 울린다.

적발귀는 이들의 싸움을 바라보면서 은근히 투지가 끓어오르고 있었다.

‘사람으로서 저런 경지까지 오를 수 있다니!’

한편 위유신은 내심 크게 놀라고 있었다.

‘전과 다를 것이라더니 이거였나!’

그는 운성의 두 눈동자를 바라보았다.

흰자위가 온통 검게 변했고 검은자위는 붉게 물들었다.

마룡결을 펼치고 있다는 증거다.

한데도 운성은 전혀 의식을 잃지 않고 있었다.

오히려 그 어느 때보다도 차분하고 흔들림없었다.

"후후! 마룡결을 대성했나 보군."

"덕분에."

운성이 가볍게 웃으며 대답했다.

위유신은 심호흡을 하며 검을 바로 쥐었다.

그의 몸을 덮은 장삼은 크게 부풀어 있었고, 정수리 위에서는 그의 머리카락만큼이나 새하얀 김이 모락모락 피어올랐다.

그만큼 공력 소모가 심하다는 방증이었다.

두 사람을 중심으로 주위에 펼쳐지듯 지어진 건물들은 하나같이 성한 구석이 없었다.

지붕이 내려앉은 곳도 있었고, 벽이 허물어진 곳, 건물 절반이 아예 내려앉은 곳까지.

오랜 세월 동안 유지되어 오던 건물이 하룻밤 사이에 초토화된 것이다.

위유신은 이 싸움이 결코 쉽게 끝나지 않을 것을 알았다. 어쩌면 자신이 질 확률도 있었다.

그러자 그는 지금까지의 여유가 온데간데없이 싹 사라졌다.

껄껄 웃음을 날리던 표정도 지우고는 매서운 눈초리로 상대를 노려보며 쇄도했다.

슈이익!

바람처럼 날아간 그가 검을 가로로 후리며 들어갔다. 검풍에 휩쓸린 기왓장이며 나무가 꼬리를 잇고 검의 뒤를 따랐다.

"앗! 위험해!"

지켜보던 적발귀가 깜짝 놀라서 소리쳤다.

금방이라도 날아드는 검날이 운성의 옆구리를 들이칠 것만 같았다.

하지만 이는 허초였다.

동작을 크게 해서 위력적으로 보이게 하지만 운성이 물러나는 순간 곧장 검로를 바꿔 내찔러 들어가는 수였다.

운성은 위유신의 생각대로 뒤로 한 발자국 훌쩍 물러났다.

그 순간 위유신의 눈이 반짝 빛났다.

그가 그대로 검을 곧장 찔러갔다.

하지만 그는 까마득하게 모르고 있었다.

사실 이 회피 동작이야말로 운성이 노린 부분이라는 것을.

운성은 마룡결을 익히면서 사대개공(四大皆空)을 깨닫는 경지에 이르렀다.

즉, 불도의 맥을 이어 완성된 마룡결이었기에 운성은 시방세계의 모든 것을 허상으로 보는 눈을 가지게 된 것이다. 이렇듯 시방세계 너머의 진리마저 꿰뚫는 눈을 가졌으니, 위유신의 허초쯤이야 어른 앞에서 아이가 재롱을 부리는 수준밖에는 되지 않았다.

그럼에도 운성은 구룡도를 떨치지 않았다.

대신 이어지는 검초를 다시 옆으로 물러서며 피했다.

운성이 알고 있었다는 듯이 몸을 옆으로 물려 피하자, 위유신은 내심 깜짝 놀랐다.

보통의 경우라면 급 변경된 검로를 깨우치지 못하고 일격을 당하고 말 터다.

하지만 그는 당황하지 않았다.

운성은 여전히 공격을 해오지 못한 것이다.

사방에 흩어져 있는 잔재까지 휩쓸며 몰아치는 공격인만큼 운성도 섣불리 반격을 하지 못한다고 판단한 것이다.

실제로 그가 검초를 변경할 때마다 주위에 널브러진 사물들은 천재지변에 휩쓸려 날아가는 듯 이리저리 휘몰아치며 움직였다.

위유신은 옆으로 물러서는 운성을 쫓아서 다시 검초를 변형시켰다.

그러자 곧게 내찔러지던 검이 수직으로 꺾이며 다시 운성을 쫓아 들어왔다. 검의 속도가 여전히 일정하니 지켜보는 자들은 저마다 탄성을 내질렀다.

"맙소사! 저게 인간의 움직이란 말인가? 귀신이 아니고서야!"

적발귀가 입을 쩍 벌린 채 소리쳤다.

실제로 위유신의 몸놀림은 도무지 종잡을 길이 없어 보였다. 높이 뛰었다가 낮아졌다가, 어느 순간 쾌속하게 움직이는가 싶으면 다시 유유히 흐르는 강물처럼 부드러운 힘이 실려 있었다.

한데 그 움직임들이 워낙 기기묘묘해서 보는 이들은 팔뚝에 소름마저 돋을 지경이었다.

귀신의 움직임을 상상하면 어떤가?

발이 닿지도 않은 허공에서 선 채로 움직이는 것은 기본이다. 어쩔 때는 끊어질 듯 말 듯 움직이는 것도 상상할 것이고, 또 어쩔 땐 사람의 관절로 이룰 수 없는 움직임을 나타내기도 할 것이다.

그렇듯 지금 위유신의 움직임이 워낙 자연의 이치와 동떨어져 있으니 그 모습이 언뜻 괴기스럽기까지 한 것이다.

반면 운성은 그때그때의 검초를 피하는 것에만 급급했다.

위유신에 비해서 운성은 회피 동작이 지극히 인간적이었다. 쾌속하면서도 부드러웠지만, 괴상망측한 위유신의 검초를 피하기에는 너무도 아슬아슬하게 보였다.

운성이 끝없는 수세에 몰리자 보다 못한 적발귀가 고함을 내질렀다.

"운성아! 피하지만 말고 막은 다음에 공격을 해보아라!"

그는 지금까지 운성을 동생처럼 대하긴 했지만, 어느 정도의 선은 지켜 예를 차렸다.

하지만 당장 운성의 목숨이 급박해지니 나오는 대로 이름을 부르고 정말 친동생을 대하듯 소리쳤다.

급박한 상황의 연속이라 그의 목소리가 들리지도 않는지 운성은 계속 피하는 데만 급급했다.

위유신은 벌써 수백 초를 퍼붓는 중이었다.

그는 시간이 지날수록 알 듯 모를 듯한 미소를 짓고 있었다.

그의 검초는 끊어졌다 싶으면 다시 살아났다. 분명히 아래로 흘러야 한다고 싶은 순간 위로 솟구쳤다. 이렇듯 순리에 역행하는 움직임 속에서 상대를 계속해서 수세로 몰고 가다 보니 묘한 쾌감이 느껴졌다.

마치 자연의 이치를 초월한 감각이랄까?

갑석신공의 몇 부분을 나름대로 해석해서 응용한 결과였다.

그 정교하고도 오묘한 장점만을 취해 검초를 발휘하다 보니 그는 자신도 모르게 차츰 마령(魔靈)에 감응을 받아 광기를 보이고 있었다.

"흐흐흐! 흐흐흐흐!"

위유신의 입가에서 웃음이 흘러나오기 시작했다.

그의 눈에서는 붉은 빛깔의 안광이 뿜어져 나왔다. 어느새 정수리에서 피어오르는 김도 거의 불그스름한 빛깔을 띠고 있었다.

슈우욱! 쿵! 쉬에엑! 쾅!

그의 검공은 더욱 매섭고 강맹해졌다.

운성이 아슬아슬하게 피해내면 검초는 즉시 멈추고 그 뒤를 쫓았지만, 거기에 휩쓸린 강기와 검풍은 그대로 날아가서 주위를 초토화시키고 있었다.

하지만 수백 초에 이르도록 운성은 단 한 번의 일격도 받지 않았다.

사람들은 이제야 운성이 뭔가 의도를 가지고 있다는 생각을 하기 시작했다.

그렇지 않고서야 이렇게 오랫동안 종잇장 한 장 차이로 검공을 피해낼 수 있을 터인가?

어쩌면 운성은 처음부터 지금까지 수세에 몰린 것이 아니라 승세를 이어가고 있는 것인지도 몰랐다.

반면 위유신은 자신의 검초에 도취되어 더욱 크게 웃음을 터뜨렸다.

"흐흐하하하! 크하하하하!"

하늘을 우러러 웃음을 터뜨리는 목소리에는 사악하고도 간특한 기미가 잔뜩 서려 있었다. 언뜻 듣기에는 마치 미치광이가 어떤 사악한 마음을 품고 혼자 좋아 웃어젖히는 것처럼도 보였다.

그의 광소가 높아질수록 검공은 매우 빠르게 이어졌다. 이대로 지속되다간 그의 검이 눈에 보이지도 않을 지경이었다.

그러던 어느 순간, 운성의 몸이 흔들 움직였다.

그것은 지금까지 운성의 움직임과 매우 이질적인 모습이었다.

이어서 운성은 위유신의 검초를 피해내며 다시 흔들 움직였다.

이번에는 마치 운성이 순리를 역행하듯 움직이고 있었다. 그야말로 귀신의 움직임.

마치 조금 전까지 위유신이 펼치던 괴상한 검초를 운성이 회피 동작으로 따라 하는 듯했다.

사람들은 그저 넋을 놓고 이 신기한 귀신놀음을 지켜보기만 했다.

한데 이번에는 반대로 위유신이 부드럽게 움직임을 이어가는 것이 아닌가.

그는 운성이 보법을 비틀 때마다 그대로 쫓아갔는데, 지금까지와는 달리 부드럽고 유연한 움직임으로 일관하고 있었다.

어느새 웃음소리마저 뚝 그쳤다.

움직임만 보자면 운성과 위유신이 서로 바꿔치기를 한 듯 달라진 것이다.

"크으으!"

위유신은 운성을 베어가면서 괴로운 듯 신음을 토해냈다.

그렇게 다시 수십 초를 이어갔고, 눈 깜빡할 사이에 수백 초까지 다다랐다.

"크아아!"

위유신이 광기에 사로잡혀 분노를 터뜨렸다.

그 순간,

흔들!

다시 운성의 몸이 움찔거리더니 물처럼 부드럽게 휘돌아가는 것이 아닌가.

반대로 운성을 쫓는 위유신의 검초는 아까와 달리 쾌속하면서도 강맹하게 바뀌었다. 처음 위유신이 펼쳤던 검초처럼 마치 순리에 역행하는 듯한 움직임을 보인 것이다.

이렇게 되자 위유신은 다시 쾌감에 사로잡혀 광기에 찬 웃음을 터뜨리기 시작했다.

"크흐하하하!"

하나 웃고 있는 소리를 듣는 관전자들은 저마다 이맛살을 찌푸렸다.

그의 웃음에는 괴로움이 가득 차 있었던 것이다.

정작 웃고 있는 위유신은 그것을 쾌감으로 느끼고 있었지만, 듣는 사람의 입장에서는 그 속에서 분노와 괴로움을 읽었다.

그러는 동안에도 운성은 단 한 차례도 위유신을 공격하지 않았다.

계속해서 회피 동작만 이어갈 뿐이었다.

그사이에 위유신은 웃다가 노성을 토하기를 반복했다. 그는 자신도 모르게 마령에 제압당하고 있었다. 다시 말하자면, 그는 일전에 운성이 마룡결을 익혔을 때와 비슷한 증상으로 빠져드는 중이었다.

운성이 익힌 마룡결의 특징이라면, 제일 먼저 배우기 시작할 때는 심마를 겪게 된다. 마공에서 맥락을 이어왔기 때문이다. 하지만 그보다 좀 더 깊이 들어가면 도가와 불가의 진리가 뒤섞이면서 심마를 제압하게 된다.

그렇게 깨우쳐서 생성된 진기가 바로 마룡진기다.

즉, 마룡결은 마공과 도가와 불가의 정공이 어우러진 최초의 무공이라 할 수 있었다. 게다가 마룡결을 익히기 위해서는 사대개공의 경지에 도달해야만 한다. 가아를 버리고 진아를 깨우쳐야 하며, 시방세계의 모든 것을 허상으로 볼 수 있는 눈을 가지게 되는 것이다.

이러다 보니 운성은 위유신과 수십 초를 겨루었을 때, 바로 그의 무공 특징을 파악할 수 있었다.

순리대로 익히지 않은 갑석신공에는 여러 가지 빈틈이나 허점이 많았던 것이다.

운성은 이를 알아채고 계속해서 회피 동작만 이어갔다. 짐짓 수세에 몰린 척하면서 적의 공격을 계속해서 이끌어낸 것이다.

처음에는 위유신이 익힌 갑석신공의 장점을 최대한 활용하도록 해주었다. 끊어지는가 싶으면 이어지고, 내려치는가 싶으면 올려치도록 움직임을 유도했다. 마치 귀신의 움직임과 같은 몸놀림. 이런 움직임을 계속하려면 기의 순환을 계속해서 역행시켜야 했다.

그다음 운성은 다시 동작을 바꾸어 상대가 물처럼 부드러운 움직임을 이어가게끔 했다. 순리를 거스르는 움직임에 이어 흘러가는 강물처럼 순리에 따르도록 유도하니, 위유신은 심사가 뒤틀리고 짜증이 나기 시작했던 것이다. 게다가 역행하던 기운을 갑자기 정행시키자니 몸이 쉬이 받아들이지 않았다.

하지만 갑석신공의 장점이 바로 순간적으로 바뀌는 기의 흐름에 대한 적응력이었다. 위유신은 어딘지 모르게 화가 나면서도 마치 뭔가에 홀린 듯 운성을 검으로 뒤쫓았다.

운성은 이런 식으로 몇 번이나 움직이는 방식을 바꿨다. 그러자 위유신은 차츰 이성을 잃어가고 광기에 젖어들기 시작했다. 즉, 가아에 좀 더 깊이 빠져들고 순간적인 쾌감에 미쳐 가고 있는 것이었다.

결국 회피 동작만을 이어가면서 한편으로는 위유신의 내기를 조종하고 있는 격이나 다름없었다.

이러다 보니 갑석신공을 순리대로 익히지 않은 위유신은 자신도 모르게 완전한 광기에 사로잡히고 말았다.

그의 전신에서 붉은 기운이 퍼져 나가며 장삼 자락은 온통 부풀어 올라 펄럭였다.

이제는 거의 마구잡이식의 칼부림으로 변하고 있었다.

그 순간 운성이 구룡도식 중반 삼초식인 명룡도를 시전했다.

키이이잉—!

구룡도가 날카로운 울음을 토해내며 거침없이 날아드는 검을 맞받아쳤다.

까앙!

무아지경의 상태에서 검초를 펼쳐대던 위유신은 순간적으로 손아귀가 화끈해지는 감각에 깜짝 놀라 손을 놓치고 말았다.

운성은 그대로 몸을 뒤틀어 왼손을 뻗어냈다. 그의 왼손이 정확히 위유신의 단전에 들어맞았다.

순간 운성의 단전에 쌓여 있던 마룡진기가 손바닥을 통해 폭발하듯 발출됐다.

꽈앙!

“크아악!”

위유신이 비명을 토하며 날아갔다.

“우아앗!”

사람들이 저마다 놀라서 소리쳤다.

혜성처럼 추락한 위유신이 건물 벽을 허물어뜨리며 바닥에 나뒹굴었다.

운성이 바닥에 내려서서 쓰러져 있는 위유신에게 다가갔다.

위유신은 돌더미를 힘겹게 치워내고는 비틀거리며 일어섰다.

그가 운성을 바라보고 뭐라고 입을 여는 순간, 핏덩이를 왈칵 토했다.

“쿨럭! 쿨럭!”

바닥을 짚으며 한차례 핏물을 토한 위유신이 운성을 올려다보았다.

운성은 위유신의 단전이 깨졌다는 것을 알고 있었다.

천궁의 궁도들과 주사들은 갑자기 벌어진 이 현상을 인정하기도 싫고 인정할 수도 없었다.

그들이 얼이 빠져 있는 동안 위유신은 벌겋게 충혈된 눈으로 운성을 물끄러미 올려다보았다.

“문주……”

“다 끝났소, 위 군사.”

운성이 착잡한 표정으로 말했다.

위유신이 슬쩍 미소를 지었다.

"미안…하네, 리행."

운성의 표정이 슬쩍 찌푸려졌다.

혹시 자신의 얼굴을 보고 수백 년 전의 구룡문 조사를 떠올린 것일까?

위유신의 표정이 갑자기 웃음기를 머금었다.

"헤헤, 하지만 잘 생각해 보게나! 천하를 얻을 수 있단 말일세! 천하를 말이야!"

"위 군사?"

"그래, 천하를 얻을 수 있단 말일세! 그뿐이겠는가? 원하는 만큼 영생을 얻을 수 있단 말일세! 어떤가? 이 갑석신공을 굳이 없애 버릴 필요야 있겠는가? 우리가 잘 익혀서 잘만 사용한다면 태평천하를 이룰 수도 있지 않겠는가?"

그러더니 갑자기 위유신이 눈물을 줄줄 흘리며 통곡하기 시작했다.

"내가 잘못했네! 다 내 욕심이었네! 내가 그들을 죽였네! 나를 벌하시게! 모든 것은 내 잘못이야! 다 부질없는 것을! 모든 것이 허망한 것을! 모든 진리는 저 너머에 있는 것을!"

위유신은 다시 고개를 번쩍 들었다. 어느새 또 헤벌쭉 웃으며 그가 운성에게 달려들었다.

"우헤헤헤! 자네, 잘 생각해 보게나. 이 역시 하늘의 뜻이 아니겠는가? 하늘의 뜻이 아니라면 애초에 그런 게 있질 말았어야지. 안 그런가? 우린 이제 원하는 것을 모두 이룰 수 있을 것이네! 우하하하!"

위유신은 느닷없이 웃으며 덩실덩실 춤을 추기 시작했다.

그는 완전히 미쳐 있었다.

운성은 슬쩍 그의 손목을 낚아채고는 맥을 짚어보았다.

공력이 모두 쇠하고 단전마저 망가진 것이 틀림없었다.

수백 년을 욕망에 사로잡혀 끈질기게 살아오던 자의 최후였다. 위유신의 모습을 가만히 지켜보자니 말로 표현하기 힘든 서글픔이 밀려들었다.

운성이 천궁의 주사들과 궁도들을 향해 몸을 돌리고 낭랑한 목소리로 외쳤다.

"보시다시피 궁주와의 싸움은 이것으로 결판이 났소. 혹시 더 나설 분 계시오?"

주사들 중 누구도 나서지 않았다.

이미 사마량의 사술도 통하지 않고 궁주까지 이겨 버린 운성이다. 그의 무공이 출신입화의 경지에 도달한 것을 만인이 확인했으니 누가 감히 나설 생각이나 하겠는가.

사정이 이렇게 되니 파천신궁 구담이 한 걸음 나섰다. 그 역시 자신의 주인이 저렇게 미쳐 버린 모습을 보자니 마음이 아프기 그지없었다.

그가 포권을 취하며 말했다.

"표 문주의 무공 실력에 깊이 탄복한 바이오. 비록 우리의 주인께서 패해 가슴 아픈 현실이나 진심으로 승패를 인정하겠소. 우리 중 패배를 인정하지 않고 사사로이 기회를 엿보는 자가 있다면 나 파천신궁이 용서하지 않겠소. 하나 한 가지 청이 있소이다."

운성이 정중히 되물었다.

"무엇인지요?"

"우리의 주인께서는 비록 패하시고 정신이 혼미해지셨지만, 강호에 적수가 없는 분이셨소. 오늘 이렇게 무적문주께 패하게 됐으나 다른 어떤 자에게도 부족함이 없는 분이오. 한데 주인께서 이제 이성을 잃고 광인이 되셨으니 수하 된 자로서 가슴 아픈 일이 아닐 수 없소. 우린 이왕 일이 이렇게 된 것, 무적문주께서 궁주님의 마지막을 지켜주시기 바라오. 그것이 궁주님의 명예를 지키는 길이고, 마지막으로 우리의 자존심을 세우는 일이라 할 수 있겠소."

마지막을 지켜달라는 말은 곧 운성이 직접 궁주를 죽여달라는 말과 같았다.

만약 이대로 두면 광인이 된 궁주는 밤낮 가리지 않고 떠돌다가 빛을 보고 타 죽을 것이 분명했다.

비록 간웅이라 할지라도 궁도들과 주사들에게는 은사인 위유신이었다. 그들은 자신들의 주인이 광인으로서 비참하게 생을 마감하기보단 떳떳하게 최후를 맞길 바란 것이다.

운성은 잠시 생각하다가 고개를 끄덕였다.

어차피 위유신은 구룡문의 군사였다. 마지막까지 벌을 내릴 책임은 문주인 자신에게 있다고 할 수 있었다.

거기에 다른 주사들이나 궁도의 뜻도 충분히 이해할 수 있었다.

“알겠소이다.”

운성은 대답하고 몸을 돌렸다.

이제 위유신은 덩실덩실 춤을 추며 천정각을 돌아가고 있었다.

마침 사람이 지켜보지 않는, 자신이 죽을 자리를 골라 가는 듯했다.

운성은 말없이 그의 뒤를 따라 걸었다.

운성이 건물을 돌아가자 주사들과 궁도는 물론, 운성과 함께 온 일행마저 숙연한 기분이 들어 고개를 숙였다.

잠시 후 천하를 노리며 수백 세월을 살아온 한 목숨이 단말마의 비명을 남기고 스러졌다.

건물을 돌아 나온 사람은 운성 혼자였다.

그제야 주사들과 궁도가 우르르 몰려 천정각의 후원으로 달려갔다.

곧이어 그들의 울음소리가 천궁이 떠나가도록 가득 차기 시작했다.

수많은 사람을 죽음으로 몰아간 긴 싸움은 그렇게 마무리되고 있었다.

第九章

이별

갑석신공을 탈환한 운성은 신강 지역에 위치한 천산으로 향했다.

세외 지역인 천산은 바로 구룡문의 총단이 위치한 곳이다. 중원에서 신분을 숨기고 살아야 했기 때문에 그들의 총단이 이토록 먼 세외 지역에 존재할 수밖에 없었던 것이다.

이때쯤 구룡문의 모든 문도는 장사의 이궁을 버리고 천산으로 와 있는 상태였다.

한편 천궁을 찾아 설욕전을 치른 사불패와 혈마대주는 운성 일행과 헤어졌고, 장봉룡을 비롯한 남은 일행은 운성과 함께 천산으로 가기로 했다.

혹시 모르니 마지막까지 확실히 도와주겠다는 취지였다. 마교 놈들이 언제 변심해서 갑석판을 노릴지 알 수 없었기 때문이다.

운성도 굳이 마다하지 않고 그들과 함께 천산으로 갔다.

운성이 도착하자 극신을 비롯한 모든 문도가 버선발로 나와 환영했다.

운성은 극신에게 위유신의 최후를 간략하게나마 설명해 주었다.

이미 어느 정도 마음의 각오를 다지고 있던 그이기에 크게 상심하진 않았다.

대신 운성에게 고마움을 표했다.

"그분도… 감사하게 생각할 것입니다."

그날 저녁 구룡문의 문도와 운성 일행은 술과 고기를 먹으며 회포를 풀었다.

그로부터 며칠간 운성 일행은 오랜만에 긴 휴식을 가졌다.

그러던 어느 날, 해가 지고 달이 뜰 무렵 백풍이 운성 일행의 방을 찾아왔다.

그는 잠시 장봉룡을 비롯한 다른 사람들의 시선을 살폈다.

운성이 그 뜻을 알아채고는 부드럽게 웃으며 말했다.

"걱정 마세요. 이 사람들은 절 끝까지 돕기로 했으니까요."

"쩝. 그럼 내가 믿고 말하마. 우린 내일 새벽부터 갑석신공을 익힐 것이다."

"갑석신공에 대한 해석은 해보았어요?"

"이를 말이냐? 아직 운기하진 않았지만, 내용은 이미 훑어

보았다. 이래 봬도 수백 년을 살아오면서 의술을 연구한 몸이
다. 그 이치야 한번 훑으면 깨달을 수 있는 법이지.”

“어때요?”

운성이 기대에 찬 표정으로 물었다.

백풍이 씁쓰레 미소 지으며 고개를 끄덕였다.

“가능하다.”

“정말요?”

운성이 활짝 웃으며 소리쳤다.

방 안의 모든 사람들이 그 뜻을 알아챘다.

갑석신공을 모두 익히면 정상적인 죽음을 맞이할 수 있다는
뜻이다.

백풍이 고개를 끄덕이고는 말을 이었다.

“갑석신공을 익히면 혈맥이며 기운이 정상인과 다를 바 없
게 된다. 이미 제 수명을 훌쩍 넘겨 살아버린 우리는 갑석신공
의 마지막 구결을 시전하는 즉시 숨을 거둘 것으로 생각된다.”

“그런데 갑석신공은 익히면 뭐가 좋은 거야?”

운성의 질문에 백풍은 느닷없이 껄껄 웃음을 터뜨렸다.

“알고 싶으냐?”

“궁금하긴 하지.”

“나도 읽어보고 놀랐다. 옛날 황제가 무당파의 조사인 장삼
봉을 불러 좋은 무공 하나 가르쳐 달라고 청한 적이 있었다. 고
때 장삼봉이 어떤 무공이 가장 좋은 것이라고 한 줄 아느냐?”

“글쎄?”

"밥 잘 먹고 똥 잘 싸면 그게 천하제일이라고 했지."

백풍이 대답과 동시에 껄껄 웃었다.

운성이 이맛살을 찌푸리곤 되물었다.

"설마… 갑석신공이 그런 거란 말이야?"

백풍이 좌중을 둘러보곤 헤실헤실 웃으며 말했다.

"믿든 안 믿든 그렇다. 갑석신공을 익히면 가장 평범한 범부가 될 것이고, 그야말로 밥 잘 먹고 소화 잘 시켜서 똥 잘 싸는 사람이 될 뿐이다."

그러자 장봉룡이 껄껄 웃었다.

"노선배께서는 농담이 지나치시구려. 아무리 그래도 고작 그런 무공 때문에 그 많은 피를 흘렸겠소? 혹 우리를 걱정해서 하는 소리이거든 괜한 노파심은 지워도 됩니다. 그 갑석신공은 노선배들께서 마무리한 즉시 우리가 표 문주를 도와 세상에서 흔적조차 없앨 거요."

백풍이 빙그레 웃었다.

"개방의 장로께서 그리 장담해 주시니 노부가 더 이상 걱정하지 않아도 되겠구려."

그러고는 그가 운성을 돌아보고 말했다.

"성아, 우린 일러준 대로 내일 새벽 해가 뜨기 전에 갑석신공을 수련하러 동혈로 들어갈 것이다. 너도 알겠지만 동혈은 연 장로가 만든 기관장치가 복잡하게 설치되어 있으니 외부 사람은 들어올 수 없을 게야. 또한 우리가 갑석신공을 익히고 나면 갑석판은 그 안에서 저절로 불에 타 재가 되도록 장치를 해두었다.”

“저절로 불에 타도록?”

운성이 깜짝 놀라서 소리치자 백풍이 얼른 전음을 흘렸다.

[이 눈치없는 녀석아, 대충 알아듣고 고개 좀 끄덕여!]

그러자 운성도 곧 백풍의 의도를 알고 심각한 표정으로 끄덕끄덕했다.

“하긴… 연 장로님이라면 충분히 그런 기관을 만들 수 있겠지.”

“그래, 그것 하나만은 분명할 게다. 우리가 갑석판을 익히는 데 걸릴 시간은 대략 칠 주야다. 우리 모두 죽고 나면 기관이 작동해서 한차례 진동이 울릴 게다. 그럼 너는 들어와서 갑석판이 완전히 재가 되었는지 확인하거라.”

운성은 고개를 끄덕였다.

입을 열고 대꾸하자니 어쩐지 목이 메었다.

이제 정말 이별인가?

실감이 나지 않는데, 분명 자신은 지금 이별 준비를 하고 있었다. 백풍도 마찬가지였다.

점점 운성을 바라보는 눈길이 애처롭기만 하다.

떠날 자는 그저 말없이 바라보기만 했고, 남을 자는 고개를 들지 못했다.

한참 후 백풍이 좌중을 흘낏 바라보고는 운성에게 말했다.

“성아, 잠시 나와 걷지 않겠느냐? 네게 마지막으로 긴히 할 말이 있다.”

“그러지, 뭐.”

운성이 멋쩍게 대답하고는 일어났다.

두 사람은 후원으로 걸어갔다.

어느 정도 걸어가던 백풍이 문득 멈춰 서서 주위를 휘휘 둘러본 다음 말했다.

“갑석판을 필사한 것 중 한 부를 이동에 남겨두었다.”

이동이란 천산에 있는 동혈 중 한곳이다.

구룡문은 동혈마다 숫자를 붙여 불렀던 것이다.

“이동에? 그건 왜?”

“인석아, 그래도 천하 절세의 무공이니 네놈에게 남겨주려고 배려한 것이다. 너는 반드시 그걸 찾아서 익히도록 하거라.”

“난 지금도 강한데, 뭐.”

“앞으로는 혼자 남게 되지 않느냐. 그러면 더욱 강한 힘이 필요하지. 아무튼 내 말 잘 알아들었지? 아무에게도 말하지 말고 너만 보아야 한다.”

“알겠어.”

“그래. 보고 나면 꼭 불에 태워 버리도록 하거라.”

“그럴게.”

백풍이 의미심장한 눈초리로 운성을 보았다.

“네게 무거운 짐을 떠넘기고 가는 것 같아 미안하구나.”

“그게 뭐 짐이라고……”

운성이 대수롭지 않게 말하고는 고개를 하늘로 돌렸다.

초승달이 물끄러미 두 사람을 굽어보고 있었다.

다음날 아직 어둠이 깊은 새벽.

사군자들은 동혈 제일동 앞에 집합했다.

운성은 지금까지 자신을 위해 충성을 바쳤던 사군자들을 일일이 만나 손을 맞잡고 마지막 인사를 나눴다. 그리고 극신, 장형준, 홍화연, 백풍, 연소소를 차례차례 만났다.

특히 운성과 극신은 서로 오랫동안 바라보기만 했다.

말이 필요없는 사이가 있다.

운성과 극신이 그렇다.

이 두 사람은 이제 눈빛만 보고도 마음이 일통했다.

서로 바라보고 미소만 지어줘도 거기에 수만 마디의 뜻이 담겨 있다.

연소소는 아예 통곡을 하는 수준이었다.

그녀는 운성의 손을 으스러지도록 잡고는 한참 동안 놓지 않았다. 운성이 이런저런 농담을 해가며 겨우겨우 달래고 나서야 그녀는 진정하고 운성과 작별 인사를 나누었다.

그렇게 운성이 모두를 만난 후, 백풍이 그에게 다가가 목 메인 소리로 말했다.

"고맙구나. 고생이… 많았다."

"아저씨, 우는 거야?"

"시끄럽다! 몸살 기운이 있어서 그렇다."

"천하의 의선이 몸살은 무슨……."

운성이 픽 웃었다.

그 말에 사군자 모두가 껄껄 웃음을 터뜨렸다.

극신이 만인 앞에서 한 걸음 나섰다.

"문주님, 건강하고 행복하십시오!"

"행복하십시오!"

수백 명의 사군자가 일제히 부복하며 쩌렁쩌렁 소리쳤다.

그들의 마지막 인사를 받자 운성도 그동안 참았던 눈물이 핑 돌았다.

설화, 적발귀, 장봉룡도 코끝이 시큰해지는지 저마다 시선을 옮기고 먼 산을 응시했다.

운성이 목이 멘 소리로 대꾸했다.

"모두들… 잘 가세요."

백풍이 일어서선 놀렸다.

"너, 우냐?"

"몸살기야."

"흥!"

결국 사군자들이 와자하게 웃음을 터뜨렸다.

그들은 차례로 동혈로 들어갔다.

이제 그들은 수백 년을 갈망했던 죽음을 맞이하려는 것이다.

운성은 그들을 박수치며 보내주어야 한다.

아쉬운 마음을 들킬 수는 없다.

그들에게 미안해서라도 그런 마음을 가져선 안 된다.

그동안 빛도 없는 공간에서 얼마나 힘겹게 살아왔는가.

운성은 마지막으로 극신이 동혈 안으로 사라질 때까지 웃음으로 그들을 배웅했다.

모두 완전한 어둠 속으로 들어간 후에 동혈 안에서 느닷없이 백풍의 목소리가 들려왔다.

"성아, 있다가 우리 시체 한꺼번에 치우려면 애 좀 먹겠구나! 그래도 너무 늦진 마라! 난 내 몸에 구더기 생기는 거 싫단 말이다! 그러니 그냥 옮긴다고 애쓰지 말고 우리 모두 갑석신공 필사본과 함께 태워주거라. 이게 우리 유언이다!"

그의 말에 또 한 번 왁자한 웃음소리가 이어졌다.

운성도 픽 웃다가 이내 크게 웃으며 화답했다.

잠시 후 철커덩 하는 소리가 들렸다.

그들이 모두 동혈 내의 광장으로 들어선 게다. 이제 동혈 안으로 누구든 한 걸음이라도 내딛는다면 기관진식이 발동해서 목숨을 노릴 것이다.

연 장로가 만든 것이니 그 효력은 장담할 수 있다.

운성이 기운을 차리고 남은 사람들을 돌아보았다.

"형님, 천산 입구에서 혹시 모를 침입자들을 대비해 주십시오."

"그럼세!"

적발귀가 시원스레 대답했다.

이어서 운성이 장봉룡과 설화를 보았다.

"장 방주님, 그 뒤 협곡에 매복해서 만일을 대비해 주십시오. 설화도 장 방주님과 함께 있어줘."

"알겠네!"

“응.”
“모두 칠 주야는 잠복해 계셔야 합니다. 부탁드리겠습니다.”
“걱정 말게!”
대답을 마친 사람들이 곧장 산을 내려갔다.
운성은 동혈 입구를 지켰다.
어차피 이동으로 올라가려고 해도 이곳을 지나야만 했기 때문에 여러모로 가장 중요한 길목이라고 할 수 있었다.

사흘이 지났을 때다.
동혈 입구에 앉아서 좌관 수련을 하고 있던 운성은 멀찍이서 들려오는 기척에 눈을 떴다.
가만히 보니 어깨와 다리에 가벼운 상처를 입은 장봉룡이 헐레벌떡 뛰어오고 있었다.
운성이 퍼뜩 일어나서 장봉룡을 맞았다.
“무슨 일이십니까?”
“큰일일세!”
“큰일이라니요?”
“청의군! 청의군이 찾아왔네!”
운성은 잠시 청의군이 누군지 생각했다.
그러다가 문득 잊고 있던 청의군장 독고성의 얼굴이 떠올랐다.
“청의군이요? 청의군이 여길 어떻게!”
“어떻게 찾아왔겠나? 그동안 죽은 듯이 숨죽이면서 우리 동

태를 살펴본 것이겠지. 그리고 갑석판을 찾아서 쳐들어온 것
아니겠나!"

"지금 그들은 어디에 있습니까?"

"협곡에서 차 문주와 탁가가 막고 있네만, 오래 버티기 힘들
것 같네."

운성이 고개를 끄덕였다.

하지만 당장 이곳을 비우기도 뭣해서 그는 잠시 망설였다.

그러자 장봉룡이 다그쳤다.

"어서 가지 않으면 모두 당하고 말 걸세!"

"하지만 동혈을 비워둘 수도 없습니다."

"어차피 기관진식이 설치되어 있지 않은가?"

"그래도……."

"그럼 내가 지키고 있겠네! 나보단 자네가 내려가는 것이 낫
지 않겠나?"

그제야 운성이 고개를 끄덕였다.

"알겠습니다! 그럼 부탁드리겠습니다!"

"내가 목숨을 걸고서라도 이 길목은 지키겠네!"

운성은 대답을 다 듣지도 않고 달려 내려가기 시작했다. 청
의군장이라면 확실히 적발귀와 설화가 감당하기 힘든 고수이
긴 했다. 어느 쪽이 우위인지 가늠하긴 힘들지만, 청의군장은
수하를 여럿 데리고 있지 않은가.

그는 나는 듯이 산을 달려 내려갔다.

한편 장봉룡은 운성이 산을 내려가는 것을 보고 그가 사라

질 때까지 가만히 기다렸다.

이윽고 운성이 시야에서 사라지자 그가 몸을 돌렸다.

"어디 보자. 필사본이… 이동이라고 했던가?"

그가 입꼬리를 추켜올리더니 동혈 제이동을 향해 저벅저벅 걸어가기 시작했다.

한참을 올라가니 역시나 또 다른 동혈이 나타났다. 동혈 입구 위에는 이(二)라는 글자가 음각되어 있었다.

장봉룡이 회심의 미소를 지으며 막 들어가려고 할 때였다.

한쪽 풀숲 곁에서 웬 인기척이 들리는 것이 아닌가.

"누구냐!"

장봉룡이 노호성을 지르며 쏜살같이 몸을 날렸다.

평소 그가 보였던 행동에 비한다면 그야말로 전광석화와 같은 매서운 움직임이었다.

그의 일격에 누군가 검을 들어 막아서며 튀어나왔다.

"후후! 안녕하셨소?"

싸느랗게 웃음을 흘리는 자는 다름 아닌 마교 교주 사불패였다.

장봉룡이 그를 보고 차갑게 비웃었다.

"흥! 결국 갑석신공이 탐나서 찾아온 것인가? 그나저나 여기에 갑석신공이 있다는 건 어찌 알았지?"

"후후, 적 대주를 총타로 보낸 후 줄곧 당신들을 미행했으니 모를 이유가 없지."

"고얀지고!"

“그러는 장 방주께서는 왜 이곳으로 오셨는가? 내 알기로 이동에 필사본이 있다는 건 어제 그가 후원에서 표 문주에게만 말한 것으로 알고 있는데……”

사불패가 말하는 ‘그’는 바로 백풍을 말하는 것이었다. 즉, 백풍이 후원에서 하는 말을 모두 엿들었다는 뜻이다.

장봉룡이 내심 뜨끔하면서도 시치미를 뗐다.

“나야 네놈이 이곳을 노릴 것이라는 걸 알고 온 게지.”

“하하하! 핑계 좋소. 어차피 이렇게 된 것, 싸움을 피할 수 없겠군. 내 옛날부터 당신의 진짜 실력이 궁금한 참이었소.”

“크크크.”

장봉룡이 말없이 웃음만 흘렸다.

순간 그의 머리칼이 올올이 곤두서는 것이 아닌가.

그의 전신에서 숨 막힐 듯한 살기가 쏟아져 사불패의 전신을 옭아맸다.

“노부의 실력이 궁금하신가? 이거 쑥스럽구먼.”

“과연. 벌써부터 만만찮은 기운이 느껴지는구려.”

사불패도 마기를 끌어올리기 시작했다.

두 사람의 장삼 자락이 세차게 펄럭였다. 그들을 중심으로 눈보라가 세차게 일어났다.

“하앗!”

둘의 기합성이 터지며 동시에 서로를 향해 부딪쳐 갔다.

운성이 협곡에 도착했을 때는 정말 청의군이 쳐들어와서 치열한 싸움이 벌어지고 있었다.

하지만 청의군이 머릿수가 훨씬 많았기에 설화와 적발귀가 수세에 몰리는 형국이었다.

운성은 곧장 협곡 아래로 뛰어내리며 후반 이초식인 신룡격을 펼쳤다.

퀴이에엥!

적 빛의 혈룡이 사납게 울부짖으며 튀어나갔다.

갑자기 협곡을 가득 메운 용울음에 청의군이 대경실색을 하며 물러났다.

하지만 검을 막아 세운 자도, 물러서서 도망치던 자도 신룡격에 휩쓸리다시피 당하고 말았다.

옷가지가 찢어져 나가고 피부는 칼에 난자라도 당한 듯 수십 개의 상처가 생겨났다.

신룡격을 맞고도 멀쩡하게 서 있는 자는 청의군장 독고성을 비롯해서 다섯 명도 채 되지 않았다.

운성이 협곡이 쩌렁쩌렁 울리도록 소리쳤다.

"불청객들은 무엇 때문에 오셨소?"

"허허! 잃어버린 물건을 되찾으러 온 것이 잘못되기라도 했단 말인가?"

독고성의 싸늘한 대꾸에 운성이 맞받아쳤다.

"잃어버린 물건이라……. 갑석판을 말하는 거요?"

운성의 단도직입적인 물음에 독고성은 잠시 움찔했지만 곧 수긍했다.

“그렇다.”

“갑석판은 애초에 구룡문의 물건. 돌아가시오.”

“웃기는 소리!”

독고성이 바닥을 박차며 새매처럼 날아올랐다.

그가 순식간에 검을 부려 운성의 목을 노렸다.

찰나, 운성이 마룡결과 명룡도를 동시에 펼쳤다. 그의 전신이 적 빛으로 물들면서 구룡도가 ‘우웅!’ 하고 울음을 터뜨렸다.

운성은 곧장 독고성의 검을 올려쳤다.

까앙!

운성과 도검을 부딪친 독고성은 손아귀를 타고 전해지는 화끈한 감각에 깜짝 놀랐다.

‘언제 이렇게!’

운성의 공력이 전보다 훨씬 심후해진 것이다. 뿐만 아니라 그 성질이 사뭇 달랐다.

독고성은 그대로 몸을 휘돌려 검을 가로로 후려갔다.

운성이 다시 구룡도를 돌려 막았다.

쩡!

금속성이 크게 울리더니 독고성은 온몸이 마비되는 듯 몸을 떨었다. 전신을 타고 뇌전이 짜르르 흘렀다.

검을 떨어 울게 하는 명룡도의 위력이었다.

고수 간의 싸움에서 잠간의 마비는 치명적인 허점으로 이어지게 마련이다.

운성은 그대로 일장을 내뻗어 독고성의 명치를 격타했다.

쾅!

“커헉!”

독고성이 울컥 피를 토해내며 날아갔다. 그가 나무 기둥에 처박히면서 풀썩 쓰러졌다.

그의 눈동자는 도저히 믿을 수 없다는 듯 흔들리고 있었다.

“언제 이렇게…….”

“청의군장, 욕망을 버리시오.”

마룡결을 펼친 운성이 뜬금없는 소리를 내뱉었다.

마룡결을 펼친 이상 운성의 심성은 그야말로 현실 초월의 경지에 이르러 있었다. 하니 자신의 깨달음을 그대로 내뱉는 것이 스스로 생각하기에는 전혀 이상하지 않았다.

다만 보통 사람들이 보기에는 뜬금없기만 할 뿐이었다.

길을 가다가 느닷없이 도인이 다가와 도를 깨우치라며 강요하는 것 같달까?

독고성 역시 그런 생각이 드는 것은 사실이었다.

그가 코웃음을 쳤다.

“흥! 도인이 다 되셨군! 아니, 부처가 되셨는가?”

그가 곧이어 바닥을 박차고 운성에게 날아들었다.

하지만 이미 일장을 얻어맞은 상황에서 그가 마룡결을 펼친 운성을 당해낼 수는 없었다.

꽝!

운성이 다시 주먹을 뻗어 명치께의 구미혈(鳩尾穴)을 내찔렀다. 이번에는 아까보다 좀 더 많은 공력을 실었다.

결국 독고성은 한 모금의 선지피를 왁 토해내고는 다시 나가떨어졌다.

그는 도무지 믿을 수가 없었다.

도대체 그사이에 무슨 일이 있었기에 표운성이 이토록 강해졌단 말인가?

한편 청의군은 군장이 이 지경이 되자 전의를 완전히 상실한 채 태반이 도망을 치고 말았다.

악에 받친 독고성이 고함을 쳤다.

"흥! 변견은 어딨나?"

"변견이라면……? 아, 장 방주님을 말하는 거요?"

"그렇다!"

"그를 왜?"

"내가 이곳으로 올 수 있도록 정보를 흘린 자가 바로 그자다."

그러자 적발귀가 화들짝 놀라서 나섰다.

"뭣이? 이놈이 우리를 이간질시키려고 별 수작을 다 부리는구나!"

독고성은 적발귀가 노발대발하는 것을 가만히 보다가 코웃음을 쳤다.

"흥! 이제 보니 네놈들도 그자에게 이용당했나 보군. 크크크!"

설화가 가만 보니 독고성이 거짓말을 하는 것 같지가 않았다.

적발귀도 서서히 장봉룡이 의심되기 시작했다.

적발귀가 얼른 말했다.

"운성아, 아무래도 저놈 말이 사실인 것 같다. 어쩌면 좋겠나?"

"아직 확실하진 않으니 우선 저자의 마혈을 짚은 뒤에 함께 끌고 가보지요."

"그럼 서두르자!"

적발귀는 말을 맺기도 전에 얼른 몸을 날려 독고성의 마혈을 짚었다. 이미 운성으로부터 두 번이나 치명타를 입은 상황이었기에 그를 제압하는 것은 식은 죽 먹기보다 쉬웠다.

적발귀가 그를 옆구리에 끼고는 산을 성큼성큼 오르며 재촉했다.

"어서 가보자! 혹시라도 장가 놈이… 아니, 장 방주가… 아니지. 아니다. 그럴 일 없겠지만, 빨리 가보자."

적발귀는 운성보다 더욱 횡설수설하며 걸음을 서둘렀다.

두 번째 동혈에 다다른 적발귀는 깜짝 놀라고 말았다.

동혈 입구에 한 사내가 피범벅이 되어 쓰러져 있는 것이 아닌가. 가까이 가서 살펴보니 가슴뼈가 몽둥이 같은 것에 맞았는지 깊숙이 함몰되어 있었다. 또 정수리에는 구멍 두 개가 찍혀 있었는데, 엄지와 새끼손가락의 굵기와 비슷했다.

더욱 놀라운 것은 쓰러진 자의 신분이었다.

"이, 이건… 사불패잖아!"

그의 경악성에 설화와 독고성도 깜짝 놀라고 말았다.

운성도 가까이 가서 살펴보니 틀림없는 사불패였다.

적발귀가 몸을 벌떡 일으켰다.

“그럼 혹시 장봉룡 이 영감탱이가!”

그가 막 동혈 안으로 달려들어 가려고 할 때였다.

갑자기 동혈 안쪽에서 호탕한 웃음소리가 들려왔다.

“으하하하! 크하하하!”

적발귀가 움찔 떨고 물러서는데, 동혈 안에서 장봉룡이 저벅저벅 걸어나왔다.

“장, 장봉룡!”

적발귀가 삿대질을 하며 소리쳤다.

과연 필사본을 손에 들고 나온 사람은 다름 아닌 장봉룡이었다.

그는 사불패와의 싸움에서 극적으로 이기고 나서 필사본을 손에 넣을 수 있었던 것이다.

한데 어딘지 장봉룡의 상태가 묘하게 이상한 부분이 있었다. 술에 취한 듯 헤실헤실 웃는 것은 여전했으나, 뭔가 눈의 초점이 평소보다도 풀려 있다고 할까?

“장, 장봉룡?”

적발귀도 이상한 낌새를 눈치채고는 말을 더듬었다.

그 순간 장봉룡이 갑자기 고함을 내질렀다.

“그래! 나다! 내가 장봉룡이다! 아니다! 나는 장봉룡이 아니다! 우하하하! 나는… 나는… 그래! 나는 돌대가리다!”

“무, 무슨 소리를 하는 거요?”

적발귀가 멍하니 되물었지만, 장봉룡은 대답도 하지 않았다.

대신 갑자기 적발귀를 향해 돌진해 오는 것이 아닌가.

적발귀가 얼른 몸을 물려 피했더니, 장봉룡은 바닥에 털썩 엎드리더니 바닥에 마구 이마를 찧었다.

쿵! 쿵! 쿵! 쿵!

어찌나 세게 머리를 박아대는지 지축이 뒤흔들릴 정도였다.

한참 머리를 박은 그가 이마에서 피까지 흘려대며 고개를 번쩍 들었다.

그 괴상한 모습에 적발귀가 움찔 떨고는 운성 뒤로 숨었다.

"운성아, 저, 저 영감 왜 저러냐?"

반면 장봉룡은 적발귀를 신경도 쓰지 않은 채 죽어 널브러진 사불패의 시체를 잡고 흔들었다.

"크하하! 봤지? 내가 어떤가? 돌대가리지? 암! 나야말로 천하제일의 돌대가리!"

적발귀는 이제 뭐가 어떻게 된 건지 도무지 알 수가 없었다.

갑자기 저 장봉룡이 왜 미치광이가 됐단 말인가?

하지만 설화는 장봉룡의 손에 들린 필사본을 보고 대략의 사연을 짐작할 수 있었다. 그녀가 한 걸음 나서서 장봉룡에게 소리쳤다.

"장 방주님!"

"뭐야? 날 장 방주라고 하다니! 무엄하구나! 나는 돌대가리란 말이다! 다시 한 번 나를 불러봐라!"

"어머, 죄송해요. 제가 잠시 착각했어요. 돌대가리야!"

"오호, 그렇지. 그래, 그게 바로 내 이름이다. 그런데 왜 날 불렀는고?"

“당신이 정말 돌대가리라면 저 바위도 부술 수 있지 않겠어
요? 저 바위를 한번 부숴보실래요?”

“그 정도야 당연히 할 수 있지!”

장봉룡이 ‘와아!’ 소리를 지르더니 동혈 옆에 우두커니 남
겨져 있는 바위에 머리를 들이받았다.

꽈장!

정말로 바위가 산산조각이 나며 깨졌다.

한데 문제는 장봉룡의 이마도 깨져서 피가 철철 흘러넘친다
는 것이다.

만약 장봉룡이 이마에 공력을 실어 호신강기를 끌어올렸다
면 바위만 깨지고 말았을 것이다.

하지만 머리가 이상해져 버린 그는 공력을 단전에다가 집중
시킨 것이다.

당연히 이마가 박살 날 수밖에.

장봉룡은 이마에 흐르는 피를 훔치더니 광소를 터뜨렸다.

“크하하하! 보았느냐? 나는 빨간 땀도 흘린다!”

“어머! 정말 대단하네요! 그럼 그 대단한 돌대가리로 이 동
혈도 무너뜨릴 수 있겠군요?”

“물론이지!”

“보여주세요! 전 훌륭한 돌대가리의 위력을 꼭 보고 싶어요!”

“크하하하! 좋아! 내 보여주마!”

장봉룡이 다시 기합성을 터뜨리며 동혈 벽면을 향해 쇄도했
다. 다음 순간,

꽝!

어마어마한 소리가 터지면서 장봉룡의 이마가 수박처럼 깨졌다. 결국 그는 혀를 길게 빼 문 채로 털썩 쓰러졌다. 깨진 머리에서는 피와 뇌수가 뒤섞여 흘러나오고 있었다.

적발귀가 멍한 표정으로 다가가서 장봉룡의 손목을 짚어보니 맥이 뛰지 않았다.

한 시대를 풍미하던 절세고수가 사리사욕에 눈이 멀어 또 허망하게 죽고 만 것이다.

적발귀가 더듬거리며 운성에게 물었다.

아무래도 운성은 시종일관 담담한 표정인 것이, 그라면 모든 사연을 알 것만 같았다.

"이, 이게 도대체 어떻게 된 건가?"

운성이 대수롭지 않게 대답했다.

"우선은 청의군장을 여기에 가둬두고 자세한 사정을 말씀드리지요."

운성은 독고성의 혈을 다시 한 번 점검하고는 그를 끌고 동혈 안으로 들어갔다. 제이동은 만약의 경우를 대비해서 만든 감옥이나 마찬가지였다.

때문에 밖에서 기관을 작동시키면 현철로 만든 문이 내려와 밖으로 도저히 나올 수가 없었다.

독고성을 동혈 안에 가둔 운성은 설화와 적발귀를 데리고 다시 제일동 입구로 돌아왔다.

그리고 자초지종을 설명해 주었다.

사실 운성은 사불패와 헤어지고 나서 누군가 미행한다는 느낌을 줄곧 받아왔다. 물론 상대가 사불패라는 것도 익히 짐작하고 있었다.

그가 천산에 다다랐을 때, 백풍과 홍화연에게 이러한 사실을 말해주었고, 그들은 계책을 세웠다.

그리고 일부러 엿듣는 자를 의식해서 제이동에 필사본을 따로 보관해 두었다는 정보를 슬쩍 흘렸다.

하나 이 필사본은 갑석판의 가짜 필사본이었다. 갑석신공을 백풍이 짜깁기로 순서를 마구 뒤섞어놓았던 것이다. 만약 누군가가 그 필사본대로 운공을 한다면 필시 주화입마에 걸려 미치광이가 되고 말 터였다.

사실 이 계책은 미행한 채 어디선가 숨어서 지켜보는 사불패를 겨냥한 것이기도 했다.

한데 엉뚱하게 장봉룡마저 걸려들고 만 것이다.

사건의 내막을 알게 된 적발귀가 길게 한숨을 내쉬었다.

"갑석신공이 뭐기에 멀쩡한 사람도 저리 처참한 최후를 맞이한단 말인가."

"결국 문제는 갑석신공이 아니라 인간의 욕망이죠."

"하긴 그 말도 맞네. 그나저나 장봉룡이 죽었으니 개방의 방도들이 우리를 모함할까 두렵네."

그러자 설화가 나섰다.

"그럴 일은 없을 거예요."

“어째서인가?”

“만약 그들이 우리를 의심한다면 방법이 있어요.”

“무슨 방법?”

“장봉룡의 시신 곁에는 사불패의 시신이 있잖아요? 두 사람이 싸우다가 서로 장렬히 전사했다고 말해준다면 개방으로서는 명예를 얻는 것이고, 마교로서도 우리에게 원한을 가지진 않겠죠.”

“거참, 정확한 말이군! 자네는 어찌 그리 똑똑한가? 어떤가? 내 아우도 가만 보면 낭군으로 삼을 만하지 않나?”

설화는 느닷없는 적발귀의 주선에 화들짝 놀랐다.

그녀가 발갛게 달아오른 얼굴로 소리쳤다.

“무, 무슨 소리를 하시는 거예요? 탁 대협님도 참…….”

“흐흐흐, 한창 나이에 너무 쑥스러움 타는구먼!”

“몰라요, 몰라!”

설화는 벌떡 일어나서 다른 곳으로 걸음을 옮겼다.

적발귀는 재미라도 들렸는지 운성의 옆구리를 툭툭 찌르며 물었다.

“어떤가? 차 문주라면 참 괜찮은 배필이 아닌가?”

“도대체 무슨 소리예요? 농담은 그만하시고 경계나 잘하도록 해요, 형님.”

운성도 얼굴이 달아올라서 시선을 외면해 버렸다.

적발귀는 뭐가 그리 좋은지 싱글벙글 웃기만 했다.

종(終)

해후(邂逅)

어느덧 칠 주야가 흘렀다.

세 사람은 기관장치가 멈춘 것을 확인하고는 동혈 안으로 들어갔다.

광장까지 무사히 들어서자 과연 수백 구의 시신이 눈앞에 늘어져 있었다. 죽은 지 얼마 되지 않았기에 시신의 상태는 깔끔했다.

운성은 극신을 비롯한 사군자의 시신을 하나하나 살폈다.

모든 시신을 점검하고 났을 때, 그는 허물어지듯 주저앉아 기어이 통곡을 하며 울었다. 설화와 적발귀 역시 복받치는 감정을 주체하지 못하고 굵은 눈물을 흘렸다.

수백 년을 살다가 간 사람들도 결국 남은 사람들에게는 똑

같은 이별의 아픔을 새겨놓았다. 아니, 어쩌면 그렇기에 더욱 깊은 그리움을 남겨두었을지도 모른다.

극신, 장형준, 백풍, 연소소, 홍화연…….

이들 모두 부르기만 하면 금방이라도 눈을 뜨고 일어날 것만 같았다.

광장 한쪽 벽면에는 백풍의 글씨체가 음각되어 있었다.

구룡당(九龍堂) 대청 아래.

운성은 그게 무엇을 뜻하는지 바로 알 수 있었다.

갑석판이 묻힌 장소이리라.

운성이 적발귀에게 부탁하니 그가 군말없이 달려갔다. 운성은 동혈 안에 기름을 붓고 불을 붙였다.

순식간에 동혈 안 가득 불길이 타오르며 수백 구의 시신을 한 줌 재로 만들어갔다.

운성은 한참 동안 그 불길을 바라보다가 열기가 점점 뜨거워지자 동혈을 완전히 빠져나왔다.

설화가 운성의 눈치를 살피다가 넌지시 물었다.

"기분이… 어때?"

"그냥… 뭐."

운성이 씁쓸히 웃었다.

설화가 그의 기분을 풀어주려고 말을 돌렸다.

"정말 홍 군사님은 대단하신 것 같아. 어쩜 사불패와 장봉룡까지 손쉽게 상대했잖아."

"후후, 홍 군사야말로 천재지. 비밀 하나 가르쳐 줄까?"

"뭔데?"

"원평과 금 소저 말이야."

"응."

"홍 군사한테 감사해야 할걸."

"그건 왜?"

"금 소저가 갑석판을 노리고 올 것이라는 걸 홍 군사가 짐작했잖아. 그리고 금 소저를 막기 위해 원평을 보내기로 했고. 이때 홍 군사는 원평이 의리를 따지고 정에 약하다는 걸 잘 알고 있었지. 그래서 원평을 보내면 그가 진심으로 금 소저를 구하려고 노력할 것이라는 걸 대충 예상한 거야. 물론 둘이 불이 나서 혼인까지 할 줄이야 몰랐겠지만, 그런 방법으로 어쩌면 금 소저를 우리 편으로 끌어들일 수도 있겠다고 생각한 거지."

"그게 정말이야?"

"응."

운성이 고개를 끄덕이자 설화가 놀란 표정으로 한동안 말을 잇지 못했다.

그녀가 픽 웃었다.

"정말 원평 오라버니 내외는 홍 군사님한테 감사해야겠네. 탁 대협님도 그만큼 머리가 좋으면 얼마나 좋아?"

"응?"

"아냐, 아무것도."

설화가 입술을 삐죽 내밀었다.

그때 멀찍이서 운성과 설화를 부르는 소리가 들렸다.

산 아래를 굽어보니 원평과 금소화가 부지런히 올라오고 있었다.

그들은 이들이 천산에 있다는 것을 알고 먼 길을 떠나온 것이었다.

운성과 설화도 반가운 마음에 바위 위에 올라서서 손을 흔들어주었다.

그런데,

"…표운성 죽인다!"

갑자기 원평 뒤에서 무정이 불쑥 튀어나오더니 눈에 불을 켜고 산을 오르는 것이 아닌가. 자세히 보니 그 뒤에 오학도 보였다.

"아, 나 참. 쟤는 왜 데려온 거야?"

운성이 한숨을 길게 내쉬고는 중얼거렸다.

무정은 내공도 상실한 주제에 빠르게도 산을 오르고 있었다. 그 모습을 보며 운성은 인간의 본능이란 참으로 무서운 것이구나 하고 생각했다.

설화가 피식 웃었다.

"대단한 적수가 나타나셨군요."

그때, 또 한쪽에서 적발귀가 달려오고 있었다.

"백 장로님이 말씀하신 대로 있더구나! 여기 갑석판이다!"

적발귀가 갑석판을 힘껏 집어 던졌다.

운성이 얼른 몸을 솟구쳐 그것을 낚아챘다.

적발귀가 달려와 물었다.

"이제 어떻게 할 거냐?"

"글쎄요. 불에 타진 않을 것 같으니 먼 바다로 나가서 철추를 매달아 빠뜨려 버려야죠."

백풍이 생전에 갑석판을 불에 태워 버리라고 했지만, 그건 어디까지나 다른 사람들을 속이기 위해 대충 둘러댄 말이었다. 사실 갑석판 같은 신물이 불에 탄다는 것이 가당키나 하겠나.

"흐음, 좀 아까운데……."

적발귀가 중얼거리듯 말하자 설화가 얼른 눈을 흘겼다.

결국 적발귀가 손사래를 쳤다.

"크하하! 그냥 하는 소리야! 아깝긴, 이런 요상한 무공은 갖다 버리는 게 최상이지! 암! 우리 모두 봤잖아? 아무리 극강한 무공도 천기를 거스를 수는 없다는 것을 말이야!"

운성이 빙그레 웃었다.

"그럼 먼 바다로 나가서 버리기로 하죠."

"좋네! 자네와 차 문주가 다녀오도록 하게!"

"네? 저희 둘만요?"

설화가 깜짝 놀라서 물었다.

"호호, 좋으면서 뭘 그러나? 신혼여행이라고 생각하게나."

"탁 대협님!"

"어이쿠! 귀청 떨어지겠구먼!"

그러는 사이 무정은 어느새 운성이 있는 곳까지 올라왔다.

그는 다짜고짜 운성에게 달려들었다.

"죽어라! 표운성!"

하지만 공력을 잃은 그의 주먹질은 운성에겐 솜방망이나 다름없었다.

투닥투닥.

운성이 손바닥으로 무정의 이마를 지그시 밀어내며 말했다.

"그럼 내일 모두 함께 떠나도록 해요."

"죽어! 죽어! 죽어!"

투닥투닥.

운성, 적발귀, 설화가 갑석판의 처리 문제를 두고 심각하게 대화하는 동안에도 무정은 부지런히 손을 놀렸다.

하지만 다시 이마가 밀린 그는 허방만 열심히 휘저을 뿐이었다.

그러는 동안 원평과 금소화가 그들에게 다가오고 있었다.

운성은 고개를 들어 하늘을 보았다.

어쩐지 사군자들이 저 하늘 위 어디선가 자신을 지켜보고 있을 거란 생각이 들었다.

그래서 괜히 웃음이 나왔다.

『무적문주』 완결

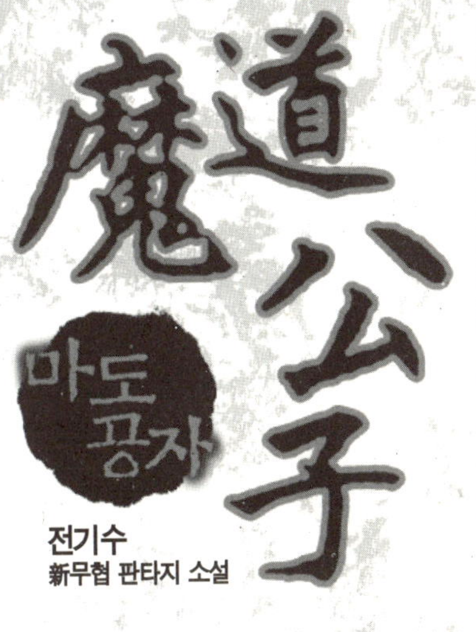

Book Publishing CHUNGEORAM

전기수
新무협 판타지 소설

2011년 새해 청어람이 자신있게 추천하는 신무협!

봉마곡에 갇힌 세 마두. 검마, 마의, 독마군.
몇십 년 동안 으르렁대며 살던 그들에게 눈 오는 아침, 하늘은 한 아이를 내려준다.

육아에는 무식한 세 마두에 의해
백호의 젖을 빨고 온갖 기를 주입당하면서 무럭무럭 성장한 마설천!

세 마두의 손에서 자라난 한 아이로 인해 이변이 일어나고,
파란이 생기고, 이윽고 강호에 새로운 바람이 불어온다!

마도를 뛰어넘어 천하를 호령할 마설천의 유쾌한 무림 소요기!

Dragon order of FLAME 폭염의 용제

김재한 판타지 장편 소설

「사이킥 위저드」, 「마검전생」의 작가 김재한!
그가 그려내는 새로운 액션 히어로가 찾아온다!

모든 것을 잃고 복수마저 실패했다.
최후의 일격마저 막강한 레드 드래곤 앞에서 무너지고,
죽음을 앞에 둔 그에게 찾아온 또 하나의 기회!

"네 운명에 도박을 걸겠다."

과거에서 다시 눈을 뜬 순간,
머릿속에 레드 드래곤의 영혼이 스며들었을 때,
붉은 화염을 지배하는 용제가 깨어난다!

강철보다 단단한 강체력을 몸에 두른
모든 용족을 다스리는 자, 루그 아스탈!

세상은 그를 '폭염의 용제' 라 부른다!